Les Morsures de la Nuit

La saga OUTRE-TOMBE
chez City :

Livre I : *Les Morsures de la Nuit*
Livre II : *La Vengeance du Sang*
Livre III : *La Soif de Sang*

Publié aux Etats-Unis sous le titre *Hearts at Stake* par Walker & Company, une division de Bloomsbury Publishing Inc.

Couverture : © Lisa Kimberly/GettyImages

ISBN : 978-2-8246-0193-9
Code Hachette : 50 9658 1
Rayon : Poches/Young Adult

Catalogue et manuscrits : www.city-editions.com

Dépôt légal : deuxième trimestre 2012
Imprimé en France par France Quercy, 46090 Mercuès - n° 21382

Outre Tombe
tome 1

Les Morsures de la Nuit

ALYXANDRA HARVEY

Traduit de l'américain
par Pierre Baril

City
Poche

PROLOGUE

Lucy

Vendredi, début de soirée

En temps normal, plutôt mourir que d'assister à une soirée organisée au milieu d'un champ.

Si vous voulez bien excuser ce trait d'humour.

Il s'agissait, de ma part, d'un sacrifice suprême pour Solange, ma meilleure amie, qui passait une journée affreuse. Journée qui était sur le point de se transformer en une semaine pire encore. Son seizième anniversaire approchait et il n'était pas question d'une nouvelle voiture ou d'une robe rose. Pas dans sa famille.

Cela dit, cette soirée ne valait guère mieux.

Solange se tenait au milieu d'un champ, à essayer de boire de la piquette et à faire mine de s'amuser comme une folle. La musique était potable, mais c'était à peu près le seul atout de cette fête. Les voitures étaient garées en un large cercle. Le soleil se couchait derrière les arbres dans des couleurs d'orange sanguine. Pratiquement tous les élèves de mon lycée étaient présents. Il n'y avait pas grand-chose d'autre à faire pendant les derniers week-ends qui précédaient la rentrée des classes. Les gens dansaient et flirtaient dans un océan de casquettes de base-ball et de jeans délavés. Quelqu'un rota bruyamment.

— C'était vraiment pas une bonne idée, marmonnai-je.

Solange afficha un doux sourire en abandonnant son gobelet en plastique sur le capot d'un 4 X 4 rouillé.

— C'était gentil d'y avoir pensé.

— C'était stupide, reconnus-je.

Elle paraissait tellement triste dernièrement que j'espérais lui changer les idées pour qu'elle oublie toutes ses inquiétudes. Au lieu de cela, cette soirée me donnait envie de montrer mes dents – piteusement humaines – aux chahuteurs.

Quelqu'un me poussa le talon ; je me retournai. Et là, je reçus des informations bien trop nombreuses sur les habitudes d'accouplement de mes camarades de lycée. Je donnai un grand coup de pied dans la chaussure qui m'avait poussée.

— Personne ne devrait être obligé de voir ça, dis-je.

Je me retournai rapidement avant que d'autres

vêtements ne tombent. Le couple pouffa et s'enfonça plus avant dans le maïs. Je regardai Solange.

— Qu'est-ce qui a bien pu me passer par la tête ?

Elle esquissa un sourire.

— Ça ne te ressemble pas trop.

Darren, qui était en cours de maths avec moi, se fit un croche-pied involontaire et s'étala devant nous dans la boue avant que je puisse répondre. Il souriait béatement. D'habitude, il était plutôt sympa. En fait, c'était grâce à lui que je n'avais pas complètement raté mes examens de maths l'année dernière. Mais il ne tenait pas l'alcool et aurait fait n'importe quoi pour s'intégrer.

— Salut, Lucy.

La bière, semblait-il, le faisait zozoter. Mon nom fut prononcé « Luzy »... C'était largement mieux que mon vrai nom, qui était Lucky. Cela donne une idée de mes parents... Mais à l'école, dès le premier jour de CP, je m'étais fait appeler Lucy par tout le monde.

— Salut, Darren.

Il regarda Solange en clignant des yeux. Même en jean et en débardeur, elle était fabuleuse. Tout venait de sa peau blanche et de ses yeux pâles. Elle avait les cheveux noirs et courts, à la manière des stars de cinéma des années 1920.

Les miens étaient coupés à la garçonne, m'arrivant à hauteur du menton, et d'un châtain tout ce qu'il y a de plus banal.

J'empoignai la vitre à demi ouverte. Logan ralentit.

— Désolé, Lucy, je croyais que tu étais déjà montée, dit-il.

— Tu saisis pas ? demandai-je à Nicholas, dégoûtée. Si tu me laisses ici maintenant que tu as mis Solange à l'abri, ils s'empareront de moi pour arriver jusqu'à elle.

Mon amie ouvrit la portière arrière et je bondis à l'intérieur. La voiture accéléra. Les ombres filaient à côté de nous, menaçantes, voraces. Je frissonnai. Puis je donnai à Nicholas une claque derrière la tête.

— Imbécile.

1

Solange

— Je n'arrive pas à croire que vous alliez la laisser là-bas, grommelai-je à nouveau lorsque Logan engagea la voiture dans notre chemin envahi par la végétation.

La lueur anormale d'yeux anormaux avait disparu et il n'y avait dans les buissons que des mûres et des grillons. Non seulement notre ferme était bien protégée, mais elle était aussi entourée par les fermes d'autres familles, avec de la forêt tout autour. Les Drake avaient vécu à cet endroit depuis qu'il passait pour sauvage et dangereux, plus indiqué pour les flingueurs et les hors-la-loi. Désormais, c'était simplement notre maison.

Mais cela n'en restait pas moins dangereux.

— Elle n'avait rien à craindre, dit Nicholas, agacé. Elle était en sécurité dès qu'on t'a éloignée d'elle.

Il ne l'appelait jamais que « elle », sauf quand il lui adressait la parole. Il l'appelait alors Lucky parce que cela agaçait énormément mon amie. Ils s'agaçaient mutuellement depuis que nous étions gosses.

Dans ma famille avait cours une plaisanterie selon laquelle les premiers mots de Lucy auraient été : « Nicholas m'embête. » J'avais l'impression de la connaître depuis toujours. Elle m'avait fait sortir de ma coquille, même lorsque nous étions petites, même si je ne l'appelai ma meilleure amie qu'à mon cinquième anniversaire après qu'elle eut lancé une boule de boue à la tête de Nicolas pour le punir d'avoir volé mon quatre-quarts au chocolat. Nous avions appris ensemble à faire du vélo, aimions les mêmes films et bavardions toute la nuit chaque fois que nous allions dormir l'une chez l'autre.

— Elle n'avait rien à craindre, insista Nicholas en voyant mon regard noir. Malgré le fait qu'elle était imprudente.

— Elle essayait juste de m'aider.

— C'est une humaine, dit-il, comme s'il s'agissait d'une maladie débilitante, comme s'il n'était pas lui-même humain, en dépit de la transformation.

Nous ne sommes pas des morts vivants, comme le prétendent les romans, même si nous en avons tout l'air pendant notre transformation. Ce stéréotype est ancré si profondément que parfois il est plus simple de l'accepter. La mère de Lucy nous qualifie de « différemment doués ».

— Et toi, t'es un con, dis-je en lui touchant la manche. Mais merci d'être venu me chercher.

— De rien, marmonna-t-il. Tu sais que tu ne devrais pas la laisser t'embarquer dans des trucs. Ça finit toujours mal.

— Je sais. Mais tu connais Lucy. Et ça partait d'une bonne intention.

Il grommela. Logan afficha un large sourire.

— Elle devient de plus en plus mignonne. Surtout de derrière.

— Pas du tout, dit Nicholas. Et arrête de lui mater le popotin.

Je ne manquerais sûrement pas de dire à Lucy qu'ils avaient parlé de ses fesses.

— Ce que tu peux être vieux jeu, grogna Logan en coupant le moteur. On a tout ce pouvoir. On devrait l'exploiter.

— Draguer, c'est pas un pouvoir, lui dis-je d'un ton sec.

— Ça l'est si t'es doué en la matière. Et je suis très doué.

— C'est en tout cas ce que tu nous répètes tout le temps.

— Avoir du charme, c'est mon don, dit-il avec modestie.

Avec un visage aussi beau que le sien, il n'avait pas son pareil pour porter une chemise aussi démodée aux manchettes en dentelle.

Les phéromones que les vampires émettent, tel un dangereux parfum, attirent les humains et les troublent de désir, et celles de Logan étaient particulièrement bien réglées. Ils ne possèdent pas, à proprement parler, une odeur qu'on peut décrire, sauf dans mon cas, dernièrement. Avec leur pouvoir hypnotique, c'est plus subliminal que cela. Un peu comme les bêtes sauvages capables de reconnaître l'odeur de leurs semblables dans la forêt, surtout pendant la saison des amours.

Si un vampire est particulièrement fort, les humains ne se rappellent même pas avoir été un repas. Ils ont simplement une grosse envie de steak cru ou d'épinards. Si nous buvons en trop grande quantité, ils deviennent anémiques.

Les phéromones ne produisent aucun effet sur les autres vampires, hormis les miennes, bien sûr, qui deviennent rapidement une balise pour les vampires de tout poil.

Je suis spéciale, et pas dans le bon sens du terme, si vous voulez mon avis. Il est rare que les vampires se reproduisent, hormis dans certaines familles anciennes… J'en veux pour preuve moi et mes sept exécrables frères aînés.

Mais je suis la seule fille.

En neuf cents ans environ.

Et plus mon seizième anniversaire approche, plus j'attire les autres. Cela a un côté très Blanche-Neige, sauf que je ne fais pas sortir les oiseaux bleus et les biches des bois, mais seulement des vampires assoiffés de sang qui veulent me kidnapper ou me tuer. Dans le meilleur des cas, la politique est chaotique chez les vampires, et tous les Drake furent exilés de la cour royale depuis la première heure où je vis le jour. Je suis considérée comme une menace par Lady Natasha, la dirigeante actuelle, parce que ma généalogie est extrêmement impressionnante et qu'il existe, depuis des siècles, une prophétie stupide prétendant que les tribus de vampires seront réunies comme il se doit sous le règne d'une fille née dans une ancienne famille.

Et Lady Natasha, contrairement à moi, n'est pas née dans une famille ancienne… même si elle se considère comme la reine des vampires.

Comme si c'était ma faute.

Par chance, ma famille préfère largement vivre tranquille, exilée dans les bois. J'avais entendu suffisamment de rumeurs sur notre dirigeante pour me féliciter de ne nous être jamais rencontrées. Elle puise sa nourriture chez les humains et s'en cache à peine. En réalité, elle aime être l'objet de l'attention générale et adore les groupies vampires. Apparemment, elle n'affectionne pas les jeunes filles qui semblent ne jamais survivre à ses sautes d'humeur.

Théoriquement, elle ne devrait pas puiser sa nourriture chez les humains, et sûrement pas avec une telle nonchalance. Cela devenait problématique, même parmi ses gens. Il y a des royalistes qui ne la suivent qu'en raison de son pouvoir, non parce qu'elle leur inspire un respect particulier. Et la peur, comme toujours, est une grande motivation. Dernièrement, par ailleurs, elle a transformé en vampires un nombre croissant d'humains, afin de réunir davantage d'adeptes. Elle craint le conseil, et elle me craint, moi, mais c'est surtout Leander Montmartre qui lui fait peur.

Il produit cet effet sur chacun de nous.

Cela fait presque trois cents ans qu'il transforme des humains et il montre une telle violence et une telle négligence dans ce domaine qu'en gros, il a créé une nouvelle espèce de vampires. Il les laisse à demi transformés et généralement enfouis sous terre afin qu'ils triomphent de cette transformation par leurs propres moyens.

La soif est si brûlante qu'elle les tenaille et leur donne une double paire de crocs au lieu des canines simples et rétractables dont nous sommes pourvus. Ceux qui restent loyaux à Montmartre font partie de ce qu'on appelle sa Milice.

Ceux qui font défection se font appeler les *Cwn Mamau*, les « Chiens des Mères ». Soit ils étaient assez forts pour survivre seuls, soit ils étaient secourus et entraînés par d'autres Chiens. Tout le monde savait qu'ils voulaient tuer Montmartre, mais ils vivaient tellement reclus qu'ils refusaient l'aide de l'extérieur.

Ils sont d'une indépendance farouche, vivent dans des grottes et servent une *shamanka*, ou femme shaman, et portent des perles en os dans les cheveux.

Ils sont quelque peu effrayants, mais ils sont très loin d'effrayer autant que les créatures les plus dangereuses de Montmartre : les *Hel-Blar.* Ils ont la peau bleutée et des dents uniquement composées de canines, pointues comme des aiguilles et non rétractables. *Hel-Blar* signifie « mort bleue » dans la langue des Vikings. Leurs morsures, connues sous le nom de « baisers », peuvent infecter sans qu'il y ait le moindre échange de sang et on rapporte qu'elles peuvent transformer en *Hel-Blar* les vampires comme les humains. Même Montmartre fait son possible pour les éviter. Nettoyer son carnage l'enthousiasme peu.

Et plus encore que les Chiens, ils veulent sa mort… lorsqu'ils sont suffisamment lucides pour vouloir autre chose que du sang. La Milice et les Chiens réussirent à rester sains, contrairement aux *Hel-Blar.* Nul ne peut les contrôler, pas même Montmartre.

Nous vivons en bonne intelligence avec les autres humains, et notre famille fait partie des quelques anciens clans du conseil Raktapa. Le conseil fut formé il y a bien longtemps lorsque les familles prirent conscience qu'elles étaient différentes des autres vampires : notre transformation est génétique.

Nous nous transformons sans qu'il y ait morsure, mais nous avons besoin de sang de vampire pour survivre à cette transformation. Après quoi, nous sommes quasi immortels, comme les autres, uniquement vulnérables à un pieu dans le cœur, à une lumière du jour trop intense ou à la décapitation.

— Est-ce que papa et maman savent ce qui s'est passé après la soirée ? demandai-je en finissant par descendre de voiture, devant la maison.

Le bâtiment d'origine avait brûlé pendant les procès des sorcières de Salem, bien que Salem ne fût pas du tout la porte à côté. Les gens du coin étaient superstitieux à l'époque et un rien les effrayait. La maison fut reconstruite plus loin, à l'abri de la forêt. De l'extérieur, cela ne payait vraiment pas de mine, mais la vieille cabane en rondins cachait un cœur luxueux rempli de canapés en velours et de cheminées en pierre. Les rosiers situés sous les fenêtres de verre au plomb étaient légèrement difformes, les chênes, vieux et majestueux. J'en aimais chaque centimètre. Jusqu'au visage pincé et désapprobateur de ma mère derrière la vitre.

— Oh ! oh ! On est mal, marmonna Logan.

Les papillons de nuit s'élançaient contre les lampes. La porte-moustiquaire grinça lorsque je l'ouvris.

— Solange Rosamund Drake.

Je grimaçai. Derrière moi, mes deux frères m'imitèrent. Dans le meilleur des cas, Helena, ma mère, intimidait avec sa longue chevelure noire et ses yeux ténébreux. Sans parler du fait qu'elle était capable de tuer quelqu'un deux fois plus grand qu'elle à l'aide d'une épée, d'un pieu ou de ses petites mains nues.

— Aïe ! Deuxième prénom.

Logan me lança un sourire de compassion avant de se faufiler dans le salon et hors des feux croisés.

— Mouchard, dis-je en pinçant Nicholas.

Il se contenta d'un haussement de sourcils.

— Nicholas ne nous a rien dit.

Ma mère l'immobilisa par un regard sans équivoque. Il se tortilla légèrement. J'avais vu des hommes se reculer physiquement devant ce regard-là.

— Une de tes tantes patrouillait dans les environs et t'a vue t'échapper.

— M'échapper, dis-je en roulant des yeux. C'était quasiment rien. Ils ne sont même pas sortis des champs de maïs. Ils ne faisaient que me renifler.

— Il faut que tu sois plus prudente, dit mon père avec calme depuis son fauteuil favori.

On aurait dit un trône du Moyen Âge. À ce niveau, rien de surprenant. Il n'était né qu'en 1901, mais il avait le port d'un roi.

— Je me sens très bien, dis-je, exaspérée.

Il buvait du brandy. J'en sentais l'odeur dans la pièce, tout comme je sentais l'eau de Cologne d'oncle Geoffrey, le carlin de tante Hyacinth et l'épais parfum des roses. C'était là encore un de nos petits cadeaux. Je me frottai le nez afin de ne pas éternuer.

— C'est quoi, toutes ces fleurs ? demandai-je en apercevant les roses.

Il y en avait partout des dizaines et des dizaines, dans tous les tons de rouge, qui remplissaient des vases en cristal, des tasses à thé et des pots de confiture.

— De la part de… tes admirateurs, me dit mon père avec sérieux.

— Quoi ?

Des admirateurs, ah ! Ils ne faisaient le déplacement qu'en raison de mes phéromones. Je n'y suis pour rien si je dégage une drôle d'odeur. Je me douche tous les jours, mais visiblement je sens toujours les lys et le chocolat chaud ainsi qu'un autre parfum que je n'arrive pas à décrire précisément. Même Lucy m'en fit la remarque un jour et elle est quasiment immunisée contre nous, vu qu'elle a pratiquement grandi ici.

Personne d'autre n'émettait une odeur aussi manifeste. D'ordinaire, les phéromones sont subtiles et mystérieuses. J'espère vraiment qu'elle disparaîtra une fois ma transformation complète. Ce ne sera pourtant pas le cas de la prophétie et de l'héritage de ma famille au sein du monde vampirique. Ça craint parfois d'avoir une famille aussi ancienne et aussi puissante.

— Ma chérie, c'est un grand compliment, j'en suis certaine, dit ma tante Hyacinth.

En théorie, elle était mon arrière-arrière-grand-tante. Elle ne faisait guère plus de quarante ans. Même si, dans l'intimité de la tribu, elle restait attachée aux modes de sa jeunesse, comme la plupart des vampires. Sa robe était de style victorien, avec corset en dentelle et perles de jais.

— Quand j'avais ton âge, je m'amusais comme une folle. Il n'y a rien de comparable à l'euphorie de la débutante. Tous ces hommes qui ont faim de vous.

Elle fut prise d'un léger frisson.

— Hyacinth, dit mon père en faisant la grimace. Tu n'avais pas subi de transformation à l'époque et il ne s'agit guère d'un bal de débutantes. Ils n'ont pas envie de danser la valse, bon sang !

Edward, mon arrière-arrière-grand-oncle, avait épousé tante Hyacinth en 1853 et la transforma en 1877, sur les instances de cette dernière. Elle était inspirée par l'amour indéfectible de la reine Victoria pour son mari et souhaitait vivre pendant des siècles aux côtés d'Edward. Je ne l'avais toutefois jamais rencontré, car il mourut durant la Première Guerre mondiale, déterminé à accomplir son devoir. Elle avait vécu seule depuis lors.

Je jetai un coup d'œil à un épais papier de couleur crème qui était épinglé à un énorme bouquet de roses blanches dans une boîte rouge et restai figée.

— Montmartre ? glapis-je. Il m'a envoyé des fleurs ?

Mon père jeta sur la boîte un regard menaçant.

— Oui.

— Je vais les mettre dans l'incinérateur, dis-je d'un air sombre.

La dernière chose dont j'avais envie, c'était que Montmartre ou ses Chiens sachent qui j'étais. J'espérais aussi profiter de la distraction de tout le monde pour m'éclipser.

C'était faire preuve de beaucoup de naïveté.

— Tu pourras t'occuper de ça plus tard, dit ma mère en m'indiquant une chaise. Assieds-toi.

Je me laissai tomber sur un canapé en velours. Nicholas s'assit également, rejoignant mes autres frères qui tous m'observaient d'un air grave.

— Vous n'avez rien de mieux à faire ? demandai-je.

— Que de protéger notre agaçante petite frangine ? demanda Quinn d'une voix traînante. Non.

Être la seule fille de la famille aurait été suffisamment difficile à gérer et à plus forte raison dans une famille qui avait la capacité peu commune de ne donner pratiquement naissance qu'à des vampires mâles. Même parmi les Drake, cette capacité est rare.

La plupart des vampires sont « fabriqués » et non nés. Ma mère, par exemple, était humaine jusqu'à ce que mon père la transforme peu de temps après ma naissance et qu'ils eurent décidé de ne plus avoir d'enfants. Lui aussi était né humain, comme mes frères, jusqu'à son seizième anniversaire.

Date à laquelle il tomba malade, dans les mêmes circonstances que nous tous. D'ailleurs, il serait mort si ma tante ne lui avait pas donné son sang à boire. D'après la légende familiale, le premier de notre clan fut William Drake. Personne ne sait comment il fut transformé.

Nous savions par contre qu'il avait épousé Véronique Dubois, une dame d'honneur d'Aliénor d'Aquitaine. Un an après la cérémonie du mariage, elle s'apprêtait à mettre au monde son premier enfant. Après un accouchement qui dura vingt-sept heures, la sage-femme dit à William que Véronique ne survivrait pas à cette naissance.

Désespéré, celui-ci la transforma et ses jumeaux naquirent en bonne santé. Lors de leur seizième anniversaire, cependant, ils s'affaiblirent et développèrent une sensibilité anormale à la lumière du soleil. Ils avaient faim, mais ne pouvaient manger ; ils avaient soif, mais ne pouvaient boire. Rien ne les tentait.

Hormis le sang.

C'est ainsi que la famille Drake commença.

Véronique, en sa qualité de plus ancienne survivante des Drake, est la matriarche de notre famille. Un chasseur transperça William avec un pieu pendant le règne d'Henri VIII. Véronique venait rarement nous voir, préférant que nous venions à elle une fois que nous aurions survécu à la transformation et qu'elle pourrait se permettre de s'attacher.

Au moins, elle ne s'était pas jointe à nous ce soir-là, ce qui signifiait qu'il ne s'agissait pas d'une réunion formelle, mais simplement d'une embuscade familiale.

Si elle l'avait voulu, Véronique aurait sans doute pu donner à Natasha des inquiétudes relatives à sa couronne. Elle était suffisamment effrayante pour cela.

Heureusement pour tout le monde, elle préférait la broderie aux intrigues de cour.

— Solange, tu m'écoutes ?

Je relevai brusquement la tête.

— Oui.

J'avais suffisamment entendu ce sermon au cours des derniers mois pour le connaître sur le bout des doigts.

— Il ne s'est rien passé. Vous exagérez tous.

Je culpabilisais, bien sûr, mais je me gardais bien de le montrer.

— Il y en avait au moins trois dans ce champ, ce soir, peut-être plus, dit Nicholas d'un air renfrogné. Tu sais qu'ils n'envoient pas tous des fleurs. La plupart veulent juste s'emparer de toi et s'enfuir.

Je le fusillai du regard à mon tour.

— J'aurais pu me débrouiller toute seule. Il ne faisait même pas encore tout à fait nuit. En plus, s'ils étaient vraiment si dangereux, pourquoi avoir quasiment laissé Lucy ?

— Tu comptais laisser Lucy là-bas ? bredouilla

ma mère, et Nicholas me regarda en fronçant les sourcils.

Je plissai les yeux avec suffisance. Grandir avec autant de frères m'avait enseigné l'art délicat de la diversion, de l'autopréservation et de la revanche, à défaut d'autre chose.

— Elle n'avait rien à craindre. (Je savais que Nicholas tentait de ne pas s'effondrer sur sa chaise.) Ils ne la poursuivaient même pas. Et puis, elle n'est pas fragile, bon sang !

— Elle est sous la protection de cette famille, dit mon père.

— Je sais, mais elle n'a besoin de personne pour la défendre. Elle m'a cassé le nez l'été dernier, non ?

— Il n'empêche…

— D'accord, d'accord.

Nicholas n'insista pas.

— Quant à toi, jeune fille.

Mon père se tourna vers moi. Chacun de mes traîtres de frères afficha un rictus. Ils se ressemblent tellement que les gens s'imaginent toujours qu'ils sont tous jumeaux. En réalité, seuls Quinn et Connor sont jumeaux. Le premier garde les cheveux longs, et le second, comme Sebastian, préfère se fondre sans bruit dans le décor. Logan est l'extravagant de la bande.

Quant à Nicholas, il passe tout son temps libre à se faire du souci pour moi. Marcus et Duncan venaient juste de rentrer d'une excursion. Ils sont tous superbes. Cela revient à vivre avec des mannequins. Et cette particularité fait ricaner bêtement les filles qui se trouvent en leur présence.

— Il faut que tu prennes ça au sérieux.

— C'est le cas, papa, dis-je doucement. Tu sais que c'est le cas.

— Ce que je sais, c'est qu'ils en ont après toi et que tu seras bientôt plus faible qu'un chaton aveugle.

— Je sais.

C'était vraiment trop craignos. On me cherchait des poux pour une soirée à laquelle, à la base, je n'avais pas voulu aller. Cela ne me dérange pas du tout d'être seule et de rester à la ferme. Mais je déteste être prise au piège et chaperonnée.

— Laissez-la tranquille, dit Hyacinth en prenant de délicates gorgées dans une coupe.

On aurait dit du sirop à la cerise. Ce n'était pas ça.

— Merci, dis-je.

Je déglutis avec difficulté.

Est-ce que j'en ai déjà parlé ?

La vue du sang me faisait peur.

2

Lucy

— Lucy, c'est toi ?

Je refermai la porte d'un coup de talon en continuant de marmonner dans ma barbe. Nicholas était tellement exaspérant. D'ailleurs, c'était quoi son problème ?

— Lucy ?

— Ouais, c'est moi ! lançai-je.

— Où est-ce que t'étais ? On a failli commencer sans toi, poussin.

Mon père surgit de la cuisine avec un bol de pop-corn chaud (il faisait pousser du maïs dans le jardin). C'était là tout ce que se permettaient mes parents en matière de malbouffe. Ses cheveux longs étaient retenus par l'habituelle queue de cheval. Il avait les manches relevées pour montrer ses tatouages de loup et de tortue. Le premier était son totem à lui et le second, celui de notre famille.

— Choisis un film, ma chérie.

Ma mère releva les yeux des perles étalées sur la table basse.

Elle était assise en tailleur, vêtue d'un vieux jean et d'une tunique mexicaine, et enfilait cent huit perles roses à quartz pour fabriquer des malas. Elle en faisait cadeau à l'ashram.

Mes parents s'y rendaient tous les ans et partaient le lendemain matin, avant l'aube.

— Qu'est-ce qui ne va pas ? Solange va bien ?

— Elle va très bien.

Dans l'ensemble.

— Dis-lui que nous avons demandé au Swâmi de prier pour elle. Pourquoi as-tu l'air ronchon ?

— C'est juste Nicholas. Des fois, il me met vraiment hors de moi.

— Ma chérie, tu sais que la colère t'empoisonne le corps. Tu as toujours été trop soupe au lait. Pourquoi crois-tu que tu aies des allergies ? Ton corps est sans arrêt en train de se défendre.

— *Maman.*

— D'accord, d'accord, dit-elle.

Mon père me lança un clin d'œil et me passa le pop-corn.

— Ça va aller, toute seule ici, pendant qu'on sera partis ? J'ai rempli le frigo.

— Avec du tofu ? dis-je en faisant la grimace.

— Je n'ai pas la moindre envie que tu te goinfres de cochonneries pendant notre absence.

Je roulai les yeux.

— En tout cas, je ne vais pas manger des casseroles de tofu pendant deux semaines.

Mes parents m'avaient transmis leur sentiment de la justice sociale, même s'ils choisissaient de lutter en faisant des sit-in là où je préférais un bon coup de poing. Appelez ça la rébellion contre les parents. J'éprouvais à l'égard du tofu les mêmes sentiments qu'à l'égard des sit-in.

Je suis sûre que l'esprit tire profit de l'un et l'autre, mais, un jour que mes parents m'avaient emmenée à une manifestation contre le réchauffement climatique, j'avais respiré du gaz lacrymo à pleins poumons et juré de ne jamais plus rester inerte sur la chaussée. Une fois, mon père fut touché par une balle en caoutchouc, et les bleus présents sur sa poitrine m'avaient effrayée plus que n'auraient pu le faire une grosse entreprise pollueuse ou un dictateur pervers.

Ce qui était plus effrayant encore, c'était qu'il ne s'était pas mis en colère et qu'il n'avait émis aucune protestation. Lorsque j'eus quinze ans, je finis par les convaincre de ne plus m'emmener à leur retraite annuelle.

— On devrait peut-être téléphoner à ta tante pour qu'elle reste avec toi, dit ma mère.

Cela ne les empêchait pas de se faire du souci.

— Je me suis très bien débrouillée l'année dernière et je me débrouillerai très bien cette année, maman. En plus, Lucinda est à Las Vegas avec sa nouvelle copine, tu te rappelles ? demandai-je en croquant quelques pop-corn. Arrête de te tracasser, c'est pas bon pour ton QI.

— Elle t'a eue, là, dit mon père avec un large sourire.

— Je passerai sans doute la plupart des nuits chez les Drake de toute façon, exactement comme l'année dernière, lui garantis-je. Bon, est-ce qu'on peut regarder le film maintenant ?

J'augmentai le volume avant qu'elle puisse trouver de nouveaux sujets d'inquiétude.

Une fois le film terminé, mes parents allèrent se coucher et je retournai chez Solange. Il n'y avait que quelques mois que j'avais mon permis, mais la voiture se rendit là-bas presque toute seule.

Même si je ne vis âme qui vive, je savais que plusieurs gardes et membres de la famille m'avaient repérée avant que j'arrive aux abords de l'enceinte des Drake.

J'ignorais pourquoi ma mère était aussi inquiète. Elle avait déjà demandé à Bruno, le principal garde du corps des Drake, de veiller sur moi.

Les chiens ne prirent pas la peine d'aboyer lorsque je descendis de voiture. Ils étaient au nombre de trois, de gros bouviers gris noir et poilus qui ressemblaient davantage à des ours qu'à des chiens.

Ils auraient pu être intimidants s'ils n'avaient fourré leurs truffes humides dans mes poches et geint pour avoir des friandises. J'avais plus à craindre de la tornade qu'ils risquaient de déclencher par les féroces mouvements de leurs queues touffues.

Les lampes étaient allumées : une douce lumière jaune brillait derrière les fenêtres. La lumière était toujours douce chez les Drake.

Je me dirigeai sur le côté de la maison dans l'espoir que la fenêtre de la chambre de Solange serait ouverte. J'aurais pu frapper à la porte. C'était ce que je faisais d'ordinaire.

Ce n'était pas comme si je risquais de réveiller quelqu'un. Sans compter qu'ils pouvaient généralement flairer ma présence. Mais j'ignorais si on avait des choses à me reprocher.

Si c'était le cas, je présenterais mes excuses, mais je détestais entrer sans être préparée. Les parents ordinaires étaient suffisamment pénibles, mais les parents vampires formaient une catégorie à part. Comme la fenêtre de Solange était fermée, je lui envoyai un texto. Sans succès.

— Lucky.

Je hurlai comme un chat échaudé, me retournant avec une telle rapidité que j'en eus des vertiges. Mon portable atterrit dans les buissons. Nicholas sortit lentement de l'ombre, un rictus aux lèvres. Ses yeux pâles brillaient. Je tentai de retrouver mon souffle en me frappant la poitrine. C'était la deuxième fois de la soirée que mon cœur manquait de m'étouffer. Nicholas se passa la langue sur les lèvres. Je me souvins des mises en garde de mon amie et je tâchai de me calmer.

— Putain, Nicky ! marmonnai-je.

Il détestait ce surnom autant que je détestais qu'on m'appelle Lucky. Il se rapprocha, envahissant complètement mon espace vital. Cela me révoltait qu'il soit si beau, avec ses cheveux ébouriffés et son air sérieux de savant d'un autre âge. Il y eut soudain dans son expression quelque chose de légèrement mauvais. Je reculai d'un pas en me demandant d'où venait cette drôle de sensation que j'avais dans le ventre. Il s'avança et je reculai encore, jusqu'à ce que je heurte les rondins du mur de la maison. Je me souvins, trop tard, des mises en garde on ne peut plus simples de Solange à propos des vampires : si l'on s'enfuit, ils poursuivent. Cela faisait simplement partie de leur nature.

Je m'arrêtai net et levai le menton en essayant d'oublier que mes omoplates appuyaient contre le mur et que je n'avais nulle part où aller.

— Quoi ?

Il était proche au point que ses jambes effleuraient presque les miennes.

Il était suffisamment proche, en réalité, pour m'embrasser.

Je fus aussitôt saisie d'horreur à l'idée que cette pensée ait pu même me traverser l'esprit. Je tentai de me rassurer en me disant qu'il s'agissait probablement de ces fameuses et légendaires phéromones.

J'y étais habituée, mais je n'étais pas complètement immunisée.

Et le fait est qu'il me regardait de la même façon que moi je regardais un fondant au chocolat.

Je me mordis la lèvre inférieure. Il cligna des yeux et son visage retrouva son expression impassible, frôlant la froideur. Je remarquai cependant la lueur ardente de ses yeux étranges.

— C'était idiot, ce que t'as fait, dit-il.

Je retrouvai alors le Nicholas que je connaissais. Bien sûr qu'il n'était pas en train de me faire du plat. Où avais-je la tête ?

— C'était juste une soirée.

— C'était imprudent.

Il se passa une main dans les cheveux, les ébouriffant davantage.

— On essaie de la protéger. Tu ne nous facilites pas la tâche.

— Vous l'étouffez, dis-je, le regard noir. Et moi aussi je la protégeais.

— En lui faisant courir des risques inutiles, histoire de flirter avec quelque camarade de classe bourré ? C'est pas un jeu.

— Je sais bien, dis-je d'un ton brusque. Mais tu ne la connais pas comme je la connais. Et elle était tellement stressée par toi et tes babouins dominateurs de frères que je voulais simplement lui remonter le moral.

Il s'interrompit et, lorsqu'il reprit la parole, ce fut avec calme.

— Elle ne peut pas se protéger, si son souci est de te protéger, toi.

Aïe ! En plein dans le mille. L'indignation me quitta, me laissant avec le sentiment d'être vidée et bête.

— Oh !

J'avais horreur qu'il ait raison.

— D'accord. Très bien.

La sonnerie discrète de son portable dans la poche de son pantalon cargo noir m'épargna l'autosatisfaction de sa réponse. C'est à peine s'il m'accorda un regard.

— Rentre chez toi. Maintenant.

Il s'éloigna en me tournant le dos. Je récupérai mon téléphone pour envoyer à Solange ce texto : *Je n'aime pas ton frère*. Je retournai à la voiture d'un pas lourd. Les chiens, faisant entendre de faibles grognements, m'avaient délaissée pour suivre Nicholas. J'espérais un peu qu'ils le mordent. Juste au niveau du cul.

Au moment même où j'allais saisir la poignée de la portière, une main se referma sur mon épaule et me fit tourner. Avant que je puisse émettre le moindre son, la bouche de Nicholas couvrait la mienne entièrement. Il m'attira un peu plus à lui d'un coup sec.

Ses yeux étaient d'un gris flou comme la pluie. Ses lèvres remuèrent, brièvement. C'était à peine un murmure, mais même ce son-là était noyé sous le semblant de baiser.

— Nous ne sommes pas seuls.

Je me raidis.

— Chut.

Il pencha la tête. Tout observateur aurait supposé qu'il m'embrassait et qu'il y prenait plaisir. Je reconnais que j'y prenais plaisir aussi.

Une ombre se déplaça à proximité des haies, avec une rapidité bien peu naturelle. Les grillons se turent. Connaissant la finesse de l'ouïe des vampires, je lançai un coup d'œil ostensible par-dessus l'épaule de Nicholas. Il ne prononça pas un mot, ne fit pas même un signe de tête, mais je savais qu'il avait compris. Il continua de m'embrasser, sortant précipitamment sa langue pour toucher la mienne. J'en oubliai tout autour de moi. Il m'éloigna lentement de la voiture en me guidant à reculons vers la maison.

— Ne cours pas.

Il me mordilla la lèvre inférieure.

— Je sais.

Craignant d'être la seule à éprouver toutes ces intéressantes sensations, je mordillai à mon tour. Ses mains se raidirent. Il avait la bouche contre mon oreille lorsque nous atteignîmes le porche. Sur la première marche, il glissa ses mains sur ma taille, sur mes hanches. Ses lèvres étaient habiles, méchamment délicieuses.

Parfaites.

Devant la porte, il s'arrêta et me poussa brusquement dans l'entrée. Je trébuchai et fis tomber un vase de roses. Des éclats de verre, des pétales rouges et de l'eau se répandirent sur le sol en pierre. J'avais la sensation que mes lèvres étaient gonflées, qu'elles picotaient. *Concentre-toi, Lucy.* L'entrée était déjà remplie de jeunes Drake au visage grave avant même que j'aie le temps de reprendre mon souffle.

La mère de Solange passa devant moi en les poussant et les conduisit dehors. On avait peine à distinguer Nicholas entre les chênes. On entendait nettement des bruits de lutte : grognements, sifflements, craquements d'os.

— Ça va ?

Solange bondit pratiquement sur moi.

— Ça va.

Elle se dirigeait dehors sur les talons de ses frères lorsque la voix de son père traversa l'entrée.

— Solange.

Elle s'arrêta, regarda par-dessus son épaule.

— Ils pourraient avoir besoin d'aide.

— Non.

— Papa.

— Non. Ils sont ici pour toi. Si tu sors, ça ne fera qu'empirer les choses.

Je connaissais cette expression sur son visage. Elle se mordait la langue. Je savais à quel point elle détestait cette interdiction. Helena était la guerrière de la famille. Elle l'était même lorsque, encore humaine, elle gagnait des compétitions d'arts martiaux et elle avait bien entraîné ses enfants. Même moi, on m'avait fait profiter de quelques astuces, mais aucune ne nous servirait à rien ce soir-là. Il n'empêche que j'étais vraiment contente de savoir comment briser une rotule et de connaître trois façons d'immobiliser quelqu'un en n'utilisant que mon pouce. Et dire que les examens de fin de trimestre m'inquiétaient autrefois.

L'entrée était chaleureuse et raffinée, éclairée par des lampes Tiffany. Liam se tenait entre nous et la bataille qui faisait rage dans le jardin en friche. Il était presque assez grand pour nous boucher la vue, mais nous nous penchâmes de chaque côté de lui.

Une partie de moi ne voulait pas voir ce qui se passait. Le reste de ma personne ne pouvait absolument pas supporter de ne pas savoir.

Les ombres se mélangeaient et je voyais des crocs briller et des corps sauter plus haut que ne l'auraient permis des capacités strictement humaines. Les grognements dressèrent les cheveux qui se trouvaient sur ma nuque.

Nicholas était rapide et malin, mais je ne l'avais jamais vu ainsi auparavant. Il avait le visage dur lorsqu'il bondit et esquiva, envoyant sa botte dans le ventre d'un vampire aux longs cheveux blonds et à peine plus vieux que nous. Ils tombèrent tous les deux, mais seul Nicholas atterrit sur ses pieds. J'en éprouvais une fierté excessive.

Tous les frères de Solange se défendaient, mais seul Quinn semblait s'amuser. Il avait même le sourire lorsqu'un poing, fusant si vite que ce n'était qu'une tache couleur chair, lui cassa le nez. Le sang dégoulina de sa lèvre et il le lécha. Helena riait derrière lui, exécutant un saut périlleux pour éviter un pieu et atterrissant derrière son assaillant. Il se désintégra à ses pieds dans un nuage de poussière.

— J'en veux un vivant et capable de parler ! cria Liam.

Il secoua la tête en regardant Solange.

— Franchement, ta mère est pire que les garçons. Helena (il éleva légèrement la voix), laisse-m'en un, bon sang !

— Rabat-joie, marmonna-t-elle avant de se ressaisir.

Son coup de pied sauté ne fit que propulser le vampire dans un arbre au lieu de lui briser les côtes. Derrière nous, Hyacinth émit un petit bruit. Les perles de jais qu'elle portait autour du cou scintillèrent à la lumière.

— Cela manque singulièrement d'élégance, dit-elle d'un ton désapprobateur.

C'était amusant dans la mesure où j'avais entendu raconter ce qu'elle faisait pendant ses loisirs… Et prendre le thé et manger des sandwichs aux concombres n'étaient pas au programme.

Un vampire s'enfuit, disparaissant dans les bois. L'un d'eux fut pris de frissons, se changea en cendres et se dispersa dans les haies. Le pieu retomba par terre. Sebastian, le second frère aîné de Solange, s'essuya les mains sans émotion, puis se retourna pour aider sa mère à traîner vers la maison le vampire à demi inconscient qu'elle avait envoyé dans l'arbre. Connor, à voix basse, parlait dans son portable avec Bruno.

Je m'appuyai contre le mur en regardant passer devant moi un défilé de dents et de sourires féroces. Une fois qu'ils furent tous réunis dans le salon, je les y suivis. Je m'avançai vers mon fauteuil préféré, en velours violet, qui était installé près de la cheminée.

Solange resta debout à côté de moi, les yeux fixés sur ceux du jeune homme qu'on était en train de ligoter. La chemise du garçon était déchirée, ses cheveux châtain foncé roux étaient ramenés en arrière par une queue de cheval.

Ses paupières tremblaient, mais ne s'ouvraient pas. Je ne les aurais pas ouvertes non plus si les sept frères Drake m'avaient entourée, les yeux allumés par la colère. Sans parler d'Helena, qui les écarta d'un mouvement de poignet à peine perceptible. Elle renifla une fois, délicatement.

— Il sent la famille, murmura-t-elle.

Mais elle secoua la tête.

— À peu près.

Liam fronça les sourcils, puis renifla à son tour.

— Il y a quelque chose qui cloche.

Ses yeux se plissèrent, son regard s'aiguisa.

— Le bras gauche.

Nous regardâmes tous, même si je ne savais pas ce que je regardais. On apercevait l'extrémité d'un tatouage sous la manche retroussée. On aurait dit un soleil stylisé de type tribal, mais je n'en étais pas certaine.

— Bon sang, marmonna Nicholas. Helios-Ra.

Tout le monde avait l'air complètement abattu par un nom qui tenait de la bande dessinée. Il remua. Une douce odeur de lys et de chocolat presque naturelle, mais pas tout à fait, s'échappa. Ils restaient tous là à humer l'air comme des chiens de chasse, les narines dilatées.

— Qu'est-ce qu'il y a ? chuchotai-je à Solange. C'est quoi tous ces reniflements ? C'est flippant.

Elle n'eut pas le temps de répondre, car le jeune homme ouvrit tout à coup les yeux comme s'il venait d'avoir été touché par quelque chose de pointu. Il n'avait pas les yeux pâles, à l'inverse de tous les vampires que j'avais vus.

Ils étaient très noirs et très hostiles.

3

Solange

— Tu es... m-mortel, finis-je par bredouiller.

Je savais que Lucy se plaisait à penser que tous les vampires possédaient une certaine suavité, mais cela ne me plaisait pas du tout. Et pas uniquement parce que je n'étais pas, d'un point de vue technique, encore un vampire. C'est elle qui portait les foulards en velours à perles tandis que moi, j'étais vêtue d'un pantalon taché d'argile séchée. En plus, je le regardais complètement bouche bée. C'était un chasseur et il travaillait pour une organisation vouée à nous éradiquer. Le tatouage de soleil en offrait une preuve suffisante que venait renforcer une expression de colère justifiée.

Génial.

— Je saisis pas, me chuchota Lucy. C'est qui ?

— Pas l'un des nôtres, chuchotai-je à mon tour,

sans détourner un seul instant mes yeux de ceux de notre prisonnier.

J'ignore ce que j'y lisais, mais, quoi que ce fût, c'était complexe. J'avais entendu parler de l'eau de Cologne que portaient certains chasseurs ; elle imitait les phéromones des vampires afin de prendre au dépourvu les ennemis potentiels.

Nous n'y avions vu que du feu dans le jardin jusqu'à ce qu'il ait été contraint de combattre ma mère qui l'aurait tué si mon père n'avait autant insisté pour avoir quelqu'un à interroger.

Nicholas s'avança légèrement devant nous, jouant, comme toujours, son rôle agaçant d'ange gardien. Il n'aimait ni les surprises ni les questions sans réponses et nous venions d'être servis en la matière.

J'avais reçu exactement le même entraînement qu'eux, mais aucun de mes frères ne parvenait à se mettre dans la tête – qu'ils avaient dure – que je n'étais ni fragile ni sans défense.

L'agent d'Helios-Ra portait un pince-nez noir, ce qui prouvait qu'il en connaissait davantage sur nous que nous sur lui. Je tendis le bras et le lui arrachai.

— Qu'est-ce que tu fais ici ?

Je voyais bien qu'il essayait de retenir son souffle. J'aurais pu lui dire que cette stratégie ne marchait jamais très longtemps. Il me lança un regard courroucé et séditieux.

— De la filature, finit-il par répondre en expirant brusquement.

— Laisse-moi deviner, dis-je avec dégoût. Parce que je suis trop belle et, sans savoir pourquoi, tu as un besoin vital d'être avec moi ?

Je commençais vraiment à détester toute cette histoire de phéromones.

Il me regarda avec étonnement et faillit sourire.

— Pas exactement.

Je montrai à mon tour un regard étonné.

— Oh !

Bon sang, il était encore plus séduisant quand il ne semblait pas particulièrement sensible à mes charmes douteux.

— Bon, alors t'es qui ?

— Helios-Ra, répondit-il, la voix saccadée.

— Ouais, ça, on a saisi.

— Ton nom ? demanda mon père en fronçant les sourcils.

— Kieran Black.

— Depuis quand Helios-Ra est à nos trousses ? Aux dernières nouvelles, nous avions conclu un traité. Nous ne mangeons pas d'humains, donc vous nous laissez tranquilles et, de notre côté, on vous fiche la paix.

Ma mère poussa un soupir de mépris. Elle abhorrait le traité. Elle préférait se battre, le tact étant bien moins son affaire que le maniement des armes, mais mon père était bien plus pragmatique et voyait à long terme.

Déterminé à donner une chance à ses enfants, il avait signé le traité avant la naissance de mon frère aîné. Il n'avait pas envie que la ligue nous harcèle et nous poursuive au seul motif que nous étions des vampires.

Après tout, les vampires ne sont ni meilleurs ni plus mauvais que ne le sont les humains. Mais allez dire cela aux Helios-Ra. Il y avait très peu de temps qu'ils avaient reconnu qu'être un vampire n'était pas une raison suffisante pour être tué à vue.

Reste que, chez eux, les vieilles traditions avaient la vie dure, presque autant que chez nous.

Mais notre famille, au moins, a bonne réputation. Nous buvons surtout du sang animal, n'ayant recours au sang des hommes qu'avec leur consentement ou que si nous sommes malades et que nous n'avons pas d'autres possibilités de guérison. Et si cet expédient échoue, un rapide cambriolage à la banque du sang fait suffisamment l'affaire.

Nous ne sommes jamais devenus sauvages ; il y a trop de siècles que la maladie affecte notre lignée, et chaque nouvelle génération naît plus forte que la précédente.

Ce n'est pas simple de mourir même si l'on sait que l'on se réveillera ensuite. Il est même plus difficile encore de contrôler la soif du sang. Il n'empêche qu'il est très rare désormais que certains deviennent fous pendant la transformation.

J'étais obligée de me rappeler ce petit détail chaque fois que, sur le calendrier, je voyais la date de mon anniversaire se rapprocher. Lucy me donna un petit coup de coude.

— T'as l'air morose, dit-elle dans sa barbe. Tu y penses encore.

Je redirigeai mon attention vers l'affaire en cours. Je ne pouvais me permettre de me laisser distraire par l'apitoiement… ou par le fait que cet agent d'Helios-Ra était particulièrement beau avec ses yeux ténébreux et ses pommettes saillantes.

— Les choses changent, dit-il. Vous devriez le savoir. Vous avez rompu le traité.

Les yeux de ma mère se plissèrent dangereusement.

— Pardon ? demanda-t-elle avec la discrétion d'une souris qui se trouve à proximité d'un chat endormi.

Oh ! oh ! Ma mère était très attachée à tout ce qui avait trait à l'honneur.

— Grave erreur, dit Lucy avec amabilité.

Paradoxalement, mon amie était beaucoup plus sanguinaire que je ne l'étais. Elle aurait fait un meilleur vampire que moi. Je la regardai brusquement.

— Quoi ? demanda-t-elle avec innocence. Il te pourchassait, il le mérite.

C'est à peine si Nicholas tourna la tête.

— Vous permettez, toutes les deux ?

— Ouais, ouais, marmonna-t-elle.

Ma mère s'avança si près que Kieran transpira légèrement et respira aussi superficiellement qu'il le pouvait. Nos phéromones, lorsque nous distrayions les mortels afin de boire, n'étaient rien en comparaison de celles que nous émettions lorsque la colère nous envahissait.

Tout son corps débordait probablement d'adrénaline, hésitant entre le combat ou la fuite. Je ne la percevais pas encore, mais je ne tarderais guère à pouvoir en sentir le goût sur ma langue, telles des bulles de champagne. Il ne s'agissait pas d'une pensée particulièrement rassurante.

— Est-ce que tu es en train de nous accuser d'avoir cassé un serment ?

La voix de ma mère faisait penser à du verre brisé : brillante et dangereuse. À côté d'elle, Sebastian montrait les dents. Ses crocs étaient rétractés, mais ses dents n'en avaient pas moins un je-ne-sais-quoi de trop pointu. Il parlait peu, même avec nous, et son silence était terrifiant pour ceux qui ne le connaissaient pas.

— Ce n'est un secret pour personne.

— Vraiment ?

— Les Drake ! lança-t-il avec véhémence. Je ne suis pas assez fou pour me fier à un seul d'entre vous.

Byron, l'un des chiens, émit un grognement. Quinn sourit.

— Laissez-moi lui parler, suggéra-t-il.

Il y avait toujours quelque chose de violent dans

ses sourires. Mon père leva la main. Quinn se calma, quoique ce ne fût pas flagrant.

— Nous n'avons pas rompu le traité, dit mon père avec calme.

— Helios-Ra dit le contraire.

— Alors, c'est qu'Helios-Ra est mal informé. Et je ne laisserai pas votre organisation mettre ma fille en danger.

Le garçon me jeta un coup d'œil, puis détourna le regard.

— Si vous me gardez ici, vous romprez vraiment le traité.

Il respirait par la bouche, comme si cela pouvait changer quoi que ce soit.

— À vrai dire, étant donné que c'est vous qui avez violé le traité en venant ici (la voix de mon père était veloutée), il est vraiment inutile que nous nous préoccupions de ces règles.

D'ailleurs, ma mère affichait un rictus.

— Je…

— Quel âge as-tu ? demanda mon père.

— Dix-huit ans.

Mon père secoua la tête, estomaqué.

— Ils les forment de plus en plus jeunes.

— Il faut qu'ils puissent infiltrer les lycées et les universités pour nous espionner, fit remarquer Connor.

— Je ne fais que mon boulot. Garantir la sécurité des gens face à des monstres comme vous.

— C'est à cause de gens comme toi que ma

tante Ruby refuse désormais de sortir de chez elle, dis-je brusquement.

Des chasseurs avaient tué son mari et ses trois fils, et elle ne s'était jamais vraiment remise de cette perte.

Les traits de Black se durcirent.

— C'est à cause de monstres comme vous que mon père est mort.

— Oh ! et les chasseurs ou Helios n'ont jamais emporté aucun des membres de notre famille, hein ? rétorquai-je, même si je déplorais qu'il ait perdu son père.

— Et ce ne sont pas des monstres, espèce de fanatique, indiqua Lucy, enflammée.

Elle se releva d'un bond.

— C'est une maladie, espèce d'ignare. Est-ce que les gens qui ont du diabète ou de l'arthrite sont aussi des monstres ?

Si la discrétion n'avait été aussi cruciale, elle aurait usé de sa théorie dans sa croisade personnelle pour que le monde nous accepte.

— Ça n'a rien à voir.

— Si.

— Mon père a eu la gorge arrachée.

Il y eut un silence. Puis mon père fronça les sourcils.

— Seuls les *Hel-Blar* arrachent les gorges, fiston.

— Un vampire est un vampire, insista Kieran.

Le visage de Lucy s'empourpra.

— Quelle est la véritable raison de ta venue ? demanda mon père de façon pressante avant que mon amie n'explose.

— La récompense, répondit-il d'un ton contraint.

Ma mère devint anormalement calme. Ses yeux scintillèrent et réfléchirent la lumière.

— Quelle récompense ?

— La récompense touchée pour la famille Drake.

Quelqu'un fit entendre un grognement. L'air était tellement chargé que je m'étonnais quelque peu qu'il ne fasse pas d'étincelles et ne s'embrase.

Mon père s'avança d'un pas menaçant vers le téléphone posé sur le bureau.

Il vociféra des ordres dans le combiné, sans même prendre la peine de saluer.

— Redouble les patrouilles. Avertis tout le monde. Oui, même elle. Et le conseil.

Il prit ensuite le portable qui se trouvait dans sa poche et, la mine grave, composa un numéro. Sa voix se changea en un doux murmure que je ne démêlai pas entièrement. Je n'avais pas l'oreille assez fine. Pas encore.

— La récompense, c'est pour quoi ? demanda Sebastian.

— J'en sais rien.

Quinn s'avança d'un pas nonchalant et se pencha tout près.

— Tu vas nous le dire.

Kieran pâlit légèrement, cherchant à détourner le regard. La main de Quinn se referma sur sa gorge. Kieran paraissait un peu étourdi lorsqu'il finit par répondre.

— Ç'a été affiché ce soir.

Il frissonna. La sueur perlait sur sa lèvre supérieure.

— Est-ce que cela concerne Solange ?

— J'en sais rien.

Il étouffa, tenta de déglutir.

— J'en sais rien, répéta-t-il. J'ai entendu dire qu'il y avait une récompense et j'ai voulu être de la partie.

Quelque chose dans sa voix me disait que c'était moins une question de récompense que l'occasion de châtier notre famille.

Quinn relâcha la pression, laissant sa main retomber contre son flanc.

— Une agence qui attaque une fille de quinze ans.

Il cracha.

— Lâches.

Kieran respira profondément de façon saccadée, à plusieurs reprises.

— On protège les innocents.

— On n'est pas au cinéma, crétin, marmonna Lucy, agacée.

— Si vous avez l'intention de me tuer aussi, finissez-en.

— On n'étanche pas notre soif sur les gens de

ton espèce, ricana Nicholas, rendant son ton aussi insultant que possible.

— Vous l'étanchez sur elle ? demanda Kieran en montrant Lucy d'un signe de tête. Vous en avez fait votre esclave ?

— Qui, Lucy ? demanda Nicholas, toujours en ricanant.

— Hé ! dit mon amie d'un ton brusque. La ferme.

Je n'aurais su dire avec certitude auquel des deux elle s'adressait.

— Ça ne nous mène nulle part, dit calmement Duncan.

À l'instar de Sebastian, il était rare qu'il se mette en colère ou qu'il perde sa lucidité.

— Évitons de nous égarer.

Il bâillonna Kieran avec un bandana noir qu'il noua scrupuleusement. Mon père approuva d'un signe de tête avant de pointer son doigt vers la pièce d'à côté.

— Cuisine. Maintenant.

***

Cette pièce ressemblait à n'importe quelle cuisine de ferme : une énorme table en bois, des chaises à dossier en échelle, des placards peints et une bouilloire sur le fourneau. Il y avait sur le plan de travail un panier rempli de pommes rouges et de grenades et même de la nourriture dans le frigo, surtout pour moi et pour Lucy lorsqu'elle dormait à la maison.

À vrai dire, elle était déjà en train de se verser un verre de jus de canneberge.

Le sang était conservé dans une vieille cave à vin, dissimulée dans le mur et fermée par trois verrous et un système d'alarme. Il s'agissait là d'une précaution relativement nouvelle, qui datait de la fois où un type avait débarqué après que sa sœur eut été larguée par Logan.

Les gardes ne l'avaient pas stoppé ; cela aurait paru suspect de les faire se regrouper simplement parce que quelqu'un s'avançait vers la porte sans avoir été invité. Les chiens, cependant, l'avaient arrêté, avant même que ma mère s'en soit chargée. Il n'avait pas dépassé l'entrée.

Ce ne fut qu'une question de chance s'il ne vit pas l'intérieur de la cuisine et le pichet de sang sur le plan de travail. Inutile de dire qu'après cela, on nous encouragea fortement à ne pas sortir avec des humains.

À présent, Quinn faisait les cent pas derrière ce même plan de travail. Nicholas était appuyé contre le mur, les bras croisés.

Mes autres frères étaient assis, même si leurs muscles étaient tendus, prêts à un mouvement subit. Je regardais avec méfiance les champs obscurs de l'autre côté de la vitre. Le téléphone de mon père sonna de nouveau. Ma mère jeta un coup d'œil à Lucy.

— Nous devrions appeler tes parents.

— Pas possible, dit-elle en reposant son verre. Ils vont à l'ashram pendant deux semaines, vous vous rappelez ?

Le soleil se levait lentement au-dessus de l'horizon.

— Et ils partent toujours de bonne heure pour voir le lever de soleil sur le lac.

Elle soupira.

— Naturellement. Dans ce cas, tu vas rester ici.

— Ah bon ? Mais personne ne me poursuit, moi.

— Tu fais partie de la famille, jeune fille, et ta maman ne me pardonnerait jamais de te laisser sans protection, surtout maintenant, dit ma mère d'un ton sévère.

— Oui, m'dame.

Ma mère était la seule personne de la planète capable d'arracher à Lucy ce ton docile. Personne d'autre n'en aurait même soupçonné l'existence. Je me laissai tomber sur la chaise qui se trouvait à côté de mon amie et lui volai une gorgée de son jus. Je tâchai de ne pas imaginer ce que cela ferait de boire du sang à la place. Mon ventre se manifesta.

— C'est inacceptable, pesta tante Hyacinth. La famille Drake possède un nom dont elle n'a vraiment pas à rougir. Ils n'ont pas le droit de faire ça. Nous faisons partie du conseil.

— Allons directement au quartier général d'Helios-Ra, ajouta Quinn, le regard dur. Je peux finir le travail.

— Comme si ton caractère irritable nous avait déjà aidés, dit Logan avec un soupir moqueur.

— Attention, petit frère.

Tous parlaient en même temps jusqu'à ce que ma mère s'éclaircisse la voix.

— Les garçons.

Le silence se fit, à contrecœur, mais promptement. Mon père éteignit son téléphone. Il y avait autour de sa bouche des rides que je n'avais jamais vues auparavant.

— Le garçon avait raison. On a prévu une récompense.

Ma mère jura.

— Pourquoi ? demanda-t-elle.

— Le découvrir pourrait bien prendre du temps. Il y a eu quelques disparitions, des rumeurs absurdes. J'ai mis des gens sur le coup.

Il se pencha sur le plan de travail, les poings serrés.

— J'ai passé un coup de fil à Hart et à Lady Natasha.

— Natasha ? répéta Hyacinth en fronçant les sourcils. Est-ce bien raisonnable ? Elle nous a tous exilés.

— Je sais.

Hart était le responsable d'Helios-Ra et n'affectionnait pas particulièrement Lady Natasha.

— En attendant qu'on en sache davantage,

personne ne quitte les lieux tout seul. Solange, tu restes ici.

— Pourquoi suis-je la seule à être assignée à résidence. C'est vraiment pas juste.

— Solange, tu sais pourquoi.

— Je sais me défendre toute seule, dis-je en serrant les dents.

— Je sais que tu en es capable. Mais tu sais aussi bien que moi que tu n'es pas au maximum de ta force.

— Je me sens très bien.

Je n'en pouvais plus de répéter ces mots à longueur de temps. J'avais déjà le sentiment d'être prise au piège, étouffée. Je m'arracherais le pied avec les dents comme un animal pris dans un piège à loup s'ils ne me laissaient pas un peu d'espace.

— Sol, murmura Nicholas. S'il te plaît.

La frustration me fit souffler. En regardant ma mère, je m'assurai que mon menton était relevé, mon regard, soutenu.

— J'ai toujours le droit d'aller dans ma cabane ?

S'ils essayaient de m'empêcher d'utiliser mon four et mon tour de potier, je serais folle avant mon anniversaire. Mon désespoir ne dut pas échapper à ma mère.

— Entendu.

Je soufflai à nouveau.

— D'accord.

Le téléphone de mon père sonna de nouveau. Il

écouta calmement avant de faire signe à Sebastian et à Connor.

— Votre oncle Geoffrey est en route. Et votre tante Ruby arrive ; allez l'aider à entrer à l'intérieur.

Le fait qu'on ait convaincu Ruby de quitter sa maison pour venir chez nous en disait long sur la gravité de la situation. Mon père, les lèvres serrées, toucha la main de ma mère.

— Nous allons savoir de quoi il retourne, promit-il avant de tous nous envoyer dans nos chambres respectives.

— Ça va ? me demanda Lucy au moment où nous nous apprêtions à nous coucher.

Elle se mit à enlever les kilos de bijoux qu'elle portait toujours… prouvant par là que la répulsion que l'argent exerce sur les vampires n'est qu'un mythe.

— Je vais très bien, ce sont les autres qui perdent les pédales, marmonnai-je.

Elle fit entendre un soupir moqueur.

— Comme c'est surprenant. Tu es la petite dernière et tu sais bien comment sont tes frères.

Je roulai les yeux.

— Ça fait quoi, d'être fille unique ?

— Comment est-ce que je le saurais ? Tes frères me harcèlent tout autant que toi.

— Exact.

Lucy attendit que nous ayons enfilé nos pyjamas pour reprendre la parole. Elle portait une longue chemise de nuit noire en coton qui ressemblait à une robe d'été. Quant à moi, je portais le pantalon de pyj en flanelle que je préférais et un tee-shirt. De nous deux, elle paraissait toujours celle qui aurait dû se transformer en vampire. Je poussai un soupir.

— Sol, dit-elle. Je n'ai jamais vu la transformation de Nicholas ni de Logan. On m'avait bannie de la maison, tu te souviens ?

— Je m'en souviens, dis-je à voix basse.

Moi, je n'avais certes pas été chassée de la maison, mais ce qui est sûr, c'est que je n'avais pas été la bienvenue au troisième étage où dormaient tous mes frères. J'avais perçu le silence anormal et vu le visage pâle et inquiet de mes parents lorsqu'ils s'étaient relayés au chevet de Logan, puis de Nicholas l'année suivante. En ce qui concerne les plus vieux de mes frères, j'étais trop jeune pour vraiment me rendre compte de ce qui se passait, et mes parents m'avaient envoyée passer la nuit chez Lucy. Sa mère m'avait chouchoutée et donné du chocolat, ce qui avait rendu mon amie grincheuse étant donné que la seule chose qu'elle avait le droit de manger, c'était de la caroube. Je n'avais pas vraiment compris à l'époque.

Je comprenais désormais.

— Alors..., il se passe quoi, en vrai ? demanda Lucy avec empressement. Je sais que vous devenez malades, mais est-ce que c'est si terrible que ça ?

Ça l'était réellement.

— Non, ça va, mentis-je alors que nous nous mettions dans nos lits respectifs. Je veux dire, ça n'a rien d'amusant, mais tu connais les Drake. Nous adorons en faire des tonnes, question protection.

Ouais, mensonge sur toute la ligne.

Je voyais bien d'ailleurs que Lucy n'y croyait qu'à moitié. Elle ouvrit la bouche pour poser une autre question. Un léger coup frappé contre la porte l'interrompit. Elle me lança un regard noir comme si c'était moi qui l'avais orchestré.

— Sol, c'est moi, murmura Nicholas de l'autre côté de la porte. Je peux entrer ?

— Bien sûr, dis-je tandis que Lucy se redressait subitement et se passait la main dans les cheveux.

Je la regardai avec étonnement. Depuis quand se préoccupait-elle de son apparence physique devant mes frères ?

La porte ne fit aucun bruit au moment où Nicholas se glissait à l'intérieur. Il portait son pantalon noir, mais pas de chemise, comme s'il avait été interrompu pendant qu'il se déshabillait. Il se passait quelque chose, c'était clair. Tout comme il était clair aussi que Lucy s'évertuait à ne pas fixer des yeux le torse de mon frère. Il lui jeta un coup d'œil, puis fronça les sourcils.

— Quoi ?

Elle détourna brusquement le regard.

— Rien.

On aurait dit qu'elle allait rougir. Je ne manquerais décidément pas de la titiller à ce sujet plus tard. Pour le moment, cela devrait attendre.

— Qu'est-ce qui se passe ? demandai-je à Nicholas.

— Il y a quelqu'un en bas, dit-il à voix basse. Il a gratté à la fenêtre et papa l'a laissé entrer après que maman a menacé de lui manger la figure.

— Beurk ! dit Lucy.

— Un vampire.

— Qui rôdait près des fenêtres ? demandai-je.

Je me glissai hors de ma couverture.

— C'est pas bon.

— Ils sont dans la bibliothèque.

Nous échangeâmes des regards, puis un signe de tête et nous nous précipitâmes dans le couloir sans mot dire. La bibliothèque était l'une des seules pièces de la maison où l'on pût surprendre une conversation.

Nous avions découvert, grâce à un tuyau de Quinn, que si l'on s'allongeait sur le sol de la chambre d'amis jouxtant la mienne et qu'on collait l'oreille à la grille d'aération, on pouvait presque entendre tout ce qui se passait. Nous nous étendîmes sur le plancher. Nicholas se trouvait entre nous, accaparant l'endroit qui offrait la meilleure écoute. Il avait le visage tourné vers Lucy.

— J'entends rien…

Il appuya le doigt sur les lèvres de mon amie pour l'empêcher d'ajouter le moindre mot. Mes parents nous entendraient si nous chuchotions juste au-dessus de l'aération. Avoir des parents vampires présentait de vrais inconvénients : se faufiler en douce frôlait l'impossible. Quand viendrait mon anniversaire, au moins, je ne serais plus la seule à me déplacer dans la maison d'un pas lourd, sourde à toutes les intrigues. J'entendrais aussi bien qu'eux.

— Existe-t-il une seule raison qui nous empêche de te transpercer sur-le-champ ? demanda ma mère avec amabilité.

— Je ne suis pas là pour la récompense, lui assura une voix masculine.

Cette voix était grave et rocailleuse, comme si elle provenait d'une poitrine énorme. Je ne pouvais m'empêcher d'imaginer un catcheur, en bas, dans la bibliothèque.

— Je me serais gardé de signaler ma présence, non ?

— Tu n'as pas exactement frappé à la porte, dit mon père d'un ton sec.

— Il y a des humains dans cette maison, dit-il comme si cette explication suffisait. J'en sens au moins deux, mais pas ici dans cette pièce.

Avec beaucoup de chance, ils ne nous sentiraient pas, Lucy et moi, au-dessus de sa tête avant que nous ayons entendu ce qu'il avait à ajouter.

— Je suis venu offrir mon allégeance à votre fille.

À la réflexion, j'aurais pu me passer d'entendre cela.

— Vraiment ?

Ma mère ne semblait pas convaincue. Mon père était probablement aux anges à l'idée de négocier une autre alliance. Moi, j'avais juste envie de retourner me coucher.

— Tu es rattaché à Lady Natasha, dit mon père avec calme. Tu portes la marque de sa maison.

— Je suis rattaché à la cour royale, c'est vrai.

C'était une distinction importante.

— Mais il y en a parmi nous qui préféreraient prêter serment à la maison des Drake et je suis là pour les représenter.

Merde. Encore cette histoire de prophétie. Pourquoi personne ne me croyait quand je disais que je ne voulais pas être princesse ou reine ou je ne sais quoi d'autre ? Je n'avais pas envie de servir de prétexte à une guerre civile entre les tribus. Je tressaillis.

— Nous ne l'oublierons pas. Naturellement, il nous faudrait une preuve de ta loyauté.

— Bien entendu. Le moment venu, vous aurez votre preuve.

On aurait dit qu'il s'inclinait.

— En attendant…

J'entendis la fenêtre se refermer et mes parents sortirent de la bibliothèque. Je poussai un soupir et fermai les yeux. Je m'étais sentie très bien toute la journée, mais à présent j'étais épuisée, presque autant que si j'avais eu la grippe.

— Je suis désolé d'avoir failli te laisser toute seule, murmura Nicholas à Lucy. Je pensais vraiment qu'ils nous suivraient et que tu serais plus en sécurité à la soirée. Quoi ? demanda-t-il quand il s'aperçut qu'elle ne répondait pas tout de suite.

— C'est la première fois que tu me fais des excuses.

— J'ai dit que j'étais désolé la fois où je me suis servi de ta poupée pour cible lorsque je m'entraînais à tirer avec la carabine à air comprimé.

— Parce que ta mère te tenait par l'oreille.

— Euh… peu importe. Désolé.

— Merci, murmura-t-elle.

— De rien, murmura-t-il à son tour.

J'eus soudain l'impression de tenir la chandelle. Bizarre.

Nicholas se releva avec précipitation.

— On devrait y aller.

— Elle dort, dit Lucy.

Je ne dormais pas, mais je n'avais pas la force de lui dire cela.

— J'm'en charge, dit Nicholas d'un ton grave en me soulevant et en m'emportant dans ma chambre.

4

Lucy

Samedi matin

Chez les Drake, les matins étaient toujours silencieux, même avec près de vingt personnes entassées dans les pièces minuscules et les couloirs exigus. La lumière du soleil faisait scintiller les fenêtres, équipées d'une sorte de verre traité. Les vampires anciens peuvent supporter la lumière du jour bien qu'ils n'en soient jamais friands, mais elle affaiblit dangereusement les plus jeunes qui n'ont pas eu le temps de se constituer une immunité. Je savais désormais apprécier à sa juste valeur la lumière du soleil ou mon aptitude à manger chaque repas avec des couverts. Toutefois, en dehors de toute cette histoire de sang, les Drake étaient très civilisés. Ils utilisaient des verres et des coupes, et non des sacs de sang en plastique.

Lady Natasha, au dire de tous, n'était, en revanche, pas du tout civilisée. Elle avait été le bras droit de Montmartre et sa maîtresse. Lorsqu'il s'était lassé d'elle, elle avait fait alliance avec une puissante famille vampire.

Elle connaissait les coutumes vampiriques, la Milice et les Chiens, et elle était déterminée à les réconcilier en prenant leur commandement. Les partis pris, cependant, étaient bien ancrés et, jusqu'ici, elle n'avait pas réussi à les unir. Elle n'était pas animée par des motivations altruistes – comme mettre fin, par exemple, à ce qui était essentiellement une guerre civile ; elle ne cherchait qu'à augmenter son pouvoir. Et peut-être aussi à se venger de Montmartre.

J'avais vu les roses sur lesquelles figurait le nom de ce dernier.

Ces fleurs n'auguraient rien de bon. Il voulait, c'était clair, qu'une fille Drake lui donne des bébés vampires… et le pouvoir du conseil et les cours royales si la fille en question en prenait effectivement le contrôle. Il voulait la totale.

Rien, dans ce projet, n'enchanterait Lady Natasha qui convoitait Montmartre autant que le pouvoir.

Si seulement la politique vampirique faisait partie des examens d'histoire au lycée, je n'aurais pas besoin de réviser.

Solange dormait encore, pelotonnée autour des rayons de soleil qui tombaient sur son oreiller.

J'avais déjà remarqué qu'elle se réveillait de plus en plus tard. Je commençais à me faire du souci pour elle. Tout le monde semblait penser qu'il s'agissait là d'une étape tout à fait normale de la transformation. Je passai un pull sur ma chemise de nuit et rajoutai des grosses chaussettes.

Il faisait toujours un froid de canard chez les Drake, quelle que soit la période de l'année. J'allai directement dans la cuisine pour me faire un thé et griller une tartine. Personne n'était réveillé. Je pris mon petit-déjeuner, puis j'emportai mon infusion en errant dans la maison.

Dans ma torpeur, j'avais complètement oublié Kieran, attaché à une chaise massive dans l'un des salons.

Je me figeai, ma tasse en l'air. Son regard était attentif, curieux, énervé. Je n'aimais peut-être pas son attitude, mais je supposais que je serais énervée aussi si j'étais ligotée dans une maison de vampires. Surtout si j'étais un agent endoctriné par Helios-Ra. Le bâillon était retombé autour de son cou, à côté de son pince-nez. À la lumière du jour, je m'aperçus qu'il portait un jean noir et une chemise noire ainsi que des sangles dont Helena avait retiré les armes.

— On te croirait tout droit sorti d'une mauvaise bande dessinée, lui dis-je d'un ton enjoué.

Il me fixa.

— Ça ne te fait vraiment rien tout le côté vampire, hein ?

Je haussai les épaules.

— C'est ça.

Il était évident qu'il ne savait pas quoi penser de moi. Je m'approchai avec curiosité. C'était la première fois que je voyais un agent Helios-Ra en vrai. Je me demandais pourquoi on en faisait tout un plat.

Il était à peine plus vieux que nous. On n'avait pas trop serré les liens de ses poignets pour qu'il puisse les bouger un peu, mais on avait solidement attaché ses épaules au dossier de la chaise. Il portait des rangers coquées, attachées solidement, elles aussi, au niveau des chevilles.

— Qu'est-ce que les Drake ont fait pour que tu sois aussi hargneux ?

— Hargneux ? Est-ce que tu viens de me traiter de hargneux ?

— Je dis ce que j'pense.

— T'es trop bizarre comme fille.

— De la part d'un mec qui se prend pour un agent secret…

— Tu devrais prendre les Helios-Ra un peu plus au sérieux, m'avertit-il.

Je lui adressai un sourire quasi dénué d'humour.

— Je supporte assez mal les consignes.

Je haussai les sourcils.

— Alors ? Pourquoi la vendetta ?

Ses mâchoires se crispèrent.

— Je te l'ai dit.

— Je suis désolée que ton père soit décédé.

Mais tu ne peux pas en vouloir à tous les vampires pour les actions d'un seul.

Je tâchai de paraître sensée, apaisante. Ma mère faisait ce genre de choses naturellement. Moi ? Pas aussi bien.

— Ça s'appelle du racisme.

— Ils ne sont pas humains.

— Qu'est-ce que ça peut bien faire ?

Il me regarda, bouche bée.

— Quoi ?

— Et en plus, les Drake sont des humains ou du moins l'étaient en grande partie. Et ils n'ont jamais fait aucun mal à la populace. Ils ne t'apprennent rien dans cette super école secrète ?

— Comment t'as su pour l'école ?

Il tâchait de n'avoir pas l'air surpris.

— Je t'en prie. Ça va un peu de soi.

— Tu ne comprends pas.

— Je comprends tout à fait, dis-je.

— Ils t'ont fait un lavage de cerveau.

— Hé ! c'est toi qui fais partie d'une espèce de secte de chasseurs.

Il plissa les yeux.

— C'est pas de la blague, Lucy. Les Drake ont tué mon père.

— C'est faux.

— Tu ne sais même pas qui est mon père.

— Je sais que tu es un imbécile.

Il me regarda en silence pendant un long

moment comme s'il cherchait quelque chose. Puis il posa les yeux sur ma tasse.

— Je peux avoir une gorgée ? demanda-t-il. Je n'ai rien bu de la nuit.

Évidemment, je ne lui faisais pas confiance. Il avait escaladé plusieurs clôtures et s'était glissé sur un territoire de vampires solidement gardé avec des intentions peu courtoises.

Il n'empêche que ce n'était que du thé. Quel danger cela pouvait-il bien présenter ? Je m'approchai, portai la tasse à ses lèvres et il but en témoignant de la reconnaissance.

— Je suis désolé, murmura-t-il en souriant tristement.

Il glissa sa main droite sous sa manchette gauche. Il y eut alors un petit craquement et un nuage qui ressemblait à du sucre en poudre s'échappa d'une fiole cousue dans sa manche. Le lourd parfum de chocolat et de lys restait en suspens entre nous. Cela me donnait envie d'éternuer.

— Je suis presque immunisée contre les phéromones de vampire, lui appris-je avec hauteur en croisant les bras.

Cela ne parut ni le décevoir ni l'abattre.

— Tu n'es pas immunisée contre ce mélange, dit-il.

— Si, je le suis. Je ne sais pas ce que tu crois…

La pièce vacilla légèrement, comme si je la voyais à travers des vagues de chaleur montant de l'asphalte.

— C'est quoi, ce bordel ?

Nouveau nuage de poudre.

— C'est un mélange spécial.

L'espace d'un instant, on aurait dit qu'il s'excusait.

— Personne ne peut y résister longtemps.

— Tu ne l'emporteras pas au paradis.

Toutes les couleurs paraissaient étranges, comme si elles étaient pleines de lumière. Le rouge des rideaux donnait l'impression qu'ils saignaient.

— Je vais crier.

J'ouvris la bouche.

— Tu ne vas pas crier, dit-il avec calme.

Je fermai la bouche. Le goût du cacao et des fleurs me donnait un haut-le-cœur. Il y avait autre chose sous les arômes, mais je ne parvenais pas à l'identifier. De la réglisse, du whisky, quelque chose. Je me sentais faible, ma tête tournait. Et derrière ce brouillard, je sentais une colère féroce.

— Détache-moi, Lucy.

Mes mains flottèrent en avant.

— Non, murmurai-je en les observant comme si elles appartenaient à quelqu'un d'autre.

Je repliai mes doigts contre mes paumes. La sueur perlait sous mes cheveux, sur mon visage. Mes lunettes glissèrent le long de mon nez.

— Non.

— Détache-moi, Lucy, demanda-t-il sur un ton plus impérieux. Je suis impressionné. Peu de gens ont besoin qu'on le leur répète. Mais tu ne peux pas le vaincre ; tous tes efforts n'aboutiront qu'à te faire mal.

Je me défendis contre la compulsion avec frénésie et perdis. Les liens se desserrèrent, tombèrent. Une fois qu'il eut les mains libres, il se tortilla pour libérer ses épaules des cordes qui les maintenaient, puis se pencha pour détacher ses chevilles.

— Reste là, Lucy. Ne fais aucun bruit, ne bouge pas avant que je sois parti.

Je me débattis, mais on aurait dit que j'étais retenue par des chaînes collantes. Les Drake allaient me tuer. J'avais délivré leur seul atout, lequel soulevait à présent la fenêtre et se faufilait dans le jardin en friche.

Au moins, il ne savait rien des alarmes silencieuses. Elles ne suffirent pourtant pas. Je le regardai sauter par-dessus le mur décoratif en pierre, traverser le champ en courant et entrer dans la forêt.

Les rayons du soleil éclairaient sa tête.

J'entendis des pas, un juron proféré à voix basse et la voix furieuse de Nicholas.

— Qu'est-ce que t'as foutu ?

La libération fut abrupte et entière. J'avais l'impression que mes muscles étaient comme de l'eau. Ma vision se brouilla et je m'effondrai sur le tapis. Je ne m'évanouis pas, mais il se passa un moment avant que je rouvre les yeux, et un moment plus long encore avant que les meubles retrouvent leur place habituelle. Nicholas était accroupi à côté de moi, les yeux brillants.

— Espèce de petite idiote.

Ce qui restait encore de la compulsion, pellicule collante telle une toile d'araignée, disparut. J'avais très envie de me ressaisir, prise d'une folle panique à l'idée que les effets puissent être permanents. L'angoisse m'avait donné la nausée. Je me cabrai soudain comme si l'on m'avait enfoncé un aiguillon. L'euphorie de pouvoir à nouveau contrôler mes membres valait tout le chocolat du monde.

Nicholas n'était peut-être pas de cet avis.

— Il va falloir que t'arrêtes de me casser le nez ! hurla-t-il tandis que le reste de la famille entrait en trombe.

Le sang tacha ses doigts lorsqu'il fit craquer son nez pour le remettre droit.

— Oups ! dis-je en grimaçant.

Ce n'était sans doute pas plus mal qu'il guérisse aussi vite. Je me frottai le front à l'endroit où j'avais percuté son nez. Ma respiration était irrégulière comme si j'étais restée trop longtemps sous l'eau. Quinn, qui n'était vêtu qu'à moitié, regardait – la colère dans les yeux – la chaise vide avec ses cordes enroulées comme des serpents endormis. Puis son expression fit place à la froideur.

— Il est où, bordel ?

— Elle l'a laissé partir, expliqua Nicholas avec humeur tandis qu'il se relevait.

C'est alors que je m'aperçus qu'il ne portait que

son pantalon de pyjama. Il avait le torse nu, tendu par des muscles fins. Ma respiration était sonore, même à mes oreilles. Devant la fureur indignée de tous les Drake, je ne savais plus où me mettre. Je fus sujette à de nouvelles montées d'adrénaline. Génial. J'avais déjà l'impression d'avoir bu trois litres d'expresso. J'ignorais si j'allais m'évanouir ou exploser. Solange m'aida à me calmer.

— Ça va ?

— Je crois.

Je claquais des dents et retins les larmes de frustration et de culpabilité qui me brûlaient sous les paupières.

Nicholas poussa un soupir de dégoût avant de m'enrouler sans ménagement dans une couverture chamarrée et de me pousser sur le canapé.

— Tu es pratiquement verte, marmonna-t-il en poussant ma tête entre mes genoux. Respire.

Helena se trouvait à la fenêtre. Elle gronda et plissa les yeux. Peut-être la vitre rendait-elle la lumière du soleil inoffensive, mais leurs yeux n'en demeuraient pas moins pâles et sensibles.

— Je suis désolée, dis-je tristement. Je voulais juste lui donner une gorgée de thé. Il disait qu'il avait soif.

Je voyais bien que Liam faisait des efforts formidables pour se maîtriser. Les tendons de son cou saillaient de façon frappante. Sa mâchoire aurait pu être sculptée dans du marbre.

— Qu'est-ce qui s'est passé ? demanda-t-il très lentement, de façon très nette.

J'avais envie de me faufiler dans un trou de souris.

— Il m'a soufflé au visage une sorte de poudre.

Je frottai mes bras glacés. Je me demandais s'il s'agissait là d'un effet secondaire de la drogue ou bien si c'était le choc.

— J'y ai résisté au début. Ça ressemblait un peu à vos phéromones. Mais j'ai cédé à la seconde dose. Il m'a dit de le détacher.

Je fermai brièvement les yeux, agacée par moi-même.

— Et je l'ai fait. Je ne pouvais pas m'en empêcher.

— Tu l'as fait de ton plein gré ? hurla Quinn. Délibérément ?

Liam le fit taire d'un mouvement des yeux et vint s'asseoir devant moi. J'essayai d'éviter son regard, sans succès. Son visage trahissait surtout une patience maîtrisée et très peu de récrimination.

— Je suis navrée. J'ai essayé de lutter. C'était comme si j'étais hypnotisée ou un truc dans le genre.

— J'ai besoin que tu me dises tout ce dont tu te souviens.

J'évoquai le goût de cette poudre, le fait qu'elle me picota le nez et qu'elle s'accrocha dans mon pull.

— L'Hypnos, dit Liam froidement.

Helena se retourna. Elle pointa un doigt vers le bureau et Connor alla sortir une boîte ornée de pierres précieuses du tiroir du bas. Il utilisa ensuite un petit pinceau pour récolter tout ce qu'il pouvait de résidus de poudre sur mon pull et sur le tapis.

— On n'a jamais réussi à s'en procurer, expliqua Liam avec suffisance. On demandera à Geoffrey de l'analyser.

Ce dernier donnait des cours du soir en biologie à l'université du coin. Mais il avait aussi son propre labo et se livrait sans cesse à des expériences et des études sur les dons uniques des Drake.

— Mais qu'est-ce que c'est ?

— On n'en connaît pas bien les composants. Ce qui est sûr, c'est qu'il contient l'une des herbes zombies. Pour le reste, on n'en sait pas assez, si ce n'est que c'est très puissant. Visiblement, on aurait dû le fouiller plus scrupuleusement.

— C'était caché dans sa manche.

Je fronçai les sourcils.

— Si je le revois un jour, je vais la lui enfoncer en plein dans le…

— Ne t'approche pas de lui, coupa Nicholas.

Je ne relevai pas.

— Maintenant, qu'est-ce qu'on fait ? demandai-je.

— Maintenant, on retourne se coucher et on dort un peu, me dit Liam doucement. Laisse-nous nous en charger.

Solange bâilla à se déchirer le visage. Ses frères étaient tous plus pâles que d'ordinaire, des cercles foncés comme des bleus sous leurs yeux délavés. Ils étaient encore jeunes.

En réalité, Logan ne s'était transformé que deux ans auparavant. Il était tellement épuisé qu'il avait l'air ivre, à peine capable de tenir debout. Sebastian le soutint et le conduisit vers l'escalier. Comme Nicholas s'était transformé plus récemment encore, je supposai que seule l'irritation que je lui inspirais le maintenait en équilibre.

Solange bâilla de nouveau.

— Ça va aller ?

J'acquiesçai d'un signe de tête.

— Retourne te coucher.

Il était presque 11 heures, mais elle titubait légèrement. Le reste de la famille regagna ses quartiers, Liam et Helena en chuchotant. Liam était déjà en train de composer un numéro sur son portable. Seul Nicholas resta. Il avait la couleur du lait.

— Tu montes pas ? demandai-je.

Il s'approcha de moi.

— Dans une minute.

Je me sentais enfin réchauffée. La couverture glissa de mes épaules. Il me regardait comme s'il voulait m'éplucher comme une orange. Je me souvenais de la sensation de sa bouche sur la mienne. Je fronçai les sourcils, inquiète sans raison.

— Quoi ?

— J'ai juste envie d'essayer un truc.

Il me touchait avec douceur, ses doigts parcourant ma joue, mon bras, jusqu'à mon poignet. Ses yeux évoquaient la pluie en automne : violents, mystérieux, magnifiques.

Fascinants.

— Arrête, murmurai-je.

— Ne t'approche pas de Kieran, murmura-t-il. Il est dangereux.

— Et pas toi ?

— Faut voir.

Il franchit la distance qui nous séparait en un clin d'œil à peine.

— Qu'est-ce que tu fais ?

— Je n'en ai aucune idée, admit-il.

Ses lèvres effleurèrent presque les miennes.

— Je croyais que tu m'en voulais.

J'avais vraiment envie de me pencher en avant, juste un tout petit peu.

— C'est le cas.

— Tu es aussi en train d'utiliser tes charmes de vampire sur moi.

— Ça ne marche pas sur toi.

— Va pas l'oublier.

Ma voix était douce comme de la crème fouettée et en contradiction avec mon sourire suffisant.

Nous ne fermâmes pas les yeux, pas même lorsque nos lèvres se touchèrent.

J'eus des picotements jusque dans les orteils. Je n'avais plus froid du tout.

À la vérité, on aurait dit que c'était le jour le plus long et le plus humide de l'été. Il avait la peau froide. J'avais un peu envie de le mordiller comme s'il eût été une glace.

Lorsque sa langue toucha la mienne, mes paupières finirent par se fermer. Je m'abandonnai à l'instant, je m'y jetai presque.

Je voulais qu'il dure pendant au moins un an et demi. Je n'avais jamais éprouvé quelque chose de semblable.

Je pourrais ne plus m'en passer du tout.

Imaginez un peu si nous nous aimions pour de vrai.

5

Solange

Samedi après-midi

À mon réveil, Lucy marmonnait toute seule. Ce n'était pas la première fois, mais sa voix avait un côté particulièrement strident, plus encore que lorsqu'elle s'impatientait, comme à son habitude, de la lenteur de notre connexion internet.

Les quelques fermes comprises dans l'enceinte des Drake représentaient près de cinq cents hectares, certaines dépourvues de la moindre source d'électricité. Notre maison avait la chance de bénéficier du satellite même si connexion et jours nuageux ne faisaient pas bon ménage.

— Crétin de satellite.

Il me faudrait une calculatrice pour comptabiliser le nombre de fois où j'avais été réveillée par ses hurlements quand elle était devant mon ordinateur.

La patience ne comptait pas parmi les grandes qualités de Lucy. Je me blottis plus profondément dans le nid de couvertures. Le soleil semblait un peu trop lumineux, mais j'aimais sa chaleur sur mon visage.

— Quelle heure il est ? demandai-je en bâillant.

Lucy me jeta un coup d'œil.

— Deux heures passées, je pense.

Elle griffonna sur un morceau de papier.

— Pince-nez, il m'en faut absolument un. Et un canif, un truc très pointu. Oh !

Elle s'interrompit avec excitation.

— Un Taser. Tu crois qu'ils en vendent sur eBay ?

Je bâillai à nouveau, me relevai sur un coude. J'étais plus fatiguée que d'habitude, mais je n'y fis pas attention.

— Qu'est-ce que tu fais, là ? demandai-je.

— J'établis une liste de fournitures, répondit-elle avec sérieux. Je n'ai pas l'intention de laisser cette tête de con d'Helios-Ra m'utiliser pour t'atteindre encore une fois.

— Ce n'était pas de ta faute.

Elle ne semblait pas le moins du monde convaincue.

— Nicholas pense que si.

— Depuis quand tu te préoccupes de ce qu'il pense ?

Elle s'interrompit.

— Oh ! T'as raison.

Elle cliqua avec la souris.

— Hé ! regarde, ils ont vraiment des Taser. On dirait que celui-là a « Hello Kitty » marqué dessus. Peut-être pas, c'est dur à dire.

Elle écarquilla les yeux de façon comique.

— En quoi ils sont faits ? En or massif et en diamants ? C'est pas avec mon argent de poche que je pourrais me payer ça.

Je poussai un grognement en laissant ma tête retomber sur l'oreiller.

— Lucy, tu ne peux pas commander un de ces trucs. C'est un peu brut de décoffrage.

Elle fit une grimace.

— Sans doute.

— En plus, tu sais que ma mère en a probablement un dans la réserve.

Elle pivota subitement sur sa chaise, les yeux brillants.

— Tu crois qu'elle m'en donnerait un ?

— Après la dernière fois ? Y a pas de risque.

— Quoi ? Honnêtement ! C'était il y a des lustres.

— Personne n'a oublié ce qui s'est passé quand tu l'as convaincue de t'apprendre le tir à l'arc.

— Comment est-ce que j'aurais pu me douter que je savais aussi bien viser ?

Elle avait bien failli transpercer Marcus en plein cœur, ce qui l'aurait tué, comme n'importe qui. Les flèches étaient aussi efficaces que les pieux ; peu importait le matériau utilisé, du moment que c'était pointu et que cela traversait directement le cœur. C'était en réalité relativement difficile à exécuter : les cages thoraciques n'étaient pas faciles à percer.

Elle me regarda en fronçant les sourcils.

— Tu es vraiment pâle. Tu te sens bien ? demanda-t-elle.

— Oh ! tu ne vas pas t'y mettre, toi aussi.

Je tirai l'oreiller sur mon visage.

— Je vais très bien.

— T'es de mauvais poil.

— Parce que tu m'embêtes.

Elle me poussa du bout du doigt.

— Je n'ai pas encore commencé à t'embêter.

Je fis voir un œil.

— Va-t'en, Lucy. Je suis fatiguée.

J'essayai de donner à mon œil cette expression de colère froide que savait si bien rendre ma mère. Lucy pencha la tête sur le côté.

— Tu fais ça de mieux en mieux.

Le problème quand on a une meilleure amie depuis très longtemps, c'est que même la transformation en vampire ne la déroute pas vraiment. Son sourire se radoucit. Génial. Mon charme vampirique inspirait la pitié, non la peur.

— Rendors-toi, dit-elle.

La lumière fit briller les paillettes de son foulard en velours. J'en clignai des yeux.

— Je vais continuer à dresser la liste des procédés douloureux et très lents grâce auxquels je pourrai faire souffrir Kieran.

Kieran.

Je fermai les yeux en me demandant pourquoi la couleur de ses yeux ténébreux, tout hostiles qu'ils étaient, me revenait de façon aussi nette et sans le moindre effort. J'aurais dû songer au fait que nos têtes étaient mises à prix, et non chercher à savoir si je le reverrais un jour. Car, bien entendu, j'aurais l'occasion de le revoir ; il tenterait sans doute de transpercer l'un de mes frères, sinon moi. Ce début n'augurait rien de bon pour une relation.

Une relation ?

Où avais-je la tête, bon sang ?

Nul doute que l'imminence de mon anniversaire me troublait l'esprit. Il n'y avait pas d'autre explication. J'avais simplement besoin de davantage de sommeil. Car je me sentais réellement plus fatiguée que d'habitude, comme si garder les yeux ouverts devenait une tâche d'une difficulté ridicule, au même titre que les algorithmes et la broderie de Hyacinth. Lorsque je me réveillai de nouveau, j'étais seule dans ma chambre.

Mon ventre gargouillait bruyamment. Je me sentais mieux, reposée et, semble-t-il, affamée. Peut-être que je me ferais des gaufres avec du sirop de myrtille. Je ne me souvenais pas d'avoir un jour rechigné à l'idée d'en croquer.

Une énorme pile, à belles dents, avec de la crème fouettée… Même si chacun de mes frères m'avait assurée que la semaine suivante, à la même heure, cette seule pensée me donnerait la nausée. J'avais donc plutôt intérêt à en manger le plus possible, pendant que je le pouvais encore.

Le silence régnait dans la maison. Le soleil n'était toujours pas couché ; mes frères dormaient encore. Mon père pouvait rester éveillé toute la journée et même rester assis dehors, à l'ombre d'un arbre.

Mais ce jour-là, je savais qu'il serait au téléphone avec tous les agents secrets et les vampires qu'il connaissait. Quant à ma mère, elle faisait probablement l'inventaire des armes.

Elle manquait encore de force pendant la journée, mais elle ne parviendrait pas à rester tranquille. Pas après la nuit dernière.

La cuisine était déserte. Lucy, cependant, avait laissé la cafetière allumée à mon intention. Je m'en versai une tasse et, même si elle me fit du bien, je n'étais plus d'humeur à manger. De toute façon, on était à court de sirop de myrtille. Lorsque mes parents allaient faire les courses, ils avaient tendance à ramener de la viande saignante et tout aliment de couleur rouge : framboises, cerises, piments. Cela ne facilitait pas la cuisine.

— Ma chérie, essaie la mousse de framboise. C'est frais.

Tante Hyacinth ne facilitait pas les choses non plus. Je pivotai sur un talon et tentai de lui masquer mon tressaillement par un sourire. Elle se tenait dans l'encadrement de la porte, vêtue de ce que j'appelais son peignoir victorien de bordel : tout en dentelle, fleurs de velours et franges de soie. Ses longs cheveux châtains étaient emmêlés. Sa chienne carlin, Mrs. Brown, reniflait à ses pieds.

Si Mrs. Brown était sortie des pièces de tante Hyacinth, il s'ensuivait que les autres chiens, ces bébés géants, se trouvaient présentement tapis sous la table de la salle à manger. Ils craignaient Mrs. Brown au même titre que je craignais la téléréalité.

— Monte donc bavarder, proposa tante Hyacinth après s'être versé un verre de liqueur de cerise.

Elle aimait tester différents arômes avec ses aliments et ses boissons à base de sang.

Voilà pourquoi il était hors de question que je touche à la mousse de framboise.

En théorie, on pouvait manger des aliments après la transformation ; seulement, ils n'avaient presque aucun goût et absolument aucune valeur nutritive pour nous. Seul le sang nous maintenait en vie et en bonne santé. Beurk ! beurk ! beurk !

Il allait vraiment falloir que je me débarrasse de cette phobie du sang.

Et vite.

— Viens-tu ? appela tante Hyacinth du haut de l'escalier.

Je la suivis, Mrs. Brown me mordillant les talons avec enthousiasme. Un gémissement canin se fit entendre dans la salle à manger.

Tante Hyacinth possédait une suite au second étage, tout comme mes parents et moi, à côté de l'une des chambres d'amis. Elle préférait habiter avec nous plutôt que faire construire sa propre maison dans l'enceinte des Drake. Elle aurait certainement pu se l'offrir. Notre famille existait depuis suffisamment longtemps pour avoir appris l'art de se constituer une richesse confortable.

Au début, cet « art » avait impliqué des vols considérables que personne ne signala jamais grâce aux phéromones. Mais, au cours des derniers siècles, chacun avait commencé à entasser des pièces de monnaie et des pièces décoratives, qui devinrent, avec très peu d'efforts, des antiquités de très grande valeur.

En fait, pour chaque enfant né ou créé dans la famille Drake, on commençait un fonds en fidéicommis à son nom sous la forme d'un coffre rempli d'or ancien qui était enfermé dans la chambre forte du sous-sol. Cependant, malgré la richesse, tante Hyacinth prétendait qu'être seule trop longtemps la rendait larmoyante. Ce sont ses mots, non les miens.

Même si, d'après les camarades de classe de Lucy, j'avais un vocabulaire et un accent bizarres. C'est le risque quand on est scolarisé à la maison dans une famille dont les membres, pour certains, sont nés depuis le douzième siècle.

La suite de tante Hyacinth était quasiment conforme à ce qu'on attendrait d'une dame qui continuait de pleurer la mort de la reine Victoria… et le fait que ladite reine avait refusé la proposition d'être transformée.

Je redirigeai mon attention sur ce qui m'entourait. L'imminence de ma transformation ne me donnait pas seulement une insupportable envie de dormir, mais elle m'empêchait aussi de me concentrer.

Le parloir de tante Hyacinth n'était pas d'un grand secours. Et il s'agissait bien d'un parloir, pas d'un salon ou d'une salle de séjour. Un *parloir*. J'avais appris cette distinction avant de savoir en orthographier le nom. Orthographe à l'anglaise, bien sûr, pour faire plaisir à tante Hyacinth.

J'avais aussi appris l'orthographe de mots du Moyen Âge en l'honneur de Véronique – à la française en l'honneur de son héritage aquitain – et l'anglais moderne que m'avaient enseigné mes parents.

C'était un miracle que j'aie réussi un jour à orthographier mon nom.

Je m'assis dans une chaise longue à coussins en brocart à côté d'une gigantesque urne remplie de fougères. Ma tante adorait les fougères. Elles étaient à la mode lorsqu'elle avait donné son bal des débutantes pour son dix-huitième anniversaire. Elle avait porté une robe blanche en soie et fait une révérence à la reine.

Elle m'avait appris ce geste et je l'avais appris à Lucy qui s'était entraînée jusqu'à en avoir des crampes dans les jambes. Chaque surface du parloir était recouverte de nappes en dentelle, de chandeliers en argent, de lampes à pétrole peintes et de portraits dans des cadres dorés. Il y avait un petit dressing rempli de corsets, de jupons et de bottes pointues.

Lucy et moi, nous y avions joué des heures durant quand nous étions petites. Lucy y jouerait d'ailleurs encore si ma tante la laissait faire.

Hyacinth, en buvant son sang aromatisé à la cerise, s'allongea de façon théâtrale sur une chaise longue en velours. Mrs. Brown sauta sur le siège et se pelotonna à ses pieds, acceptant en guise de snack de fines tranches de viande crue.

Je me demandais – ce n'était pas la première fois – s'il était possible à un vampire d'être végétarien.

— À force de t'inquiéter autant, tu vas avoir des rides, me dit ma tante en grondant gentiment.

— Je ne peux pas m'en empêcher.

— Ma chérie, tes frères ont survécu à la transformation. En tant que femme Drake, tu es bien plus forte qu'eux. Imagine un peu, tu te réveilleras entièrement fraîche et dispose. Il n'existe pas de sensation comparable.

Elle agita devant elle un éventail en soie orné de plumes blanches.

— Et en attendant, tu devrais profiter qu'on te courtise.

— Qu'on me courtise ? Tante Hyacinth, c'est

ma puanteur particulière qui les enivre. Et ils s'en fichent de moi, ils veulent simplement que je leur donne des bébés à longues canines ou je ne sais quoi encore. Et ils veulent le pouvoir que leur procurerait le nom de Drake. Ce n'est pas exactement romantique.

Elle s'éventa avec plus de vigueur.

— Mais cela peut l'être, si tu l'utilises à ton avantage.

— Non, merci.

J'adorais ma tante, mais il y avait certains sujets sur lesquels nous ne tomberions jamais, au grand jamais, d'accord. À titre d'exemple : les garçons. Mais aussi : les petits copains, les maris, les techniques de drague et le prétendu confort des corsets en os et acier.

Elle se pencha vers moi pour passer une main sur mes cheveux.

— Je suis subjuguée, parfois, par ta beauté, même avec ces cheveux détachés et ébouriffés.

Son expression était sombre, féroce. J'aurais été terrifiée si je ne l'avais pas autant aimée.

— Il ne t'arrivera aucun mal, Solange, pas tant que chacun de nous vivra.

Et cette déclaration m'effraya plus que tout.

6

Lucy

Samedi après-midi

Je laissai un mot sur la porte du frigo et m'éclipsai en maintenant la voiture au point mort jusqu'à ce que je me sois suffisamment éloignée de la maison. Je savais qu'ils auraient voulu que je me fasse accompagner, mais j'avais un rôle mineur et ne voulais pas que la protection dont bénéficiait Solange se relâche un seul instant à cause de moi.

En outre, j'attendis le moment le plus ensoleillé de la journée et il me fallait juste m'assurer que les chats avaient suffisamment à manger et à boire. Pour le reste, tout ce dont j'avais besoin se trouvait en ville, dans des lieux publics sympas et pleins de monde, ou bien en plein dans l'enceinte des Drake.

Je savais que Geoffrey serait dans son labo maintenant qu'il disposait d'un échantillon de la poudre d'Hypnos. Avoir été le maillon faible me restait vraiment en travers de la gorge. Kieran aurait beaucoup de comptes à rendre, le con.

Je roulai jusqu'à la dernière maison de l'enceinte et poursuivis en direction de la grange qui se trouvait derrière. Il y avait des décennies que Geoffrey en avait fait son labo. Je frappai à la porte avant d'entrer.

C'était là une leçon que je m'étais entrée dans le crâne depuis que j'étais assez grande pour savoir que faire fi de certaines explosions et fumées noires qui s'échappaient de cette grange ne posait pas problème, mais que se passer de frapper était toujours impensable : Geoffrey pourrait peut-être m'entendre approcher à mes battements de cœur, mais certaines de ses expériences étaient délicates et dangereuses. Et il n'était pas toujours en mesure de s'en éloigner ou de les interrompre pour la sécurité des visiteurs. Et même si je préférais d'ordinaire explorer la penderie de Hyacinth, Geoffrey m'avait aidée à réussir mon examen de biologie l'année dernière. J'espérais donc qu'il se révélerait aussi secourable cette fois.

— Entre, Lucy, appela-t-il, déjà distrait si j'en jugeais par le ton de sa voix.

J'allais devoir abréger mes questions. La grange était équipée du matériel le plus moderne : des mètres carrés de paillasses et de blocs frigorifiques et au moins une douzaine d'extincteurs. Vêtu d'une blouse blanche froissée, Geoffrey se tenait debout devant un plateau d'éprouvettes.

— Salut. Je sais que tu es occupé, alors je vais faire vite, dis-je en grimaçant à l'odeur familière de formol, d'alcool à brûler et d'un soupçon de foin.

Il y avait près de cent ans qu'aucune botte de foin n'avait été entreposée dans cette grange, mais apparemment, cette odeur de poussière n'était jamais vraiment partie.

— Du nouveau avec l'Hypnos ?

— Ces choses-là prennent du temps, tu sais ça.

Il ajouta une goutte de liquide bleu sur une lame et la glissa sous un microscope.

— Tout comme je sais que ce n'est pas vraiment là l'objet de ta visite.

— Je suis désolée de l'avoir laissé filer.

Il releva les yeux.

— Tu n'y es pas pour grand-chose. Même moi, j'obéirais à des ordres si on me donnait une bouchée d'Hypnos. C'est très puissant, Lucy.

— Je sais.

— Bon, qu'est-ce que je peux faire pour toi ?

Je me mordis la lèvre.

— J'aimerais savoir des choses sur la transformation.

— Tu sais déjà des choses sur la transformation.

— Non. Je sais que c'est l'horreur et que ça fait flipper tout le monde, mais c'est tout. Et chaque fois que j'interroge Solange, elle me dit de ne pas m'inquiéter.

— Et elle a raison.

— S'il te plaît.

Je ne reculais visiblement pas devant la supplication.

— Je veux juste comprendre pour pouvoir aider.

Il sourit avec douceur.

— Malheureusement, il n'y a pas grand-chose que tu puisses faire pour aider, ma chère. C'est le combat de Solange.

— Solange est ma meilleure amie, dis-je avec entêtement. Donc, c'est aussi mon combat.

Il dut trouver sur mon visage quelque chose qui le convainquit que j'allais l'embêter jusqu'à ce que j'obtienne ce que je voulais, car il finit par soupirer en disant :

— Entendu, Lucy. Assieds-toi.

Je m'assis en vitesse avant qu'il change d'avis.

— La transformation reste toujours un peu mystérieuse, reconnut-il. J'ai fait des recherches et des expériences afin de mieux comprendre le défi unique auquel est confrontée notre famille, mais avec divers degrés de réussite. Ce n'est pas purement scientifique, ni purement surnaturel, ce qui fait qu'on a autant de questions que de réponses. Il n'existe que quelques familles capables de procréer comme nous. Tous les autres vampires sont créés, et non nés. Théoriquement, les *Hel-Blar* sont de même nature ; c'est juste qu'ils connaissent une transformation plus violente, sans être assistés ou épaulés, jusqu'à ce qu'il soit trop tard.

— Est-ce qu'ils sont aussi effrayants que tout le monde le dit ?

— Oui.

— Est-ce que les Chiens tombent malades, eux aussi ?

— Pour ainsi dire, quoique pas comme nous. Notre transformation est génétique, tu comprends. Autant qu'on puisse l'expliquer, lorsque nos jeunes atteignent la puberté, le flux hormonal déclenche la transformation. C'est comme si le corps s'attaquait lui-même, puis s'arrêtait… jusqu'à ce qu'il soit réveillé par l'absorption de sang de vampire. Nos enfants doivent être solides pour résister jusqu'au bout et triompher.

Je ravalai ma salive.

— Mais tout le monde, pratiquement, résiste jusqu'au bout, hein ?

— Pratiquement.

— Pourquoi certains deviennent-ils fous ? Est-ce que ça vient aussi des hormones ? Comme un syndrome prémenstruel permanent ?

Il fit un bref sourire.

— Pas tout à fait. C'est simplement que certaines personnes sont plus solides que d'autres. La transformation est tellement difficile que certains ne parviennent tout simplement pas à s'accrocher. En admettant qu'ils aient juste assez de sang pour survivre, la soif les domine et ils ne peuvent penser à rien d'autre, comme les *Hel-Blar.*

— Est-ce que tu es en train de me dire que Solange pourrait se transformer en l'un d'eux si elle n'est pas assez forte ?

— Si seulement je pouvais le savoir avec certitude. Les conséquences les plus probables seraient qu'elle meure simplement et qu'elle ne se réveille pas.

— C'est nul, dis-je en me renfrognant. Mais Solange a toute la force nécessaire. Elle ne mourra pas pour de vrai et ne deviendra pas folle.

Si je le répétais suffisamment, cela se réaliserait.

— Je suis sûr que tu as raison, dit Geoffrey d'un ton rassurant. Elle a des gènes costauds et c'est un atout. Boire le sang de quelqu'un issu du même lignage la retapera suffisamment pour gagner le combat. Son corps n'attaquera pas le nouveau sang, mais il n'est pas non plus en mesure de se créer ses propres réserves. Au début, il lui faudra boire tous les jours afin de compenser, moins souvent en vieillissant.

— Elle ne va pas vieillir.

Je tâchai de ne pas m'appesantir sur le fait qu'un beau jour j'aurais des rides, un dentier et qu'elle continuerait de faire suffisamment jeune pour être ma petite-fille. Nous avions des soucis bien plus importants.

— Elle ne vieillira pas physiquement, non. En

tout cas, pas pendant quelques années, le temps que son corps s'adapte entièrement à sa nouvelle forme. Je crains de ne pas vraiment comprendre encore la science qui régit cette adaptation. Ma théorie, c'est qu'il s'agit d'un autre mécanisme de survie génétique : nous atteignons l'âge optimal, celui où nous paraissons le plus fort, ce qui permet de faire fuir les prédateurs. Comme se donner l'air d'être plus gros pour faire fuir un ours brun.

— Oh ! Et son truc de phéromone est aussi un mécanisme de survie, pas vrai ? Le fait que tout le monde soit complètement obsédé par elle ?

— Oui. C'est un truc d'accouplement. Tout le monde se demande si elle sera capable de donner naissance à un enfant vampire.

— Beurk !

— Révise ton Darwin, ma fille.

Compte là-dessus.

— Encore une chose, pourquoi les *Hel-Blar* sont-ils bleus ?

— Il s'agit d'un effet secondaire, comme leurs canines. Ces dents supplémentaires leur permettent de prendre leurs premiers… repas… avec une violence et une voracité telles qu'ils se retrouvent, en réalité, congestionnés et contusionnés.

— Oh !

Il fallait que j'apprenne à éviter ces questions. Les réponses ne me plaisaient jamais. Je déglutis.

— Merci. Je crois que je ferais mieux de te laisser travailler.

— Oui, je donnerai un petit coup de pouce à Darwin quand j'aurai fini.

Il retourna vers son microscope et je savais qu'il avait pratiquement oublié ma présence avant même que j'atteigne la porte. Je ne me sentais pas tout à fait mieux, mais au moins je n'avais plus l'impression que j'étais la seule dans l'ignorance.

Je rentrai chez moi, les pensées se précipitant dans ma tête. Ma maison, étrangement, semblait trop silencieuse, trop vide. Kali, la statue de ma mère, observait tandis que je sortais plusieurs bols d'eau.

Il fallait que ces rations durent jusqu'au retour de mes parents..., au cas où. Réfléchir en ces termes avait un côté mélodramatique, mais il fallait que je sois préparée. Solange se serait contentée de se cacher dans une cabane isolée jusqu'à ce que toute cette affaire soit terminée, mais moi, je voulais me battre.

Mes parents ne comprenaient toujours pas mes tendances violentes compte tenu de la façon dont j'avais été élevée : méditation, repas au tofu et longues excursions en voiture au milieu de l'année scolaire pour aller voir des pétroglyphes ou observer des orignaux.

La tolérance fanatique de ma mère ne s'étendait pas seulement aux gens, mais à toutes les espèces..., vampires y compris. Helena était la meilleure amie de ma mère au lycée, puis elles se perdirent de vue lorsque cette dernière partit à la fac, puis voyagea à travers le monde pour « se trouver ».

C'était dix ans avant que ma mère revienne dans sa ville natale. Une nuit qu'elle partit pour l'une de ses promenades de pleine lune, elle tomba sur Helena – enceinte de Solange – en train de boire le sang d'un cerf que Liam avait tué pour l'aider à assouvir sa soif. Apparemment, ce genre de choses ne s'était jamais produit lorsqu'Helena était enceinte de ses sept fils.

En tout cas, aucune manipulation mentale de vampire ne serait capable de faire oublier cette scène à ma mère végétarienne. Helena ne pouvait se dissimuler à ses regards, et leur amitié se raviva. Voilà comment nous en arrivâmes à être si intimes et si à l'aise avec les Drake. Plus à l'aise, d'ailleurs, qu'ils ne l'étaient parfois avec nous. À titre d'exemple : Nicholas.

Nicholas.

Si seulement il ne savait pas embrasser. Il aurait été bien plus simple alors d'oublier que la chose s'était passée et d'éviter de se demander si elle se reproduirait un jour.

— Reste concentrée, me dis-je avec sévérité en verrouillant notre porte d'entrée et revérifiant qu'elle était bien fermée.

En revenant vers la sécurité de ma voiture, j'observai chaque buisson et chaque arbre avec méfiance. Les pneus crissèrent lorsque j'accélérai, produisant des nuages de poussière. Ma nuque ne se décrispa totalement que lorsque j'atteignis la périphérie de la ville avec ses musées couleur acidulée et ses glaciers. L'endroit était très prisé par les artistes, les écologistes et les fermiers comme mes parents.

Les lieux où la nature était si présente se faisaient rares : forêts denses et cascades dissimulées, voire des loups, parfois, qui chantaient par les froides nuits d'hiver.

La campagne sauvage combinée à la présence de gens tous très réservés et tolérants à l'égard d'autres modes de vie en faisait un lieu idéal pour les vampires qui pouvaient y habiter sans qu'on les remarque. Je croyais du moins qu'on ne les remarquait pas. En tout cas, personne n'en parlait. Les gens d'ici étaient bien plus susceptibles de s'échauffer au sujet des théories du complot ou des sites de déchets nucléaires.

Je m'arrêtai d'abord au drugstore pour acheter un pince-nez et je raflai tout le stock. Le caissier ne sourcilla même pas. Puis je me rendis à la quincaillerie pour acheter du matériel de chasse et de camping dont le commerce était florissant en ville.

Je me sentais un peu bête, je l'admets, un peu comme le personnage de bande dessinée que j'avais accusé Kieran de vouloir imiter.

Mais j'étais également déterminée. S'il y avait bien une chose que mes parents m'avaient apprise, en dehors de couper du bois et de relancer la pompe à eau, c'était de faire ce qui nécessitait d'être fait sans se plaindre ou sans chercher d'excuses. Après cela, je trouvai tout à fait juste de me récompenser par un cappuccino avec double dose de cannelle.

Et puisque mes parents n'étaient pas là, je fis même l'impasse sur le lait de soja. Dans notre famille, on pouvait difficilement faire plus rebelle. Je faillis pouffer : je retournai vers une maison où le sang était siroté comme un grand vin et où le végétarisme n'était pas tout à fait envisageable. J'avais déjà fait promettre à Solange qu'elle ne boirait pas le sang de lapins vivants.

J'avais franchi la moitié de la distance qui me séparait de ma voiture quand je sentis des picotements d'alerte. Je ravalai ma salive en m'obligeant à ne pas accélérer ni ralentir, à garder une allure régulière et nonchalante. Il y avait sur un banc une famille qui mangeait des hot-dogs, quelqu'un sur un vélo et deux filles promenant un chihuahua minuscule. Il y avait également autre chose, cette sensation indescriptible d'être observée, suivie. Je tournai au coin. Pelouses vertes du parc sur ma gauche, ma voiture plus loin, sur la droite. Aucun autre piéton. Au soleil, le trottoir semblait mou sous mes sandales. Il ne s'agissait donc certainement pas d'un vampire : il faisait trop chaud et la luminosité était trop forte.

Du fourré de noisetiers provint un infime tremblement. Je ne l'aurais pas du tout remarqué si je n'avais été attentive aux moindres choses qui m'entouraient. L'adrénaline m'envahit de frissons. J'espérais avoir toujours l'air d'une fille distraite qui sirotait son cappuccino et occupée à ne pas faire tomber ses sacs de courses.

J'attendis de me trouver juste à côté du noisetier avant de lâcher ma boisson et de hurler en m'élançant sur celui, qui que ce soit, qui se planquait derrière. Nous tombâmes dans un méli-mélo de membres battant l'air. J'aperçus un pantalon cargo noir, un pince-nez noir et des yeux noirs également. Son nom de code était probablement Ombre.

Kieran.

7

Solange

Je regagnai ma petite cabane. Le soleil était doux sur les planches à clins et sur le four niché dans le fond. Naturellement, j'avais besoin de mes lunettes noires, mais du moins ne me sentais-je pas aussi fatiguée que la nuit précédente. Je savais que, quand il s'agissait de moi, toute ma famille avait tendance à me surprotéger et à dramatiser, alors il était difficile de savoir à combien de symptômes, sur sa longue liste, je pouvais réellement m'attendre.

J'entrai dans la pièce et refermai la porte sans me presser le moins du monde. Je n'y penserais pas tout de suite. Cela n'arrangeait jamais rien de toute façon. Ce qui aidait par contre, c'était d'enfouir mes mains dans l'argile pendant la rotation rythmique de mon tour de potier. À l'intérieur, c'était poussiéreux et paisible, exactement comme j'aimais. La longue fenêtre offrait la distraction des champs sauvages et de la forêt. Mes outils et mes produits chimiques étaient rangés dans des bacs en plastique. Les murs étaient équipés d'étagères en bois qui gémissaient presque sous le poids de bols, de tasses et de vases aux formes bizarres. Lucy ne cessait de me répéter que je devrais aller porter mes objets aux boutiques d'artisanat, près du lac, pour les vendre. Ce n'était pas une mauvaise idée.

Même si la plupart n'étaient ouvertes que durant la journée, mon amie s'occuperait des livraisons à ma place si je le lui demandais. À creuser.

En admettant, bien sûr, que je survive à mon anniversaire.

Je me renfrognai et attaquai l'argile. C'était frais et docile sous la détermination de mes mains. Je détestais être effrayée, presque autant qu'être dorlotée. Je travaillai jusqu'à la lente tombée du soleil derrière les arbres. Des oies passèrent dans le ciel en cacardant. Je n'étais pas plus avancée sur Kieran Black, sur la prime ou sur les moyens de céder en douceur à la transformation, mais au moins j'étais plus calme.

Et peut-être que j'avais retrouvé l'appétit. Je m'essuyai les mains et sortis en humant profondément le parfum de rose et de menthe sauvage. J'étais tellement abîmée dans mes pensées que je ne prêtai aucune attention à ce qui m'entourait.

Première erreur.

Je ne possédais peut-être pas encore une ouïe hyper développée, mais la flèche siffla si près de ma tête que j'entendis l'air traverser l'empennage. Elle s'enfonça dans l'un des chênes, faisant voler des échardes.

Au même instant, quelqu'un me rentra dedans en se pelotonnant contre moi telle une parka particulièrement lourde.

— Fffff ! Qu'est-ce que…

— Baisse-toi, idiote !

C'était Bruno. Il ne retrouvait son accent écossais que lorsqu'il était vraiment furax.

— Grouille-toi de rentrer dans la maison.

Il me fit monter en courant les marches du porche. J'avais l'impression d'être le président d'un petit pays attaqué. Il ne lui manquait plus que l'oreillette et une paire de lunettes noires. Et le costume…, mais je ne pensais pas qu'il porterait un jour une cravate, même pour nous.

Il ressemblait exactement à ce qu'il était : un ancien motard, qui se rasait la tête pour dissimuler sa calvitie, et tatoué des épaules jusqu'aux poings. Bruno travaillait déjà pour nous avant ma naissance. Il me poussa à l'intérieur et claqua la porte derrière nous.

— Reste là ! aboya-t-il en se précipitant dehors à nouveau et en hurlant des ordres dans un talkie-walkie.

Les jardins étaient paisibles ; même les oiseaux étaient enjoués, imperturbables. Mon cœur battait la chamade, me donnait le tournis. Cette flèche était vraiment passée tout près, trop près. Et seule une organisation se servait de flèches en bois de cet acabit.

Helios-Ra.

Je me demandais si c'était Kieran, tapi dans l'ombre, qui attendait que je tourne le dos. Le soleil scintillait sur le gravier de l'allée, sur la clôture noire en fer. Aucun vampire suffisamment ancien pour résister à ce type de journée estivale n'aurait pu s'introduire sur la propriété. Quelqu'un aurait flairé ses phéromones.

Bruno revint en m'observant avec gravité.

— À partir de maintenant, ce sont les tunnels, jeune fille.

— Tu l'as attrapé ?

— Même pas une empreinte de pas, que dalle.

Il se frotta la tête.

— Ne reste pas près de la fenêtre, Solange. C'est pas prudent.

— Ça devient ridicule, marmonnai-je.

— D'accord, répondit-il.

— Je vais au grenier, lui dis-je avec irritation.

— Emprunte le tunnel, répéta-t-il.

Je descendis au sous-sol et empruntai le petit passage qui reliait la maison au garage. Le premier étage avait été transformé en espace d'entraînement qui comprenait des tapis de sol, des punching-balls, une machine avec des poids et deux tapis de course. Le mur du fond était couvert d'épées et d'équipements d'escrime. Je ne m'embarrassai pas de l'uniforme ou du masque puisque je m'entraînais toute seule. J'avais simplement besoin de me distraire.

Si la poterie ne suffisait pas vraiment à me calmer, m'élancer contre un ennemi imaginaire et le transpercer devraient faire l'affaire. Je soulevai mon épée préférée, ou mon fleuret comme on dit en escrime.

Par habitude, je saluai mon ennemi virtuel et m'inclinai. Puis j'exécutai plusieurs passes arrière et avant pour m'échauffer. Je fondis le bras allongé, touchai, exécutai une parade, puis une parade circulaire, et baissai ma garde.

Je fis une nouvelle fente, puis une autre et encore une autre jusqu'à ce que les muscles de mes cuisses me fassent mal et que la sueur hérisse mes cheveux. J'esquivai à droite, je parai en bas, je portai un coup en haut. Retraite, riposte, retraite, riposte.

Je me sentais mieux. C'est alors que je regardai par hasard par la fenêtre et que j'aperçus Bruno rentrer à la maison en traînant un énorme sac rempli de paquets et de fleurs. Je jetai mon fleuret et dévalai les marches, retraversai le tunnel et remontai jusqu'à l'entrée. Haletante, je fronçai les sourcils devant le sac ouvert.

— Qu'est-ce que c'est que ce truc ?

— D'autres cadeaux, jeune fille, dit Bruno. On en trouve sur tous les abords de la propriété.

Sans que je me l'explique, tous ces cadeaux me foutaient vraiment hors de moi. Je fourrai la main à l'intérieur ; j'en tirai des cartes postales, un bouquet de pâquerettes et quelque chose qui ressemblait à un sac congélation rempli de sang.

— C'est dégoûtant.

Je le lâchai sur-le-champ. La lumière scintillait sur un truc en argent ; je le retirai avec précaution. Il s'agissait d'une pomme, façonnée à la perfection et pourvue d'une feuille qui pendait de la tige. Sur cette feuille délicate était gravé un nom : Montmartre.

Je mis la pomme de côté pour pouvoir m'essuyer les mains et les débarrasser entièrement des poux de Montmartre ; elle vacilla sur le bord de la table. Le fruit percuta le sol, et le dessus s'ouvrit sur des charnières minuscules que je n'avais pas vues. Du sang, épais et rouge, se déversa de l'ouverture. L'odeur de cuivre me souleva le cœur, mais je n'eus pas le loisir de réagir autrement : j'étais trop occupée à regarder par la fenêtre de devant.

— Où est la voiture de Lucy ?

8

Lucy

— Pauvre connard !

Sans réfléchir, je me contentai de réagir avec toute la colère et la culpabilité que j'avais accumulées pendant la journée. Je lui donnai un coup de poing en plein sur le nez. Il se recula, portant les mains à son visage.

— Merde, merde !

— Tu l'as dit, enfoiré de sournois.

Je me relevai d'un bond, haletante.

— Utilise-moi contre ma meilleure amie, je t'en prie.

Il plongea la main dans sa poche. Je fus plus rapide que lui : je tirai de la mienne le pince-nez que j'y avais planqué, au cas où, et je l'attachai.

— T'as pas intérêt, dis-je brusquement avec la suffisance d'un chat dont la gueule serait pleine de plumes de canari.

Je comptais bien me racheter, même s'il me fallait le frapper encore dix fois pour y parvenir. Les articulations de mes doigts semblaient meurtries. Disculpées.

Ma mère n'avait peut-être pas tout à fait tort au sujet de mon irritabilité.

Kieran se contenta de me regarder en clignant des yeux, stupéfié.

— Qui c'est qui t'a appris à frapper comme ça ?

Je souris, d'un air grave.

— Les Drake.

Il remua, comme s'il allait se relever.

— Non, non. Tu restes où t'es ou alors je vais hurler si fort que la moitié de la ville va accourir. Tu fais peut-être partie d'un club secret, mais je peux toujours te faire arrêter comme sinistre rôdeur.

Il regardait ma nuque et mes poignets d'une drôle de manière.

— Et qu'est-ce que tu me fais, là ?

— Tu n'as aucune cicatrice.

— Quoi ?

Il se releva afin de n'être plus étalé dans la terre. Son nez paraissait endolori, mais, en réalité, je ne l'avais pas cassé.

— Les esclaves de sang ont des cicatrices, dues aux prises de nourriture.

— N'utilise pas ce mot. C'est insultant. Et ça me donne envie de te donner un coup de pied. Un gros coup de pied.

Il leva les mains tout en se relevant complètement. Je reculai d'un pas en brandissant le poing. J'apercevais le manche d'un couteau dans le dessus de sa ranger.

— Il faut que tu saches que les vampires tuent des gens.

Je voyais bien qu'il songeait à son père. C'était parfois la poisse que mon propre père ait favorisé chez moi un tel sentiment d'empathie. N'aurait-il pas pu m'enseigner les maths ?

— Kieran, les humains tuent tous les jours. Et les Drake ne sont pas des tueurs. Ce ne sont pas des *Hel-Blar*, ils savent se maîtriser.

— Ce sont tous les mêmes.

— Ne me force pas à te frapper encore une fois. J'ai déjà mal à la main.

Il faillit sourire.

— Un jour, tu seras peut-être aussi effrayante qu'Helena Drake.

— C'est mon intention.

— T'en prends vraiment le chemin.

Il essuya d'un air grave le sang qu'il avait sur le visage. Une voiture passa dans la rue.

— Laisse-les tranquilles, Black.

— C'est pas aussi simple.

— Bien sûr que si. Helios-Ra a un traité ou je ne sais quoi, alors tu t'y tiens.

— Je suis un nouvel agent. Je viens juste d'avoir dix-huit ans. Tu crois vraiment que c'est moi qui commande là-bas ? J'ai des ordres, exactement comme tous les autres.

— C'est pratique, ça, raillai-je en ramassant mes sacs pour repartir. Et absolument pas convaincant.

Je m'arrêtai devant la portière du conducteur.

— Sois pas un mouton, Black.

***

Lorsque j'arrivai à la ferme, l'un des gardes apparut bien en évidence et secoua la tête d'un air réprobateur. Oups ! Je grimaçais déjà quand, au moment où je descendais de voiture, Nicholas ouvrit la porte-moustiquaire. Riche idée que de partir et revenir en douce ; je n'étais guère plus avancée. Nicholas avait vraiment les narines dilatées.

— Lucky.

Je dilatai les miennes et me sentis bête.

— Nicky.

Je passai devant lui en le poussant, puis je regrettai de ne pouvoir retourner sous le porche pour me battre avec lui. Je préférais largement cela au visage pâle et inquiet de Solange.

— Lucy, ça va ?

— Ça va très bien, Sol. Il fallait juste que j'achète du matériel et que je nourrisse les chats.

Je lâchai mes sacs et sentis Nicholas venir derrière moi. Mon amie avait l'air tellement soulagée que je n'en fus que plus rongée par la culpabilité.

Personne d'autre n'était capable de me faire culpabiliser autant sans prononcer le moindre mot.

Bruno, cependant, n'était pas loin d'y parvenir : on aurait dit un parent déçu.

Puis il sortit faire sa patrouille.

— J'aurais nourri tes foutus chats, marmonna Nicholas.

Il aperçut mes sacs du drugstore et me regarda, incrédule.

— T'es allée t'acheter du rouge à lèvres ? Dans un moment pareil ?

— Ouais, exactement, et un masque exfoliant. Sois pas ridicule. Je suis allée acheter du matériel.

Le soleil pénétra par la fenêtre et Nicholas se recula – même s'il ne courait aucun risque, le verre ayant subi un traitement spécial. Il paraissait suffisamment fatigué pour tomber à la renverse. Les ombres sous ses yeux avaient des ombres.

— Tu devrais être au lit.

— J'étais au lit, dit-il d'un ton sec. Jusqu'à ce que tu ailles faire les boutiques.

— J'avais besoin de pince-nez.

J'arborai celui qui pendait au bout du fil entourant mon cou.

— Et celui-ci s'est déjà montré bien pratique.

Il me regarda en plissant les yeux.

— Pourquoi ?

Il me saisit le poignet.

— Pourquoi, Lucy ?

Je tentai de me dégager, mais je ne parvins pas à lui faire lâcher prise.

— Parce que.

Je cessai de tirer. Je n'aurais réussi qu'à me disloquer le poignet.

— Je suis tombée sur Kieran Black. Au sens propre.

Tous les deux me fixèrent.

— Quoi ? finit par crier Solange.

Nicholas me retourna la main. Ses yeux s'embrasèrent, prirent la couleur du givre à la vue du sang sur mes poings. Je haussai les épaules, penaude.

— J'ai failli lui casser le nez, dis-je avec un demi-sourire. Faudra que je me démène davantage la prochaine fois.

Il lâcha ma main et se recula. Il y avait sur son visage un je-ne-sais-quoi de féroce, même quand il esquissait un sourire.

— J'imagine que je devrais me réjouir de n'être pas le seul à qui tu donnes des coups de poing.

Je lui fis une grimace et me laissai tomber sur une chaise. Des muscles dont j'ignorais l'existence commencèrent à me faire mal. Il y avait toujours des roses partout et l'odeur était très forte.

— Il t'a blessée ? demanda Solange avec un visage de marbre.

— Non, je vais très bien.

J'observai Nicholas qui tentait de ne pas vaciller. On aurait dit qu'il se tenait sur un bateau particulièrement secoué par les vagues.

— Retourne te coucher, dis-je avec plus de douceur que je l'avais souhaité.

Frappée par une idée subite, je pâlis.

— Vous n'avez rien dit à vos parents, si ?

— Non, dit Solange. Je viens de trouver ton mot. Je n'ai même pas eu le temps d'en parler à Nicholas. Il est simplement sorti de sa chambre en titubant, complètement flippé.

Nous nous tournâmes toutes les deux vers lui. Je crus qu'il allait rougir…, à supposer, bien sûr, que les vampires rougissent.

— La maison avait une drôle d'odeur, marmonna-t-il.

Il nous lança un regard noir.

— La ferme.

Puis il monta l'escalier. Je haussai les sourcils.

— Il devient de plus en plus bizarre.

Solange fit entendre un reniflement moqueur, tira de mes sacs en plastique une poignée de pince-nez, de bombes de désodorisant et un couteau Bowie.

— Toi aussi.

J'attendis que nous soyons seules avant de pousser Solange dans sa chambre.

— Qu'est-ce que tu fais, là ? marmonna-t-elle lorsque je refermai sa porte et que j'appuyai mon oreille contre le bois pour m'assurer que personne n'écoutait.

Et par « personne », je voulais dire « Nicholas ».

— Bon, je devrais être espionne, dis-je avec un large sourire. Il ne me manque plus qu'un accent funky pour être une James Bond girl.

Elle émit un geignement.

— Qu'est-ce que t'as fait ?

— J'ai volé ça à Kieran, juste après le coup de poing.

Je sortis un petit livre de la poche intérieure de ma veste. Il semblait relativement inoffensif, fin comme une plaquette de poésie, avec sur la couverture une police de caractères simple et l'illustration d'un soleil. C'est le titre qui tranchait : *Guide des vampires.*

Solange le lut, cligna des yeux, lut à nouveau, puis me fixa.

— Guide des vampires ? C'est une blague ?

J'éclatai de rire.

— Nan. Uniquement un p'tit souvenir des Helios-Ra.

Nous nous assîmes sur son lit et posâmes le guide devant nous, sur la couverture. Nous parcourûmes l'index, pouffâmes devant l'introduction pompeuse et le serment pseudo-moyenâgeux que devaient prêter les nouvelles recrues.

Il y avait un tas de trucs sur le protocole du chasseur qui pourraient un jour se révéler utiles. Il y avait aussi toute une section sur la famille Drake et une page consacrée rien qu'à Solange, énumérant ses stats, comme si elle était une espèce rare de grenouille qu'on pouvait trouver dans un marécage.

— C'est moitié flippant.

Elle fit la grimace.

— Je commence à avoir l'impression que je ressemble à la femme à barbe des fêtes foraines.

— Je ne te permettrais jamais de te laisser pousser la barbe, lui assurai-je en tâchant de détendre l'atmosphère.

Qu'elle rentre les épaules plus profondément et sa clavicule se briserait.

— Je suis une amie bien trop bonne pour ça.

— Ça alors, merci.

— La routine.

— J'arrive pas à croire qu'ils nous étudient comme ça. J'veux dire, est-ce que Kieran a suivi des cours pour apprendre que je portais des pantalons cargo et que j'aimais la poterie ? Et comment est-ce qu'ils savent ça d'ailleurs ? Et je ne suis pas solitaire, bordel, j'aime pas la foule, c'est tout.

Elle s'interrompit.

— Bon, d'accord, peut-être que je suis solitaire, et alors ? Et mon surnom, c'est pas « princesse Solange ». J'y crois pas.

Je lui retirai prestement le livre des mains avant qu'elle puisse le tordre en deux. Il s'ouvrit.

— Hé ! c'est pas croyable. Je suis dedans aussi.

Elle fronça les sourcils.

— Arrête.

— Sans déconner.

— Bon, ça va trop loin.

— Apparemment, je suis bravache et téméraire.

J'émis un reniflement moqueur.

— C'est mieux que d'être un crétin d'androïde pour quelque société secrète.

Je réagis avec un temps de retard.

— Tu savais qu'un de mes points forts consistait à contrarier Nicholas ?

Mon amie ne put s'empêcher de rire.

— Pour le coup, ce passage est vrai.

— Ta gueule, c'est lui qui me contrarie.

Je tapotai le livre, pensive.

— Mmmm.

— Oh là là ! Ce « mmm » n'est jamais bon signe.

Je ne l'écoutai pas et pris le téléphone.

— Ils savent tout de nous ; est-ce qu'on ne devrait pas en savoir un peu sur eux aussi ?

— En faisant quoi ? On ne peut quand même pas passer un coup de fil à une société secrète.

— Peut-être bien que non. Kieran n'a peut-être pas de page MySpace, mais il doit bien habiter quelque part, non ? Il n'est pas genre « Black Ops » ou je ne sais quoi, pas vrai ?

— Je pense pas. Attends, qu'est-ce que tu fais ? demanda-t-elle alors que je composais le numéro des renseignements.

— Chut. Allô ? Kieran Black à Violet Hill. Adresse inconnue.

Je couvris la partie microphone du combiné.

— J'ai besoin d'un stylo.

Solange courut vers son bureau et m'en donna un qu'elle me jeta presque.

J'écrivis au dos du guide.

— Merci, dis-je avant de raccrocher.

Solange et moi échangeâmes un sourire. Sourire qui faisait penser à deux lionnes sur le point de tuer une gazelle.

J'appuyai sur chaque touche du téléphone comme si j'écrasais un insecte. Kieran décrocha à la première sonnerie.

— Maman, pour la troisième fois, j'ai du lait…

— C'est pas ta mère, l'interrompis-je en regardant Solange, le sourire aux lèvres.

— Qui c'est ? demanda-t-il avec méfiance.

— C'est Lucy.

Il fit entendre un bruit d'étranglement très satisfaisant.

— Quoi ? Je ne t'ai jamais donné mon numéro.

— T'es dans l'annuaire, champion. Donc tu peux ajouter ça à ton petit guide : je ne suis pas seulement téméraire, j'ai aussi de la ressource. Quant à Solange, elle n'est pas solitaire, c'est juste qu'elle t'aime pas.

Le visage de mon amie avait une drôle d'expression.

— Ça va ? lui murmurai-je. Allonge-toi.

J'entendais Kieran remuer le téléphone : il était probablement en train de fouiller dans ses poches.

— Tu m'as pris mon guide !

— Ouaip. Tu veux que je te le rende ? Retrouve-nous ce soir.

Solange écarquilla les yeux. Je balayai son inquiétude d'un geste de la main.

— Je peux me procurer un autre guide, me dit-il.

— Ouais, mais, pour une nouvelle recrue, ça ferait désordre de l'avoir laissé entre les mains d'un de tes profils.

Je le tenais, là.

— En plus, tu me dois bien ça, Black.

Là encore.

Il poussa un soupir de vieil homme.

— Je ne te dois rien, Hamilton.

— Retrouve-nous.

— Est-ce que Solange sait que tu fais ça ?

Intéressant.

— Oui, elle le sait. Tu crois pas qu'elle en a marre d'être le dindon de votre farce ? Aïe ! quoi ?

Ce dernier morceau, je le dis dans le vide étant donné que Solange m'avait pris le combiné des mains, m'éraflant par la même occasion.

— Mon surnom, c'est pas « princesse », dit-elle d'un ton cinglant. Ça marche… Après le coucher du soleil.

Sa voix se fit plus dure :

— Viens tout seul.

9

Solange

Samedi soir, coucher du soleil

Cette nuit-là, chacun de mes frères était d'une humeur exécrable. Mes parents, c'était pire encore.

— Nous avons des pistes, dit mon père d'un ton contraint, depuis la place qu'il occupait près de la cheminée. Mais bien moins que je le souhaiterais.

Ma mère était vêtue de son gilet en cuir, celui qui était équipé de tous les compartiments secrets. C'était mauvais signe. Elle ne le portait que pour les chasses d'envergure ou les bastons.

— Ton père et moi, nous devons les suivre, comme le feront Hyacinth et vos oncles.

Tante Hyacinth s'apprêtait peut-être à traquer des assassins, mais elle n'en restait pas moins élégante avec sa tenue d'amazone et son camée en jais. Sa seule concession avait consisté à remplacer les ballerines en soie par des granny-boots pointues.

— Geoffrey est dans son labo avec l'échantillon d'Hypnos. Ruby est… indisposée.

C'était là une façon polie de dire les choses.

— Bruno patrouillera avec ses hommes.

Ma mère regarda mes frères.

— Vous, vous resterez tous ici et veillerez sur votre sœur. À l'exception de Sebastian qui est déjà parti faire une commission.

Saisie d'horreur, je la regardai bouche bée.

— Maman, non.

Mes frères étaient déjà suffisamment pénibles en temps normal. Qu'on confie à six d'entre eux le soin de me suivre et nous deviendrions tous dingues. Lucy compatit par une grimace gênée.

Ma mère me lança un coup d'œil.

— Solange, il faut que tu prennes cette situation au sérieux.

— Maman, c'est le cas. Tu sais bien que c'est le cas. Mais tu n'as pas de frères, tu ne peux pas savoir.

Logan s'efforça de paraître offensé.

— Nous sommes des frères merveilleux.

Les autres ne me prêtèrent pas attention, acquiesçant devant mes parents d'un signe de tête solennel. Je gémis. J'allais devoir demander à Lucy de leur casser le nez à tous avant la fin de la nuit. C'était une bonne chose qu'elle ait eu autant d'entraînement. Je n'étais pas ingrate et j'adorais mes frères, mais chez les Drake, les hommes étaient arrogants, inflexibles et généreusement pourvus en complexes du chevalier blanc, surtout quand il s'agissait de leur petite sœur. Je regardais ma mère enfiler son fourreau, la sangle en cuir entre les seins, l'épée à l'épaule. Je me sentais petite, frustrée, inutile. Je ne pouvais même pas taper « récompenses » ou « Helios-Ra » sur Google, car je n'aurais trouvé que des sites web de jeux ou de mauvais vidéoclips. Je reconnais que j'avais déjà tapé « Kieran », mais cela n'avait rien donné.

Je les suivis jusqu'à l'escalier du sous-sol. Ils emprunteraient les tunnels souterrains qui reliaient toutes les fermes, avec sorties dans la forêt et aux abords de la ville, ainsi que plus loin dans les montagnes.

— Vous ne devriez peut-être pas y aller.

Je ne me pardonnerais jamais s'il leur arrivait malheur à cause de moi. Mon père me posa la main sur l'épaule. Il n'était pas grand, mais il avait la carrure massive d'un roi du Moyen Âge.

— Il ne nous arrivera rien, m'assura-t-il, et je faillis le croire.

Je les regardai partir, animée par un sentiment de très grande tristesse lorsque j'entendis la porte en fer se refermer. Mes frères formèrent un demi-cercle autour de moi en me fixant.

C'était déjà le désastre.

— Bon, dit Lucy.

Elle se faufila jusqu'à moi et agita la main comme s'ils étaient d'agaçantes mouches.

— Oust !

Elle fronça les sourcils.

— J'ai dit « oust ».

Ils se dispersèrent, mus avant tout par l'effet de surprise. Seul Logan resta en s'appuyant contre le mur avec nonchalance.

— Chérie, je ne suis pas un insecte qu'on chasse.

— Chérie ? fit-elle en pouffant gentiment. Tu n'as pas non plus quatre-vingt-dix ans.

Il se redressa.

— Je suis charmant, lui apprit-il. Et les femmes aiment les mots tendres.

— Les femmes savent que tu n'es même pas capable de te rappeler leurs noms, mais ta belle gueule leur plaît suffisamment pour qu'elles s'en fichent. Maintenant, laisse ta sœur un peu respirer avant qu'elle court-circuite.

Il lui fit un clin d'œil avant de s'éloigner tranquillement. Elle cligna de l'œil à son tour. Je savais qu'ils tâchaient de maintenir la bonne humeur pour moi.

— Merci.

— De rien. Tu sais comme j'adore mener tes frères à la baguette. On va là-haut.

J'attendis que nous soyons confortablement installées dans ma chambre, la musique à fond afin de couvrir nos voix.

— Comment est-ce qu'on va s'y prendre ? demandai-je. J'arrive pas à croire que papa et maman les aient tous lâchés sur moi.

— T'inquiète, on peut y arriver sans problème.

Elle se mit à faire les cent pas entre mon bureau et la porte de la penderie.

— Il suffit juste qu'on trouve le moyen de les distraire.

Elle marqua une pause.

— Connor sera devant son ordi toute la nuit. On pourrait peut-être lui demander de retrouver la trace de Kieran sur Internet, histoire de le tenir occupé.

— Ça, ça marchera du tonnerre. Et tu pourrais peut-être essayer de convaincre les autres de regarder un film ou un truc dans le genre ? Fais-leur croire que je fais la tête et que je veux simplement qu'on me laisse toute seule.

Elle acquiesça d'un signe de tête.

— Génial. Je reviens tout de suite.

Elle ne s'absenta pas longtemps et, lorsqu'elle revint, j'entendais les bruits d'un film d'action dans le salon éloigné.

Cette pièce offrait l'avantage d'être située à l'opposé de la véranda dont la porte donnait sur le jardin de derrière.

— J'ai vraiment insisté, m'apprit-elle avec fierté. Logan avait l'air un peu méfiant, mais il est devant le film. Connor est sur Internet, et Nicholas était là-haut dans sa chambre, alors je me suis dit qu'il serait sans doute plus sûr de l'y laisser. S'il rumine, ça pourrait nous faire gagner du temps.

Je secouai la tête.

— Aucune rumination ou distraction ne lui fera perdre notre piste.

Elle gloussa.

— Tant qu'on agira de façon suspecte, il nous suivra pendant quelque temps sans rien dire et pensera que l'idée vient de lui. En plus, un peu d'instinct de vampire ne nous ferait pas de mal.

— T'as un côté diabolique, tu sais ça ? dis-je en lui adressant un large sourire.

— Je m'entraîne, répliqua-t-elle en souriant à son tour. Alors, t'es partante ?

J'opinai de la tête, puis j'enfilai un pull noir afin de mieux me fondre dans l'obscurité.

— Tu sais que c'est certainement l'une des idées les plus stupides que tu aies jamais eues.

— Je t'en prie. Tu préférerais rester ici à te ronger les sangs ?

— Ça va pas la tête ? Allons-y.

— C'est bien ce que je pensais.

Elle passa la tête par la fenêtre.

— Je ne pense pas qu'on puisse descendre par là.

— Pas sans que tu tombes sur le crâne.

Je l'éloignai en la tirant.

— Je t'ai vue en sports, tu te souviens ?

— Hé ! tu ne fais même pas partie de mon lycée.

— C'était pendant un cours qu'on vous donnait

dans le parc, la fois où tu es tombée en marchant sur ton lacet et où tu t'en es prise à une rangée de filles en shorts roses.

— Oh !

Elle fit une grimace.

— Exact.

— On va utiliser l'escalier du fond et on traversera la véranda.

En nous glissant dans l'escalier, nous dûmes – allez savoir pourquoi – étouffer des rires. J'avais l'impression d'être dans un mauvais film muet. Lucy agrippa ma main, et la poursuite de voitures du film nous permit d'avancer sans être entendues.

Mes frères étaient encore trop jeunes pour pouvoir distinguer nos battements de cœur avec un volume aussi fort, même s'ils s'en croyaient capables.

Le jardin de derrière était noyé dans l'obscurité ; nous nous rappelâmes d'éviter le détecteur de mouvements. Nous demeurâmes baissées tout en avançant promptement.

— Comment savoir si on peut lui faire confiance ? s'inquiéta Lucy, semblant moins rassurée et moins cavalière à mesure que nous approchions de la lisière de la forêt.

— Je crois qu'on le peut.

J'ignorais pourquoi je croyais cela. Je le croyais, voilà tout.

— Oh là là, est-ce que c'est mal que j'espère vraiment, désormais, que Nicholas nous suive ?

Je secouai la tête sans mot dire. J'espérais un peu la même chose. L'ouïe de vampire serait un avantage à cet instant. Nous nous accroupîmes dans un fourré et attendîmes. J'avais les mains moites.

Lucy, nerveuse, ne cessait de remuer. Même le chant des grillons était sinistre.

Le bruit d'une brindille cassée nous fit nous agripper l'une à l'autre.

— Solange ? Lucy ?

Mon amie surgit, la mine renfrognée.

— Tu m'as foutu les jetons !

Kieran répondit d'un ton brusque.

— Toi aussi.

Je me relevai beaucoup plus lentement en me demandant pourquoi je me sentais si timide. Ce n'était vraiment pas le moment. Il me regarda longtemps, puis il fit un signe de tête. Lucy fixa les yeux sur lui, puis sur moi. Si elle prononçait un seul mot, j'allais la tuer. Elle se pinça les lèvres, mais par bonheur elle resta silencieuse, regardant par-dessus l'épaule de Kieran avec méfiance.

— Tu perds ton temps, dit-il. Je suis tout seul.

— Pardonne-moi si je ne me fie pas entièrement à tes motivations ! lui lança-t-elle d'un ton cynique. T'as essayé de tuer ma meilleure amie.

— C'est pas vrai ! s'exclama-t-il avec colère.

Lucy était capable de ramener la plupart des mecs au temps où ils avaient dix ans. Cette aptitude aurait dû figurer dans leur stupide guide.

— Elle n'était même pas dans le jardin.

— Détail technique, grommela Lucy. Tu es venu pour la récompense.

— Ouais. C'est mon boulot.

— Tu devrais t'en trouver un autre. Ton patron est à chier.

— Voilà ton livre, dis-je doucement, lui tendant le guide avant qu'ils ne commencent à s'arracher les cheveux.

— Merci.

Aucun de nous n'ajouta quoi que ce soit. Je commençais à espérer que Lucy le rudoierait encore une fois, lorsqu'il finit par détourner les yeux.

— Pourquoi vouliez-vous qu'on se retrouve ?

— Il faut que tu saches qu'on n'a pas rompu le traité.

— Écoute, comme je l'ai dit à ta tarée d'amie, là, c'est pas moi qui fais les règles. Je viens juste d'obtenir mon diplôme. Et puis, de toute façon, est-ce que tout ça ne fait pas partie de ton coup d'État ? Pour être reine ?

— Est-ce que c'est ce qu'ils vous racontent ?

— Tu n'as pas envie d'être reine ?

— Non ! me récriai-je. J'ai pas envie. Écoute, je suis la première fille issue de la maison des Drake. C'est tout. Si ça prend des proportions pareilles, c'est seulement à cause de gens comme toi. Moi, je n'ai rien demandé.

— Alors, ne les laisse pas te transformer en vampire.

— Oh ! bien sûr, comme ça, il lui reste plus qu'à mourir, dit Lucy avec humeur. C'est le bon plan.

Il me regarda d'un air surpris.

— Tu mourrais vraiment ? C'est pas un mythe sur les familles anciennes ?

— Non, c'est pas un mythe. Et j'ai vraiment pas envie qu'on pourchasse ma famille à cause de moi. Tu ne peux pas faire quelque chose ?

J'ignorais pourquoi je lui demandais de nous aider ; je savais seulement que nous n'avions pas d'autres possibilités. Il fallait bien que je fasse quelque chose et voilà ce que j'avais trouvé. Le souci, c'est qu'il ne semblait pas tout à fait convaincu.

— Si tu crois vraiment qu'on devrait être pourchassés, pourquoi ne pas me tuer maintenant ?

Je m'approchai d'un pas en écartant les bras.

— Dis pas n'importe quoi.

La surprise le fit reculer, comme si c'était moi qui étais armée jusqu'au cou.

— Pourquoi pas ? C'est ton boulot, pas vrai ?

— Ça ne se passe pas comme ça. En plus, t'es humaine. Quasiment.

— Pour l'instant. Est-ce que ça veut dire que tu me tueras après mon anniversaire ?

— Non ! Peut-être. J'en sais rien. Je veux juste retrouver celui qui a tué mon père.

— Tu étais tellement persuadé que c'était l'un de nous.

Je m'approchai encore, au point que je pouvais voir ses pupilles se dilater.

— Solange, dit Lucy, nerveuse.

Je ne détournai pas les yeux de Kieran.

— Alors, vas-y.

— Qu'est-ce que tu fabriques, bordel ?

Nicholas sortit du bois, furibond. Je m'étonnais à moitié que la fumée ne lui sorte pas des oreilles. Kieran posa la main sur l'un des pieux accrochés à sa ceinture.

— Arrête, dis-je en m'avançant devant lui. S'il te plaît.

— Solange, tu rentres, ordonna Nicholas, les dents serrées, soulevant Lucy avec vigueur et l'éloignant quand elle chercha à l'arrêter.

Elle s'agrippa à son bras tel un singe.

— On sait ce qu'on fait, insista-t-elle, les pieds traînant dans les hautes herbes. Arrête, Nicholas.

— On ne te dérangera plus, dis-je à Kieran et ma voix, étrangement, eut une intonation triste.

Je lui tournai le dos.

— Nick, on y va.

Je traversai le champ d'un pas énergique en sachant que Nicholas me suivrait, même s'il mourait d'envie de rester pour casser la figure à ce gars. Je ne me retournai pas pour savoir ce que faisait Kieran.

***

Logan était dans le jardin de derrière au moment où nous rentrâmes.

— Je savais que vous mijotiez quelque chose, toutes les deux, dit-il, bouillant.

— Elles avaient un rencard secret avec cet enfoiré de Kieran Black, lui apprit Nicholas d'un ton glacial.

— Oh ! ça n'avait rien à voir, rétorqua Lucy. Dis pas n'importe quoi.

— C'est quoi ton problème ? demanda Logan, la bouche grande ouverte.

Je passai devant lui en le poussant pour entrer à l'intérieur et je m'en voulus aussitôt : Quinn, Connor, Marcus et Duncan attendaient sur la véranda et tous se mirent à hurler en même temps. S'avançant à côté de moi, Lucy grimaça.

— Elle va bien ! dit-elle. Elle va bien !

Elle hurlait à pleins poumons. Mes frères s'interrompirent. Le silence subit fut rompu par un son de cloche provenant du sous-sol. Quinn et Connor partirent au pas de course. Au moment où nous pénétrions dans l'entrée pour gagner la cuisine, ils étaient déjà en train de monter l'escalier avec quelqu'un.

— London, dis-je, surprise.

C'était une cousine éloignée et nous la voyions rarement. Elle était mince et pâle, et portait très bien son nom : ses cheveux noirs étaient tellement lisses qu'on avait toujours l'impression qu'elle venait de marcher sous la pluie.

Elle avait des clous en argent dans les oreilles, au moins dix-sept, un dans le nez et un autre sur le sourcil gauche. Elle portait des habits noirs et moulants, comme toujours.

— Qu'est-ce qui t'amène ? demandai-je.

— Convocation.

— Nos parents ne sont pas là, dis-je.

— Je sais, répondit-elle. Ce ne sont pas tes parents qui ont été convoqués, seulement toi.

— Par qui ?

— Madame Véronique.

Je me reculai d'un pas.

— Je n'ai pas envie d'y aller.

— Tu n'as pas vraiment le choix.

— Pourquoi veut-elle me voir ?

Véronique n'avait jamais vu aucun d'entre nous avant la transformation. Jamais.

— À ton avis ?

London avait les crocs sortis, non pas parce qu'elle avait faim – elle avait faim sans arrêt –, mais parce qu'elle refusait d'être autre chose que ce qu'elle était. Elle regarda Lucy avec dédain. Le fait que mon amie soit pratiquement immunisée contre ses phéromones était une constante source d'irritation.

— *Ça,* ça doit rester ici.

London n'approuvait pas la présence de mon amie. Jamais elle ne l'avait approuvée. Elle pensait que les mortels étaient trop fragiles pour l'amitié et qu'il leur manquait la force nécessaire pour garder notre secret. Et elle détestait le fait qu'elle avait été tout aussi mortelle que Lucy avant d'être transformée, trois ans auparavant.

— Comme si j'avais envie de rester près de toi une seconde de plus que le minimum syndical, dit Lucy d'un ton brusque.

Je savais qu'elle mentait ; il y avait des années qu'elle cherchait désespérément à voir Véronique. Malgré les bravades et la colère, elle était déçue. Le pouls de mon amie dut s'accélérer, car London afficha un rictus. Nicholas se passa la langue sur les lèvres. Marcus siffla entre ses dents.

— Pas de chance, Sol. Véronique est terrifiante.

Lucy lui marcha sur le pied.

— Tu ne l'aides pas, là.

— Pourquoi est-ce qu'elle t'a envoyée ? demanda Quinn en regardant London, les sourcils froncés. Tu fais toujours partie des dames d'honneur de Lady Natasha, non ?

Elle acquiesça d'un signe de tête, non sans raideur. Ses loyautés divisées étaient un sujet sensible pour tout le monde.

— Je sers d'abord Véronique, comme tout le monde dans notre famille.

— Ça n'explique pas pourquoi elle t'a envoyée.

— Parce que Véronique n'est pas la seule à avoir convoqué Solange. Lady Natasha également. Lorsque Véronique a appris que Solange était appelée à la cour royale, elle voulut être la première à qui elle rendrait visite.

— Merde, dis-je, les yeux écarquillés. Toutes les deux ? Ce soir ?

— Solange ne peut pas partir pour l'instant, dit Nicholas. C'est dangereux.

London haussa un sourcil.

— Vous savez aussi bien que moi qu'il ne s'agit pas d'une requête. Estimez-vous heureux que je me trouvais déjà dans le coin. Ç'a évité à Lady Natasha d'envoyer l'un de ses Araksaka.

Les Araksaka étaient craints. Chacun d'entre eux portait sur le visage le tatouage royal de Lady Natasha. Ils constituaient son armée personnelle et ne recevaient d'ordre de personne d'autre. Jamais. Ils s'en acquittaient d'ailleurs avec une cruauté extrême. Ils ne se contentaient pas de tuer, mais torturaient également.

— Putain, marmonna Quinn.

— Très bien, dis-je en m'essuyant les mains sur mon pantalon. Qu'on en finisse.

London secoua la tête.

— Il est hors de question que tu y ailles dans cette tenue.

Je regardai, étonnée, mon tee-shirt et mon pantalon cargo qui ne comportait qu'une seule tache d'argile sur le revers.

— Tu seras la risée de tout le monde. Et Lady Natasha se sentirait insultée, étant donné qu'elle t'a accordé un répit provisoire dans ton exil. Sans parler de ce que ferait Véronique.

— Déjà, à la base, elle aurait dû éviter d'exiler les Drake, marmonna Lucy.

— Elle était obligée, du fait de la prophétie. Tu ne pourrais pas comprendre.

— Arrête ton cirque.

Lucy ne cacha pas l'irritation que provoquait chez elle la voix dédaigneuse de London.

— Je connais probablement plus de choses que toi sur votre histoire. On fait remonter la prophétie au règne d'Henri VIII, après la décapitation d'Ann Boleyn. Une vieille folle d'Écosse entra en transe et débita des choses au sujet d'une femme, fille de sang des Drake, qui gouvernerait les tribus, et quand Solange est née, ça vous a tous fait flipper, y compris Lady Natasha.

Elle paraissait fière d'elle.

— Tu vois ? Je comprends tout à fait. Même si je ne saisis pas bien pourquoi elle n'est pas reine Natasha au lieu de Lady Natasha. Est-ce que ça ne serait pas plus logique ?

— Elle n'a pas été couronnée, expliqua Logan. Elle n'est pas reine, parce qu'en théorie, on n'a pas de reines. Nous avons des tribus autonomes, des guerres civiles et l'amour de la tradition.

— Alors, pourquoi redoute-t-on autant que Solange vole sa couronne ? Si ce n'est qu'une question de sémantique ?

— Les tribus laissent Lady Natasha jouer les reines parce qu'elle faisait naguère partie de l'armée et qu'elle sait comment elle fonctionne.

D'ailleurs, elle a revendiqué le pouvoir dans les années 1920, en un temps où aucun d'entre nous n'était encore né et où aucune fille Drake ne présentait encore un enjeu. Les femmes Drake n'étaient pas les bienvenues à la cour, mais elles ne connaissaient pas un exil total avant la naissance de Solange.

— Elle a l'air d'un sacré numéro.

— Elle est la première à avoir eu des relations suffisamment puissantes pour espérer régner. Elle est un peu notre meilleur atout si nous voulons arrêter toutes les querelles intestines et contrôler les *Hel-Blar*.

— Et Solange vint, ajouta Nicholas d'un ton grave.

— Exactement, dit Logan en opinant de la tête. La moitié de la cour se rallierait à Solange si l'occasion se présentait. Natasha reste peut-être notre meilleur atout, mais c'est aussi une mégère avide de pouvoir et qui reste complètement obsédée par Montmartre. Tout le monde sait ça.

— Je ne veux pas de sa stupide couronne, marmonnai-je.

J'abhorrais toutes ces questions de prophéties et de politique. Comme si j'avais envie, moi, d'être reine.

— Pourquoi ne t'a-t-elle pas exilée aussi ? demanda Lucy à London.

— Je ne suis pas vraiment une Drake.

London semblait agacée d'avoir à répondre à cette question.

— En effet.

Je la regardai, les sourcils froncés. Elle se contenta de hausser les épaules.

— C'est différent pour moi. De toute façon, vous devriez vous estimer heureux d'être exilés. Elle aurait pu simplement faire tuer Solange à la naissance, vous savez.

— Et en faire une martyre ? demanda Connor. Ou bien attirer Véronique et se voir obligée d'essuyer sa colère ? Ou alors donner l'impression qu'après tout elle ne croyait pas en sa propre légitimité de reine ?

— Elle est la reine légitime, insista London.

Elle se tourna vers moi.

— Mais toi, tu es la seule fille Drake à être née et non créée.

— Je sais ce que je suis, London.

— Eh bien, dans ce cas, commence à t'habiller en conséquence.

— Alors, maintenant, c'est aussi un défilé de mode ? grommelai-je en suivant London et Lucy jusqu'à ma chambre.

La première se dirigea tout droit vers ma penderie et grimaça.

— Solange, franchement.

— Quoi ?

— Il n'y a rien de mettable.

— Elle peut porter des affaires à moi, suggéra Lucy. J'ai meilleur goût.

— S'il te plaît.

Lucy, qui avait la réputation d'emporter dix fois trop de vêtements, tira une robe de son sac. Cela ressemblait davantage à une combinaison en soie pourvue de dentelle sur le bord et de boucles de franges de perles qu'elle avait cousues aux bretelles.

Elle était exactement de la même couleur que le vin rouge.

— Il faudra que ça aille, dit London à contrecœur.

Je me changeai en vitesse, le ventre noué. M'habiller comme si j'allais au bal de fin d'année du lycée me rendait encore plus anxieuse. Je mis une paire de ballerines chinoises ainsi que le bracelet en argent que Hyacinth m'avait donné l'année dernière.

Mes frères étaient alignés dans l'entrée, tous impeccables. Sebastian portait même un costume. Logan était le seul qui n'avait pas eu à se changer. Il était toujours élégant.

— Vous ne venez pas tous avec nous, dis-je en m'arrêtant sur la dernière marche.

— Oh ! que si, dit Connor.

— Et Lucy ? Vous avez entendu ce que maman a dit.

— Ça ira très bien, dit-elle derrière moi sur le palier. T'inquiète pas pour moi.

Je fusillai mes frères du regard.

— On ne va pas la laisser ici toute seule.

Nicholas s'éloigna du mur contre lequel il était appuyé.

— Je reste.

— T'es pas obligé, bredouilla Lucy.

— Bien, dis-je sans prêter attention à mon amie. J'avais la bouche sèche.

— Allons-y.

10

Lucy

À la seconde où la porte se referma derrière eux, Nicolas se mit à hurler. Je suppose que j'aurais dû m'y attendre.

— J'arrive pas à croire que t'aies fait ça ! pesta-t-il. Après la soirée en plein air, les vampires dans le jardin. Est-ce que t'as écouté un seul mot de ce que je t'ai dit ?

— Non, pourquoi ne hurles-tu pas un peu plus fort ?

— C'est pas drôle, Lucy.

— J'ai jamais dit le contraire.

Je croisai les bras et le regardai arpenter l'entrée avec fureur.

— On a fait ce qu'on avait à faire. Ça valait le coup d'essayer.

— Il aurait pu la tuer. Et toi aussi.

Il fit brusquement retomber sa main sur une

desserte, renversant un vase de roses. Il tomba par terre et se brisa sur le marbre. Il avait de l'eau et des pétales sur les chaussures.

— Mais il ne l'a pas fait.

En vérité, je sentais encore l'adrénaline.

Je serrai les poings afin qu'il ne voie pas comme mes mains tremblaient. Peut-être qu'après tout je n'avais pas l'étoffe d'une espionne.

— Et de toute façon, quand t'es sorti pour aller te battre contre un tas de vamps bourrés de phéromones, on ne t'a pas fait la morale.

— C'est pas pareil.

— C'est ça.

— D'abord, je suis beaucoup plus dur à tuer que vous deux.

Difficile de trouver à répondre à cela.

— Bref, passons, marmonnai-je sans conviction.

Nous continuâmes à nous lancer des regards noirs quelque temps. Pour la première fois, je voyais très clairement l'inquiétude se dessiner autour de ses yeux et resserrer ses lèvres. Il n'était pas simplement pâle, il était légèrement gris. Nous avions vraiment dû lui faire peur. J'essayais d'imaginer ce qu'il avait ressenti en voyant sa petite sœur et sa meilleure amie dans les bois, la nuit, avec un chasseur d'Helios-Ra. Je poussai un soupir.

— Bien que ce soit vraiment amusant de rester là à se crier dessus, tu crois pas qu'on pourrait faire autre chose maintenant ?

Il se passa la main dans les cheveux d'un geste brusque.

— Il est très tard. Tu devrais aller te coucher.

— Tu plaisantes ? demandai-je en le fixant. Comme si je pouvais dormir.

— On n'aura pas de nouvelles avant des heures.

Je me mordis la lèvre inférieure.

— Est-ce que Véronique est vraiment si terrifiante que ça ?

Il leva les yeux, acquiesça d'un signe de tête.

— Il y a quelque chose chez elle…

— Elle ne ferait pas de mal à Solange, si ?

— Non, elle est très attachée à la famille, à la tradition et à tout le reste. C'est la cour royale qui m'inquiète.

— T'as réussi à joindre tes parents ?

— Non.

— Merde.

— Tu l'as dit.

— En tout cas, on peut pas rester là à s'inquiéter toute la nuit. Il faut que je fasse quelque chose.

— Pourquoi tu ne passes pas un coup de fil à un autre chasseur de vampires pour qu'il vienne prendre le thé ? suggéra-t-il avec ironie.

Il paraissait plus calme, pourtant. On avait moins l'impression qu'il allait se faire sauter une dent à force de serrer les mâchoires.

— Comment t'as réussi ça, d'ailleurs ?

— J'ai appelé les renseignements. Son numéro était dans l'annuaire.

— Sérieux ?

— Et je lui ai fait les poches.

Je paradai comme un paon.

Nicholas secoua la tête, souriant de ce sourire rare et légèrement de travers qui me remuait le ventre.

— C'est pas vrai.

— J'te promets. Et j'ai trouvé son guide d'Helios-Ra pour les vampires. J'imagine que toutes les recrues en ont un exemplaire. Je figurais même dedans. Je suis une personne suspecte. Vive moi.

Je pensais que cette anecdote le ferait rire, mais l'expression de son visage devint si glaciale que je dus m'empêcher de trembler.

— Quoi ? demanda-t-il avec un calme mortel. Helios-Ra t'a prise pour cible ?

Je secouai la tête énergiquement.

— Non, c'est pas du tout ça, t'inquiète. C'est juste une page de profil. Solange en a une aussi.

Ses mâchoires se resserrèrent à nouveau. Oups ! Je n'aurais pas dû évoquer ce détail. Bon sang, il avait peut-être raison. J'ai vraiment une grande gueule. Je tentai de le rassurer par un sourire.

— Franchement, y a pas de souci. De toute façon, on a tout scanné sur l'imprimante de Sol. Et on a demandé à Connor de mettre son savoir-faire de geek à contribution avant que London n'arrive avec son habituelle humeur rayonnante.

Je penchai la tête sur le côté.

— Ton ordi va plus vite que le portable de Solange. Tu crois qu'on pourrait trouver un truc sur la récompense ou sur Helios-Ra ? N'importe quoi ?

Il semblait pensif.

— Ça vaut mieux que d'attendre là les bras croisés. Même si c'est Connor l'expert internet, pas moi.

Je haussai les épaules.

— Ça vaut le coup d'essayer.

Tout était bon pour tuer le temps. Parce que sinon je n'allais cesser de me ronger les sangs pour ma meilleure amie et de me demander à quel moment son frère était devenu aussi canon. Aucun de ces deux passe-temps ne me paraissait très sain.

Nous montâmes au dernier étage où avaient été aménagés sept chambres, deux salles de bains et un salon ; aucune de ces pièces ne possédait de fenêtre. La chambre de Nicholas était la plus petite : il n'y avait de la place que pour un lit, une commode et son bureau.

Comme il n'y avait pas d'autre chaise, je dus m'asseoir sur le bord du lit. Il n'était pas fait et comportait une couverture bleu marine.

La dernière fois que j'étais venue là, il y avait des épées en bois et des draps à motifs de pirates.

Je regardai autour de moi avec curiosité. Il y avait une station iPod, des piles de magazines de musique et des vêtements entassés dans un coin.

Il y avait également une petite photo sur sa table de nuit.

On nous y voyait tous les deux lors de mon quinzième anniversaire.

Je riais, la lumière faisant scintiller mes lunettes et les paillettes de mon foulard. Quant à Nicholas, il était tourné vers moi, le regard sérieux et un demi-sourire aux lèvres. Je touchai le cadre.

— Je n'ai jamais vu cette photo, dis-je doucement.

J'avais un peu envie de lui demander si je pourrais en avoir un double, mais je ne voulais pas avoir l'air cucul la praline. Tout en faisant démarrer son ordinateur, il regarda par-dessus son épaule.

— C'est…

Il saisit le cadre et l'enfonça dans le premier tiroir de son bureau.

— C'est rien.

Menteur. Il n'empêche que j'avais beau savoir que ce n'était pas « rien », je n'étais pas certaine non plus de savoir comment je devais prendre ces mots. Il ne fallait sans doute pas chercher midi à quatorze heures. Je devais éviter de me livrer à des interprétations. Je ne pouvais pourtant m'empêcher de sourire.

— Arrête ça, marmonna-t-il sans même lever les yeux du clavier.

Je souris de plus belle.

— Je suis sérieux.

— Alors, comment trouver et infiltrer la base de données d'une société secrète ? demandai-je.

— J'en ai aucune idée.

Je me précipitai au bord du lit pour voir ce qu'il tapait.

— Hé ! t'es vraiment calé, dis-je d'un ton approbateur.

L'écran était un charabia de codes HTML.

— Je n'arrive même pas à lire ça.

— T'emballe pas trop, m'avertit-il.

Il tapa pendant quelques instants, attendit et tapa de nouveau. J'observai, me lassai, m'allongeai sur le lit et fixai le plafond des yeux. Il mit de la musique, en choisissant l'un de mes groupes préférés. Il se remit à taper sur son clavier. Je sentis mes yeux se fermer malgré moi.

— Tu penses que la photo dérangerait ton petit copain ? finit-il par dire tout bas, si bas que je l'entendis à peine.

Ces mots me réveillèrent.

— Quel petit copain ?

Je me redressai sur mon séant.

— J'ai un petit copain maintenant ?

— Jett ou Julius ou quel que soit son nom.

— Julian ? demandai-je en clignant des yeux, troublée. T'es plus du tout à la page. Julian m'a larguée pendant les exams. Euh… en fait, il ne m'a même pas réellement larguée. Je l'ai trouvé la langue dans la bouche de Jennifer King.

— Ça n'a pas l'air de t'avoir traumatisée.

— Je t'en prie, ça fait une éternité. Je l'ai traité de tous les noms et puis, quand je suis rentrée chez moi, je me suis rendu compte que je m'en fichais un peu en fait. Je n'ai même pas cédé à la nécessaire consolation d'un sundae au caramel.

— Oh !

Je ne savais pas quoi faire de ce Nicholas. On aurait dit que nous étions sur le point de passer un très bon moment. Nous n'avions jamais vraiment passé de bons moments. Bon, d'accord, nous avions échangé un baiser... allez, disons, deux baisers.

Mais ce n'étaient pas des vrais, si ? Le premier avait servi un subterfuge, le second un test scientifique pour éprouver mon immunité aux phéromones. Je ravalai ma salive, subitement nerveuse. Je ne m'étais pas attendue à une séquence émotion.

— J'ai quelque chose.

Ce qui était pour le mieux, car visiblement, moi, je n'allais rien avoir. Je tâchai de ne pas être déçue.

— Qu'est-ce que t'as trouvé ? demandai-je en faisant mine d'ignorer que je venais de couiner.

— J'en suis pas encore sûr, mais j'ai jamais vu un truc aussi sécurisé.

Il fronça les sourcils.

— J'arrive pas à le déchiffrer. Je ne suis même pas sûr que Connor en soit capable.

— Mais il a un point de départ, hein ?

— Je suppose. Pour ce que ça vaut.

Il s'écarta du bureau.

— Il fallait qu'on essaie.
— Ouais.
Il ne semblait pas satisfait. Je lui poussai gentiment le pied avec ma botte.
— T'as envie qu'on harcèle Kieran au téléphone ?
Il s'assit à côté de moi, le sourire aux lèvres.
— Peut-être plus tard. Rien ne te déprime, toi, hein ?
— Bien sûr que si.
Il se trouvait si près que son genou effleura le mien.
— Quand tout ça sera fini, je pleurerai toutes les larmes de mon corps et je m'apitoierai sur mon sort. Pour l'instant, je n'ai pas le temps.
— T'es assez incroyable.
Je le regardai à la dérobée en rougissant. Ce n'était pas banal de recevoir ce genre de compliments de sa part. Et c'était bien agréable.
— Solange dit que j'ai un côté diabolique.
— C'est vrai aussi.
— Je peux te poser une question ?
— Bien sûr, répondit-il non sans méfiance.
— T'as eu peur pendant la transformation ?
Il s'immobilisa.
— Oui.
— Ça faisait mal ?
Je ne pouvais supporter l'idée que Solange souffre. C'était injuste. C'était une personne trop chouette pour subir tout ça.

— Un peu. Je me suis surtout senti faible et épuisé, comme si j'avais une très forte fièvre. Au moment où j'ai perdu connaissance, je m'en fichais un peu. J'étais trop fatigué.

Je regrettais à présent d'avoir été exclue de la maison, de ne pas avoir pu être là pour lui. Je pouvais aisément l'imaginer, trempé de sueur et délirant, se tordre de douleur sur son lit.

— D'après Geoffrey, c'est un peu comme une bataille.

— Ça l'est. On a pourtant l'impression qu'on hallucine et, même aujourd'hui, c'est flou. Je ne suis pas sûr de discerner le vrai du faux.

Je lui touchai le genou.

— Je suis désolée d'avoir évoqué le sujet.

— Sois pas désolée.

— Solange est très forte, répétai-je. Plus forte que tout le monde le croit.

— Je sais.

— Qu'est-ce qui t'a fait tenir le coup ? murmurai-je. Tu te souviens ?

Il acquiesça d'un signe de tête, mais refusait de me regarder. Voyant qu'il ne développait pas, je me tournai pour me mettre en face de lui.

— Quoi ? C'est un secret ? Est-ce que je ne connais pas tous les secrets obscurs et profonds des Drake, depuis le temps ?

Il s'agita, mal à l'aise.

— J'imagine.

— Bon, alors ?

— Toi.

Je ravalai ma salive, stupéfaite.

— Moi ?

— Ouais.

Il se leva et s'avança jusqu'à la porte, où il s'arrêta un très court instant.

— Tu m'as permis de tenir.

11

Solange

Je ne m'amusais pas.

Nous n'étions même pas arrivés que je voulais que ce soit terminé.

Nous n'empruntâmes pas les tunnels pour nous rendre chez Véronique. Sa demeure, située en dehors de Violet Hill, était complètement à l'écart de l'enceinte des Drake, des grottes où se trouvaient les cours royales de Natasha et de quasiment tout le reste.

Perchée sur une colline, la maison peinte en gris foncé avec ses pignons victoriens était entourée d'acacias rabougris. Elle était tout droit sortie des *Hauts de Hurlevent*.

— Je n'arrive pas à croire qu'elle est venue ici pour ça, marmonnai-je pendant que Marcus tournait dans le chemin.

Ce chemin ne commença à serpenter dans les

bois qu'après des kilomètres pour ensuite aboutir à une clairière que sillonnait une allée étroite.

— Elle ne vient jamais ici.

— Tu n'es pas comme les autres, me dit Quinn. Elle est venue ici pour toi.

— Génial.

Nous descendîmes de voiture et je tâchai de ne pas comparer le claquement des portières à des coups de feu. Tout avait un côté sombre et définitif. Je chassai cette idée. J'étais en train de me laisser infecter par le côté mélodramatique de la maison.

En théorie, il s'agissait de mon arrière-arrière-maintes fois-arrière-grand-mère. Je doutais qu'elle m'ait préparé des petits fours, mais je devais supposer qu'elle ne me voulait aucun mal non plus. Chacun de mes frères avait survécu à l'introduction formelle. J'y survivrais aussi.

Je regrettais un peu que Lucy ne soit pas là ; j'aurais pu imiter sa démarche fanfaronne. Il me faudrait trouver la mienne.

— Allez, petite sœur.

Duncan me poussa gentiment sur les marches qui montaient au porche. La porte s'ouvrit avant que nous puissions frapper. Véronique n'avait pas de gardes, mais des dames d'honneur. Celle qui nous accueillit ne trahit aucune lueur d'émotion. Elle était vêtue d'un tailleur à jupe droite et ses cheveux, ramenés en arrière, étaient attachés en chignon. Elle paraissait compétente et à peu près aussi chaleureuse que l'hiver au sommet d'une montagne.

— On vous attend, dit-elle. Entrez.

Elle s'écarta.

— Je m'appelle Marguerite.

Nous nous engouffrâmes dans le vestibule et nous restâmes à attendre, massés et hésitants. Même Logan se gardait de flirter avec elle. London se renfrogna, mais baissa les yeux. Il y avait partout des lustres, composés de gouttes de jais et de cristal. Des lampes à pétrole brûlaient sur des coffres en bois qui servaient de tables. Il régnait une vague odeur d'encens.

Au mur était suspendu un bouclier comprenant les armoiries des Drakes et notre devise : *Nox noctis, nostra domina*, qui se traduisait à peu près par : « La nuit, notre maîtresse. »

— Seule Solange a été convoquée, murmura Marguerite d'un ton réprobateur. Vous autres, veuillez attendre ici.

Elle indiqua un long banc d'église. Mes frères s'exécutèrent, sans un mot. Ce détail suffisait à m'effrayer, indépendamment de tout le côté matriarche.

— Si vous (elle se tourna vers moi) voulez bien me suivre.

Je respirai profondément et la suivis dans le couloir. Il y avait plusieurs portes qui donnaient sur des salons, des parloirs et une immense salle à manger. Elle ne s'arrêta devant aucune de ces pièces et se dirigea tout droit vers des portes-fenêtres ouvertes sur une salle de bal avec parquet ciré et tapisseries sur le mur.

— Madame.

Marguerite inclina la tête.

— Elle est arrivée.

Véronique était assise sur l'un de ces bancs rembourrés et galbés qui figuraient dans tous les films que j'avais vus sur le Moyen Âge. Elle portait une longue robe bleu-gris pourvue de broderie compliquée sur le bord et de manches très amples.

Elle avait les cheveux noisette, des yeux si pâles qu'ils étaient presque incolores, comme l'eau. Elle observait une telle immobilité qu'elle semblait irréelle. Il y avait sur son visage quelque chose d'absolument non humain. Je déglutis de façon convulsive. J'avais tellement le trac que je crus que j'allais vomir sur elle. Lorsqu'elle bougea – à peine de quelques centimètres – je sursautai.

— Mon Dieu, murmura-t-elle d'une voix aussi lointaine et mystérieuse que les lumières du Nord. Ton cœur ressemble à un petit colibri.

— Je suis désolée.

J'ignorais pourquoi je m'excusais, si ce n'est que cela paraissait le meilleur parti à prendre. Je sentis frémir en moi quelque instinct, comme un lapin sous l'ombre d'un aigle. Malgré toute sa beauté de porcelaine, c'était une prédatrice.

— C'est donc toi, Solange Drake, dit-elle en me considérant.

— Oui, madame.

Je fis une révérence en n'oubliant aucun des détails que Hyacinth avait eu tant de mal à m'apprendre.

Il ne s'agissait pas d'un hochement de tête courtois à la Jane Austen ; il s'agissait d'une révérence complète comme on en fait à la cour.

Je plaçai le pied droit derrière le gauche et pliai les genoux vers l'extérieur, et non vers l'avant. Je descendis aussi bas que possible sans tomber et sans relever les fesses. Je baissai légèrement la tête, priant très fort pour qu'elle soit impressionnée.

— Très bien, dit-elle. Tu peux te relever.

Je le fis en chancelant à peine. *Merci, tante Hyacinth.*

— Cela me fait plaisir de voir que ta famille t'a correctement appris l'étiquette.

— Merci, madame.

Voyait-elle que je commençais à transpirer ? Il n'était pas facile de rester là sous son regard scrutateur. Elle était tellement calme, tellement sévère.

— J'ai appris que Lady Natasha t'avait convoquée à sa cour.

— Oui, madame.

— Il ne faut pas lui faire confiance, à elle.

— Non, madame.

— Tu connais la prophétie, naturellement.

J'opinai de la tête.

— Il y a longtemps que nous attendions la naissance d'une fille.

Génial, pas de pression.

— Ta transformation est pour très bientôt. Et tout effrayée que tu es, ton cœur bat plus lentement qu'il le devrait.

Je me demandais si l'impression que j'allais m'évanouir ne venait pas de là. Je levai le menton. Je n'allais quand même pas me ridiculiser ou ridiculiser ma famille.

— Je te rendrai suffisamment forte pour que tu survives, petite Solange. Je ne veux peut-être pas les cours royales à des fins personnelles, mais j'empêcherai qu'on les arrache à notre famille comme si nous n'étions rien.

Elle prit une longue chaîne en argent sur la petite table qui se trouvait à côté d'elle. La fiole suspendue au bout était transparente, couronnée d'un bouchon en argent et maintenue par d'autres orfèvreries qu'on avait façonnées en feuilles de lierre.

— Sais-tu ce que c'est ?

— Non.

Elle leva l'objet en l'air. Sous cet angle, je voyais que la fiole renfermait un liquide rouge foncé.

— Oh ! C'est du sang.

— Le mien, pour être exacte.

Elle retourna la fiole. Je la suivis des yeux, hypnotisée.

— Je ne partage pas mon sang à la légère…, seulement dans des circonstances extrêmes, tu comprends ?

En réalité, je ne comprenais pas. Mais si elle me faisait boire ça, je vomirais vraiment sur elle.

— Je suis prête à te le donner. Quand viendra ton anniversaire, bois-le et il te donnera la force qu'il te faut pour revendiquer ton héritage.

Ce n'était sans doute pas le moment de lui dire que je ne voulais pas être reine.

— Tes frères n'en ont pas eu besoin ; chez les Drake, il y a des siècles que les hommes se transforment. Mais tu es différente. Je suis curieuse de voir ce que cette fiole va donner, et ces derniers temps, il y a très peu de choses qui excitent ma curiosité.

Peut-être qu'après tout, être la femme à barbe de la fête foraine, ce n'était pas si mal.

— Naturellement, tu devras t'en montrer digne.

— Nat… naturellement.

Parce que se contenter de me le donner eût été trop facile.

— Qu'est-ce qu'il faut que je fasse ?

— Il y a des connaissances que, chez les Drake, chaque femme devrait posséder afin de faire honneur à son héritage. Nous commencerons par la broderie.

Je restai hébétée.

— La broderie ?

J'étais nulle dans ce domaine. Tante Hyacinth avait tenté de m'apprendre, mais nous y avions toutes les deux renoncé, comme devant une cause perdue.

Lucy, curieusement, avait très vite appris et m'avait brodé une tapisserie de Johnny Depp dans le rôle de Jack Sparrow pour mon anniversaire. Quelque chose me disait que cette anecdote n'allait pas m'aider beaucoup pour le moment.

— Je suis désolée, mais je ne suis pas très douée en broderie.

Ses lèvres se retroussèrent. Mes mains devinrent moites. Ses crocs étaient sortis, pointus et fins comme des petites dagues en os.

— C'est décevant, Solange.

J'allais mourir, tout ça parce que je n'étais pas capable de broder des roses sur un oreiller.

— Je suis navrée, murmurai-je.

— Sais-tu dessiner ?

— Un peu. Je sais tourner des pots. Je suppose que vous n'avez pas de four ?

— Non, mais j'en prends bonne note.

Elle agita la main et Marguerite fut soudain de retour. Je ne l'avais pas vue partir et je ne l'avais pas vue revenir non plus.

Elle portait une petite table, qui dans sa main semblait légère comme une plume, et une chaise. Elle les posa devant moi, puis sortit un bloc à dessin et des crayons de bois.

— Vas-y, murmura Véronique. Dessine-moi quelque chose.

Je m'essuyai les mains et pris un crayon en cherchant promptement des yeux un sujet dans le décor qui m'entourait.

Si elle me demandait de la dessiner, j'aurais aussi vite fait de me tuer sur-le-champ. J'aperçus dans le coin un vase en argile qui contenait un bouquet de pieux. Je dessinais des vases et des pots tout le temps : cela me donnait des idées lorsque j'étais devant mon tour de potier.

Je cassai la mine de mon premier crayon. J'en pris un autre, mais je dus attendre que les tremblements de mes doigts se calment avant de renouveler ma tentative.

Cette fois, je dessinai sans appuyer, en essayant d'oublier qu'en réalité mon avenir en dépendait. Véronique jeta un œil sur ma feuille.

— Assez bien.

Je laissai échapper un énorme soupir. Jamais professeur ne m'avait autant fait peur. J'étais contente de n'être jamais allée à l'école.

— Et maintenant pour la musique. La harpe ? Le piano ?

La harpe ? Était-elle sérieuse ? Ma mère m'avait appris à éviter les chasseurs, à tirer à l'arc et à transpercer, à vingt pas de distance, un vampire enragé, mais pas à jouer *Greensleeves*.

— Je…

Elle se leva de sa chaise avec la rapidité d'un ancien vampire et la grâce et la posture d'une danseuse étoile.

Une danseuse étoile sur le point de statuer sur mon sort.

— Pas de musique du tout ?

Elle n'avait pas l'air contente. Je me reculai d'un pas mal assuré avant de décider de faire face. Pendant des années, j'avais dit à Lucy de ne pas fuir, car c'était le meilleur moyen de se faire pourchasser par les vampires.

— Dis-moi, qu'est-ce que tu sais donc faire ?

Je me sentis inutile et insignifiante. Et je ne voyais pas une seule chose dont j'étais capable qui fût susceptible de l'impressionner. Comment est-ce qu'on pouvait impressionner une vampire matriarche âgée de neuf cents ans ?

— Les maths ? demanda-t-elle brusquement.

— Oui, répondis-je, soulagée. Je suis bonne en maths.

— L'histoire ?

— Oui.

— En quelle année eut lieu la bataille d'Hastings ?

— 1066.

— Qui fut le premier à régner parmi les fils d'Aliénor d'Aquitaine ?

— Richard Cœur de Lion.

— En quelle année mes jumeaux sont-ils nés ?

— 1149.

— Sais-tu te battre ?

— Oui.

— À l'épée ?

— Oui.

— Montre-moi.

Elle frappa une fois dans ses mains et une autre femme entra, vêtue de la traditionnelle tenue blanche d'escrime et du masque protecteur.

Je voyais bien à ses yeux, qui étaient vert clair, que c'était un vampire. J'ignorais si c'était une Drake.

Et bien que je fusse très bonne en escrime, comment étais-je censée battre un vampire ? J'étais encore une humaine et il était si tard que j'aurais déjà bâillé si j'avais eu moins peur. Mon adversaire me donna un masque, une veste et un fleuret.

— Commencez, exigea Véronique avant même que j'aie le temps de tester l'équilibre de la lame dans ma main.

Nous commençâmes.

Je saluai dans les règles en ramenant ma poignée au niveau des yeux et en m'inclinant. Mon adversaire fit de même. Puis elle s'élança. Je fis une passe arrière en bloquant son attaque. Les lames fines raclèrent l'une contre l'autre. Elle s'élança de nouveau et j'exécutai une parade circulaire, en parant vers le bas cette fois. Je ne la touchai à aucun moment.

Masse blanche et floue, elle allait trop vitc. Jamais je ne m'étais sentie aussi lente. J'étais très clairement désavantagée, mais je continuai.

— Riposte ! dit Véronique d'une voix sifflante, et j'obéis en exécutant une passe avant pour attaquer.

Je clignai des paupières pour retirer la sueur que j'avais dans les yeux. Elle me bloqua, feinta et puis fit retomber son épée en direction de ma tête. Je levai mon arme, parallèle au sol reluisant, et j'absorbai la puissance du coup dans mes bras.

La force avec laquelle il fut porté résonna dans mes os. Je savais que si elle l'avait voulu, elle aurait pu me couper en deux.

— Ça suffit ! lança Véronique, apparemment satisfaite.

Je baissai ma garde, haletante. On entendit des bruits de pas dans le vestibule, puis tous mes frères qui tentaient de se précipiter dans la salle en même temps.

— Solange !

— T'es blessée ?

Lorsqu'ils s'aperçurent que j'étais indemne, tous s'immobilisèrent, fermant brusquement la bouche. Leurs yeux s'arrêtèrent sur moi, puis sur Véronique. C'est alors qu'ils s'inclinèrent tous ensemble.

— Bien, me dit-elle. Tu peux partir.

Je retirai mon masque et le laissai par terre avec

mon fleuret. Je me dirigeai vers la porte, pressée que j'étais de vider les lieux, quand elle m'arrêta.

— Solange.

Je faillis gémir.

— Oui, madame.

— N'oublie pas ça.

Elle se déplaça si vite que je ne la vis pas, bien qu'elle se trouvât subitement à côté de moi. Même mes frères paraissaient surpris. Elle me tendit la fiole. Je passai la chaîne par-dessus ma tête.

— Merci.

12

Lucy

Nicholas se prélassait, en feuilletant les photocopies du guide, avec cette façon agaçante qu'il avait. Il releva brièvement les yeux, m'observant faire les cent pas.

— J'ignorais que tu attachais autant d'importance à la remise en forme.

Je marquai une pause.

— Quoi ?

— Euh... tu es en train de faire de l'aérobic au milieu de la nuit.

Je ne m'étais pas rendu compte que ma marche s'était presque changée en jogging. J'avais le souffle un peu court, et la tension faisait vibrer les muscles de mes jambes. Il faisait très attention à la manière dont il se tenait, comme s'il risquait de se briser en mille morceaux. Ou comme si moi je le risquais. Je m'efforçai de me calmer, me laissai tomber sur le sofa et tentai de m'affaler avec cette manière agaçante qu'il avait, mais je ne pouvais rester là à attendre.

J'entassai du petit bois dans la cheminée et allumai un feu. Il faisait trop chaud dehors pour ça, mais j'avais besoin de quelque chose à faire. Nicholas desserra les poings.

— Je déteste ça, dis-je tandis que les flammes jaillissaient.

Cela ne suffisait guère à me distraire.

— Je n'aurais jamais remarqué. Tu dissimules tellement bien tes sentiments.

Il avait le sourire en coin. Dès lors, il semblait presque abordable, cette beauté étrange le rendant plus chaleureux. Solange était la seule, parmi les Drake que j'avais rencontrés, à être dépenaillée et j'ignorais si elle se mettrait soudain à porter des robes spectaculaires après son anniversaire.

— Je déteste ça, vraiment, vraiment, ajoutai-je.

Les jardins étaient sombres derrière le verre traité des fenêtres. C'est du moins ce que je supposais étant donné que nous avions fermé tous les rideaux, au cas où. Cela donnait à l'atmosphère un côté douillet et romantique.

— Nous n'aurions jamais dû la laisser partir, dis-je.

— Tu as beau être autoritaire, Solange ne reçoit pas d'ordres de toi.

— Je ne vois pas pourquoi, les Drake sont tellement malléables.

Je me redressai sur mon séant, car quelque chose me traversa l'esprit.

— Hé ! tu as la clef du caveau.

— Ah bon ?

— Oui, lui dis-je d'un ton tranchant. Et je veux un Taser.

— C'est pas un supermarché.

Je me levai, le tirai par les mains. Elles étaient froides. Je tirai de plus belle avant de me laisser distraire.

— Allez.

Il fit son cinéma en soupirant comme si j'étais folle, mais du moins me suivit-il dans l'escalier et dans les couloirs en direction du caveau familial. À vrai dire, il s'agissait plus d'une chambre forte, équipée d'un tunnel de sortie secret, d'oxygène, de réserves de sang et d'armes. C'était la première fois que j'allais vraiment entrer à l'intérieur. Je trépignais d'impatience.

Il secoua la tête.

— À te voir, on croirait que le père Noël est enfermé là-dedans.

Je me frottai les mains.

— C'est mieux qu'un gros vieillard. Maintenant, donne à moi.

Ses yeux étaient impassibles.

— Tu n'es même pas censée savoir où se trouve cette porte.

— Je t'en prie. Je connais tous les recoins de

cette maison, y compris les magazines cochons que Quinn garde sous son lit.

Je rejetai la tête en arrière avec suffisance.

— Helios-Ra n'a rien sur moi. Les salauds.

Je savais que je commençais à babiller, mais je devais empêcher mon corps de réagir à la proximité de Nicolas. J'aurais dû être immunisée contre ses phéromones. Je devais être plus fatiguée que je ne l'avais cru.

Il déverrouilla la porte en se plaçant, de sorte que je ne puisse voir s'il utilisait une clef ou un code numérique. Il savait probablement que, si je voyais réellement à quoi ressemblait la clef, j'essaierais de la voler.

La lourde porte s'ouvrit sans un bruit, et il alluma la lumière qui vacilla brièvement avant de faire miroiter un mur d'étagères en acier couvertes de boîtes de flèches, de pieux et de cartouches. Les fusils étaient solidement accrochés sur un râtelier en acier à côté d'épées, de claymores et de haches suspendues à des crochets en fer. Je laissai échapper un soupir rempli de respect. Devant mon avidité, Nicholas secoua la tête.

— C'était pas une bonne idée.

J'effleurai une lame au tranchant redoutable.

— C'est encore mieux que ce que j'avais imaginé.

Il y avait des paniers de bâtons, des massues et des javelots.

— Où sont les Tas… wouaou ! La classe.

Un large sourire sur les lèvres, je pris une arbalète en me tournant vers Nicholas. Il se rejeta en arrière en se cambrant dangereusement pour se mettre hors de portée : une colonne vertébrale humaine se serait brisée en deux. Sa chemise noire voleta comme des ailes. Je baissai l'arbalète en roulant les yeux.

— Arrête ça.

Il se redressa.

— Tout le monde se souvient de ce que tu as failli faire à Marcus.

— C'était il y a deux ans.

Je saisis un carquois de carreaux en bois qui ressemblaient davantage à des pieux.

— Je prends celui-là.

Il fronça les sourcils.

— Non, sûrement pas. Pourquoi, d'ailleurs ?

Je fronçai les sourcils à mon tour.

— Je me le demande. Les chasseurs de primes ? Helios-Ra ? Les non-morts ambulants ? T'as l'embarras du choix.

— Personne ne va te faire de mal.

— Pas avec ce truc en ma possession.

J'appuyai l'arbalète contre mon épaule. Elle était d'une légèreté surprenante. On aurait dit que Nicholas voulait me contrarier, mais qu'il s'était ravisé. Je me méfiai aussitôt. Il n'aimait rien autant que se disputer avec moi. Cela faisait près d'une décennie que nous développions nos compétences ensemble. Au lieu de cela, il ouvrit un coffre en bois sculpté qui aurait pu sortir tout droit d'un film de pirates. Il en sortit une chaîne en argent aux maillons larges et démodés.

— Tiens, mets ça.

Il me le lança.

Je l'attrapai juste avant qu'il ne me percute le nez.

— Qu'est-ce que c'est ?

Un camée à peu près gros comme une pièce de un dollar était suspendu à la chaîne. L'emblème de la famille Drake était gravé dessus : rehaussé d'une larme de jais en perle, un dragon avec des feuilles de lierre dans la gueule, qui symbolisaient respectivement la force et la loyauté. Il était magnifique.

— Comment ça se fait que je ne l'aie jamais vu ?

— Tes parents en ont probablement un, mais ils n'ont jamais vraiment eu besoin de s'en servir.

Je l'exposai à la lumière.

— Pourquoi ? C'est magique ou quoi ?

Je le secouai doucement dans l'attente qu'il se produise quelque phénomène.

Il me sourit. C'était quelque chose d'un peu inhabituel chez lui, mais pas tout à fait l'événement magique que j'avais espéré.

— Pas vraiment.

Il me poussa gentiment pour que je me retourne et qu'il puisse attacher le collier. Ses doigts étaient légers et froids sur ma nuque. Curieusement, je dus réprimer un petit frisson.

— Voilà.

Sa voix semblait rauque ; elle me chatouilla l'oreille.

— Ça te protégera. C'est ta marque d'appartenance à notre famille. Les vampires et les Helios-Ra reconnaîtraient ce signe et sauraient que lutter contre toi, ce serait lutter contre tout le clan des Drake.

Pendant un court instant, je touchai le pendentif.

— Merci.

— Bien entendu, j'éviterai de l'exhiber avant d'être sûr que je n'ai pas affaire à un chasseur de primes.

Il marqua une pause.

— Tout bien réfléchi, tu ne devrais peut-être pas le porter.

Il tendit la main, comme s'il voulait que je l'enlève. Je reculai d'un pas et le serrai dans mes mains.

— Pas question.

Les lumières clignotèrent à deux reprises. Je les regardai, les sourcils froncés.

— Un court-circuit ?

— C'est l'alarme silencieuse. Il y a quelqu'un dans la maison.

Nous nous précipitâmes tous deux vers la porte,

manquant de rester coincés, comme dans un épisode de mauvaise sitcom.

— Reste derrière moi, dit-il brusquement.

Ses yeux étaient d'une pâleur surnaturelle. Le poids de l'arbalète dans mes mains me rassurait pendant que nous montions furtivement l'escalier.

— Et essaie de ne pas me tirer dans le dos avec ce truc.

— Ouais, ouais.

Lorsque nous fûmes en haut, il s'arrêta, les narines dilatées. La porte d'entrée se referma sans bruit.

— Oncle Geoffrey.

La posture de Nicholas perdit de sa tension. Je baissai l'arbalète.

— J'ignorais que ton odorat était aussi précis, dis-je. Je pensais que tu pouvais seulement dire s'il s'agissait d'un vampire ou non.

— Tout le monde a une odeur. Si tu fréquentes les gens suffisamment longtemps, tu peux arriver à la cataloguer.

Il ne me regarda pas.

— La tienne est un mélange de poivre et de chewing-gum à la cerise.

— Ah bon ?

Avant que je puisse l'interroger davantage, il entra dans le vestibule où son oncle déposait un carton.

— De nouveaux cadeaux pour Solange, dit-il sur un ton ironique. Bruno les a passés en revue et a scanné le tout. Attention, ajouta-t-il lorsque nous nous penchâmes pour examiner de plus près les paquets, dont l'emballage allait du papier kraft au papier argenté.

Quelque chose de liquide faisait une tache brunâtre sur l'enveloppe bosselée qui se trouvait sur le dessus.

— Celui-là, c'est un cœur de chat, dit Geoffrey avec calme.

— Quoi ? Beurk ! dis-je en me reculant.

— Un cadeau.

Il haussa les épaules avec indifférence.

— C'est considéré comme un mets raffiné dans certaines des tribus les plus reculées.

— OK, dégueu…

— Celui-là, c'est celui d'un chaton. Une lettre d'amour, j'imagine.

— Un chaton ?

Je restai dix bonnes secondes les yeux fixés et la bouche ouverte. Je ne réussis à la fermer que pour m'empêcher de vomir.

— Un chaton ?

— Oncle Geoffrey, dit Nicholas en faisant la grimace.

Les chiens de la famille accoururent pour voir pourquoi je hurlais.

— Désolé. Parfois, j'oublie qu'elle n'est pas tout à fait des nôtres.

Plus tard, ces mots me flatteraient. À cet instant précis, j'étais furieuse. Bien trop furieuse.

— Est-ce qu'il y a le nom de l'expéditeur ? Qui a envoyé ça ? Je vais lui casser la gueule.

Je dus tourner le dos au paquet.

— Ça ne m'amuse pas du tout. Sérieusement.

— On a saisi, dit Nicholas.

Il y avait dans son expression quelque chose d'étrange. Il serrait tellement les mâchoires que je me demandais pourquoi ses dents n'éclataient pas.

— Qu'est-ce qui t'arrive ? demandai-je.

— Rien.

— Nicholas, tu viens de tordre ta bague tellement tu serres les poings.

— Ça sent le bonbon.

— Qu'est-ce qui sent le bonbon ? demandai-je, troublée. Qu'est-ce que tu racontes ?

Il lança un coup d'œil à l'enveloppe.

— Elle est encore couverte de sang.

— Tu n'es pas sérieux ?

Il acquiesça d'un mouvement de tête comme s'il s'agissait là de la chose la plus compliquée qu'il ait jamais faite.

— C'est dégoûtant, lui dis-je. Sérieusement.

— Je sais.

— Très bien, alors.

Nous entrâmes à l'intérieur de l'immense salle de séjour où son oncle se trouvait déjà dans le coin bibliothèque, occupé à retirer des livres des étagères en chêne. Il s'assit ensuite à la table. Des lampes brûlaient sous du verre rouge rubis. Byron, le plus vieux bouvier, percevant mon agitation persistante, me lécha les doigts.

Voir des vampires boire du sang ou se briser le cou et tomber en poussière, ce n'était pas la même chose que convoiter les cœurs de chatons. Là, franchement, je ne pouvais pas.

— Du calme, murmura Nicholas.

Geoffrey nous lança un coup d'œil.

— Assieds-toi, Lucky, ton cœur bat la chamade. S'il accélère encore, tu vas tomber dans les pommes.

— Elle est toujours en colère.

— Cela ne l'empêche pas de s'asseoir.

Je m'enfonçai dans l'une des chaises en appuyant les coudes sur la large table dont le vieux chêne était semblable à celui des étagères.

— Ta tante Hyacinth est-elle déjà rentrée ?

Nicholas secoua la tête.

— Tu es le premier.

Geoffrey fronça les sourcils.

— Vraiment ?

— Pourquoi ?

— Son téléphone ne répond pas, ni son bipeur. Hmm… Bref, peu importe. Je suis sûr qu'elle va bien.

Il regarda autour de lui.

— Où est Solange ? Elle est couchée ?

Nicholas s'assit à côté de moi.

— Elle n'est pas là. Elle a été convoquée par Lady Natasha.

— Quoi ?

Geoffrey se leva si vite qu'il était un peu flou sur les bords.

— Pourquoi ?

— London n'a rien voulu dire, ou alors n'en savait rien, ce qui est plus vraisemblable. Si elle avait su, elle s'en serait vantée.

Devant la réaction de son oncle, Nicholas fronça les sourcils.

— Et elle ne serait pas venue chercher Solange s'il y avait eu le moindre risque.

— Elle est relativement éblouie par la royauté, mon garçon.

Geoffrey ferma les yeux.

— Bon sang.

Il prit son téléphone.

— Nous savons qui est à l'origine de la récompense, Nicholas.

Il appuya sur une touche et le numéro se composa automatiquement.

— Qui ?

— Lady Natasha.

13

Solange

Nous laissâmes la voiture chez Geoffrey, juste à la limite de sa propriété, et empruntâmes son accès tunnel. Les galeries sentaient l'humidité et la fumée, qui s'échappait des torches dans les parties les moins utilisées. C'était très silencieux : on n'entendait que des pas légers et ma respiration malaisée. C'était l'itinéraire le plus sûr pour se rendre à la cour royale de Lady Natasha. Pendant les mois d'été, elle séjournait dans les montagnes, à l'intérieur d'un système de grottes compliqué.

Le reste de l'année, elle voyageait entre ses différentes possessions, comme une reine du Moyen Âge. Notre ville passe pour être sa villégiature estivale : simple et rustique, mais suffisamment relaxante pour une semaine ou deux de temps en temps.

Et tout le monde savait que si Lady Natasha avait choisi de venir en ce lieu, c'était avant tout pour surveiller notre famille.

— Tu es sûre qu'elle n'a rien dit d'autre ? demandai-je à London.

Si Lady Natasha espérait que je brode ou que je danse une valse, j'avais sacrément envie qu'on me prévienne à l'avance cette fois. London secoua la tête. La lumière vacillante faisait briller son pantalon en cuir moulant.

— C'est une bonne reine, Solange. Tu n'as pas à t'inquiéter.

— London, au cas où tu n'aurais pas remarqué, toutes nos têtes sont mises à prix. Y compris la tienne. Et cela fait des années que la famille Drake – de notre côté – est exilée.

Elle haussa une épaule avec nonchalance, même si je vis clairement sa main se serrer.

— C'est pas la même chose pour moi. J'ai été transformée, je ne suis pas née dans la famille Drake.

— Ton père a épousé ta mère et ensuite, il t'a transformée lorsque tu as eu vingt et un an. Je dirais que ça fait de toi une Drake.

— Si tu le dis.

— C'est pareil que lorsque notre père a transformé notre mère après la naissance de Solange.

London haussa les épaules à nouveau. Cette attitude commençait à m'agacer. Nous ne pouvions être tous aussi blasés qu'elle l'était.

Certains d'entre nous allaient recevoir une grosse punition au petit matin. Et par « certains », je voulais dire moi.

— Papa et maman vont flipper, marmonnai-je en trébuchant contre Logan. Oh !…

Il me stabilisa.

— Attention. Tu vas froisser le velours.

Connor, qui ouvrait la marche, s'arrêta aussi. Il leva une main.

— Il y a quelqu'un qui vient.

— Reste près de moi.

Les crocs de Logan s'allongèrent, luisants.

— Ce n'est sans doute qu'un garde d'honneur, murmura London. Lady Natasha est très attachée au cérémonial.

Quinn secoua la tête, les narines dilatées.

— Je ne pense pas que ce soit ça.

— Tu dramatis…

Dans le couloir, des vampires se précipitèrent vers nous, certains cavalant sur les murs comme des fourmis géantes. Tous les poils de ma nuque se dressèrent. Ce n'étaient peut-être pas des *Hel-Blar*, mais c'étaient des guerriers : soit ils avaient juré fidélité à Lady Natasha soit ils recherchaient la récompense promise à ceux qui nous tueraient.

Connor, Quinn et Marcus formèrent un front défensif, tandis que Logan et Duncan faisaient le tour pour protéger nos arrières. London et moi, nous nous tenions au milieu. Je pris le pieu qu'elle me tendit.

Cette stupide robe qu'on m'avait prêtée n'offrait pas une poche où ranger une arme. On ne m'y reprendrait pas. L'adrénaline m'envahit, faisant trembloter mes doigts.

Les sifflements retentirent au-dessus de nous, grésillant comme des parasites. L'un des vampires frappa Marcus à l'épaule. Aussitôt, ce dernier se servit de la dague logée dans le fourreau de son poignet pour changer son assaillant en poussière. Un cri de bataille parcourut le couloir. L'un des vampires perça la ligne de front, bondissant du plafond et grognant à mon adresse. Je donnai un coup de pied en l'air, le prenant par surprise. Il fut même plus étonné encore par le coup de couteau que lui asséna London. Pendant un court instant s'éleva un tourbillon de poussière.

— Quand papa et maman vont l'apprendre, ils vont nous passer un de ces savons.

— Ce ne sont pas des Araksaka, dit London. Il ne s'agit pas de la garde royale.

— Comment tu le sais ?

— Aucun tatouage.

— Ce sont des chasseurs de primes, alors, dit Duncan en grommelant.

Il reçut ensuite un coup de poing dans l'œil.

— Aïe ! putain.

— Sans rancune.

L'assaillante afficha un large sourire en sautant avec agilité pour éviter le coup de mon frère et en donnant un coup de pied.

— Mais vous allez nous rendre riches.

— Va te faire foutre, charognard.

Quinn était étendu sur le sol et poussait des grognements.

Un vieil homme en costume à rayures lui empoigna la queue de cheval et tira dessus violemment pour le soulever.

— Hé ! hurlai-je en sautant par-dessus Duncan et la fille, et en donnant un coup de coude à un autre vampire qui se dressa sur mon passage. Lâche mon frère !

Je n'étais ni aussi rapide ni aussi forte qu'eux, mais j'étais en colère et j'avais peur, et ils m'avaient sous-estimée. Je brisai la rotule de l'assaillant de Quinn et lui enfonçai mon pieu avant que les autres puissent réagir. Quinn se releva d'un bond, le sourire large.

— Merci, p'tite sœur.

Je souris à mon tour en m'essuyant les mains.

— Baisse-toi ! ajouta-t-il.

Ce que je fis.

De la poussière de vampire flotta au-dessus de moi comme du pollen. J'éternuai.

L'un des vampires, dont la transformation était visiblement récente, me sourit comme s'il s'agissait d'un rendez-vous galant.

— Ça te dirait de baiser ?

Il renifla l'air et se passa la langue sur les lèvres.

— Allez, trésor.

Il s'approcha d'un pas nonchalant. Enfin, c'est ce qu'il aurait fait s'il n'avait trébuché sur le pied de Logan.

— Puis-je suggérer que tu te casses d'ici ? dit mon frère en me tirant violemment par le bras. Cours, espèce de tarée.

Je fis quelques pas en courant et m'arrêtai lorsque je m'aperçus que personne ne me suivait.

— Je ne pars pas sans vous, les gars !

— Va-t'en !

— Non.

— Solange !

Chacun de mes cinq frères cria mon nom.

— Non ! hurlai-je à mon tour. Allez, venez !

Je savais qu'il leur déplaisait de ne pas achever les deux derniers vampires et certainement que ma mère n'approuverait pas non plus mon point de vue. Mais je ne voulais pas être responsable d'autres morts. Au cinéma, quand un vampire meurt, il y a un nuage de poussière et tout le monde se réjouit parce que le méchant est mort. Dans mon monde, le vampire en question pourrait bien être l'un de mes frères. Et en théorie, même si les chasseurs de primes souhaitaient ma mort, je n'étais pas encore sûre qu'ils soient les méchants. Ce que je veux dire, c'est qu'ils suivaient des ordres, pas vrai ? Savaient-ils, au moins, que je ne voulais pas entendre parler de Lady Natasha ou de sa stupide couronne ? Dans ce genre d'affaires, il existait des règles même si personne d'autre ne voulait les respecter. Je n'avais par ailleurs aucun scrupule à utiliser la culpabilité à mon avantage.

— Qui peut savoir combien ils sont là-bas ? Vous voulez que j'y aille toute seule ?

Tout à fait conscients de mon petit manège, ils firent entendre un chœur de grognements agacés, mais ils m'accompagnèrent quand même, et c'était tout ce que je voulais. Nous traversâmes le couloir à toute vitesse en dérapant légèrement sur les carreaux du sol.

Mon souffle coupé me brûlait les poumons et me déchirait la gorge. Connor me jeta sur son épaule, s'arrêtant tout juste pour me caler correctement, et continua de courir. Il allait tellement vite, tout comme les autres, que j'avais l'impression d'être entourée de taches de couleurs.

Mon ventre me faisait mal à force de rebondir sur l'épaule de Connor, mais nous ne nous arrêtâmes que lorsque nous eûmes atteint une porte rouillée. Elle s'ouvrit sur le clair de lune qui baignait le sol de la forêt en gouttant entre les arbres. Connor me reposa par terre. Je frottai mon ventre endolori.

Quinn ouvrit la marche à pas comptés en scrutant les sous-bois. Tout autour de nous, les fougères agitaient leurs doigts verts. Nous le suivîmes en silence. Je ne possédais peut-être pas la vitesse ou l'odorat d'un vampire, mais je bénéficiais de l'entraînement des Drake et savais comment me déplacer sans être vue ni entendue. Et je connaissais la forêt aussi bien que n'importe qui, certainement mieux que Logan qui préférait arpenter les rues de la ville plutôt que mettre de la boue sur ses onéreuses bottes. L'odeur capiteuse d'aiguilles de pin et de terre était apaisante et rafraîchissait ma gorge. Il n'y avait pas un seul oiseau, lapin ou cerf : tous connaissaient l'odeur du prédateur, animal ou autre. Le vent chatouillait les chênes. Quinn s'immobilisa, leva une main en l'air.

Je m'efforçai d'entendre ce qu'il entendait, mais je ne distinguai que des bruits de forêt ordinaires : le vent, la rivière, une chouette.

— On n'est pas tout seuls, me murmura Logan.

Je me figeai en tâchant de ne pas respirer, dans l'espoir que mon cœur ne palpitait pas telle une balise au centre des bois obscurs. Peut-être bien que je savais marcher en évitant de briser des brindilles ou d'écraser des glands, mais faire taire les battements de mon cœur était un truc que je n'étais pas pressée d'apprendre.

Nous avions beau être aussi silencieux que nous le souhaitions, si les vampires étaient suffisamment près, ils m'entendraient. La frustration m'envahit sans relâche. Il y eut un bruissement, comme des ailes de chauves-souris.

— Baisse-toi, dit Logan brusquement, mais je touchais déjà le sol.

Il faisait tellement noir et les vampires allaient si vite qu'on aurait dit que les ombres se télescopaient autour de moi en sifflant. Des os se brisèrent et se ressoudèrent ; du sang tomba en gouttes, comme de la pluie. Quelqu'un poussa un grognement. Je ne voyais pas très bien : non seulement il faisait noir, mais en outre j'étais à moitié vautrée dans des fougères. Je réussis à m'accroupir.

Logan passa devant moi comme une flèche en jurant. La lune argentait la lueur des crocs et des yeux. Un autre vampire roula devant moi et atterrit sur ses pieds.

— Je la sens.

Il avait l'air limite ivre.

— Elle est là. Elle est à moi.

— Oh ! ça m'étonnerait, marmonnai-je d'un ton menaçant en prenant une branche dont je cassai le bout afin qu'elle soit pointue et hérissée d'éclats de bois.

Mes parents ne m'avaient pas appris à rester assise à me tourner les pouces. Nous savions tous que cela allait arriver, même si ce n'était qu'à présent que je prenais conscience de l'étendue et de la magnitude de ma transformation. Presque tout le monde me considérait comme une poulinière destinée à donner naissance à moult petits vampires royaux.

Je ne pouvais accepter ça, m'eût-on envoyé toutes les roses rouges du monde.

Lorsqu'il se retourna brusquement pour attaquer Marcus, je lui donnai un coup de talon à l'arrière du genou. Il tituba, puis se retourna. Son sifflement furieux fit place à un large sourire.

— Solange.

Il s'avança d'un pas.

— Je m'appelle Pierre.

Je levai la branche d'un geste menaçant.

— Écoute, c'est juste une question de phéromones. Faut t'en remettre.

— T'es encore plus belle que je l'avais imaginé.

— Génial.

Il ne parut pas saisir le sarcasme de mon ton.

— Tu sais, la nuit a été très longue. Tu pourrais pas être flippant plus tard ?

— Je t'aime.

— Apparemment non.

Je me sentais fatiguée. Aussi incroyable que cela puisse paraître, j'avais envie de bâiller, juste au moment où quelqu'un poussa un grognement de douleur.

— Ils arrivent ! hurla Quinn. Ils sont plus nombreux qu'on pensait.

J'inclinai la tête vers Pierre et tentai un sourire engageant. Marcus me fixa.

— Est-ce que tu vas vomir ?

Ah ! les frères !

— Pierre, dis-je.

Le battement de cils serait-il too much ? Savais-je au moins comment battre des cils ?

— Pourrais-tu m'aider ?

— Tout ce que tu veux, mon amour.

Très bien. Peut-être que cette histoire de phéromones pourrait se révéler utile au bout du compte.

— Il y a des chasseurs de primes qui arrivent.

J'essayai d'avoir l'air innocent. Lucy se serait roulée par terre si elle avait pu me voir à cet instant.

— Ils veulent nous tuer, mes frères et moi.

— Je les en empêcherai, promit-il avec ferveur.

— Génial, dis-je en lui tapotant l'épaule. Vas-y.

Il nous quitta, Marcus et moi, de façon très théâtrale. Quinn et Logan nous rejoignirent.

— Qu'est-ce qui se passe ?

— Solange vient de convaincre une cloche de vampire de nous défendre.

— Alors, pourquoi on reste là ? demanda Connor. On se tire d'ici.

Nous courûmes, loin des bruits du combat qui opposait Pierre et ses amis aux chasseurs de primes. J'espérais vraiment qu'il l'emporterait. L'idée que je l'avais peut-être envoyé à la mort ne me plaisait guère.

— Ralentir, c'est pas tout à fait le but, ici, dit Logan.

— Est-ce qu'on ne devrait pas l'aider ?

— Non, accélère.

— Mais…

— Solange, t'es tellement pâle que tu brilles quasiment. Avance.

J'aurais peut-être continué à argumenter, mais je me sentais très molle. J'arrivais à peine à mettre un pied devant l'autre. Alors, je ne parle même pas d'exécuter des actes héroïques pour sauver un vampire qu'il m'aurait sans doute fallu transpercer de toute façon si les phéromones s'en mêlaient.

— Je me sens… bizarre.

Connor me porta à nouveau. J'étais trop épuisée pour être particulièrement alarmée, bien qu'une partie de mon cerveau comprît que ce n'était guère le moment de faire un somme.

— C'est simplement la transformation, dit-il. T'es lessivée. C'est normal.

Je bâillai avec une telle force que j'en eus les larmes aux yeux.

— T'es sûr ?

Je ne restai pas éveillée assez longtemps pour entendre ses mots rassurants.

14

Lucy

— Comment ça, bon sang, Solange est allée voir Véronique ? Et Natasha ?

Tout le monde se recula à une distance raisonnable de la fureur d'Helena.

— J'avais bien précisé qu'elle ne devait pas quitter la maison.

L'air grave, Liam était assis dans son fauteuil et buvait un brandy. Le carlin de Hyacinth reniflait sous la porte d'entrée et poussait des geignements. Je me balançais d'un pied sur l'autre.

L'épais miasme de colère et de phéromones commençait à me tourner la tête, à moi aussi. Liam prit la main de sa femme.

— Il ne leur arrivera rien, dit-il.

Je n'avais jamais entendu ce ton lugubre dans sa voix et j'espérais un peu que je ne l'entendrais jamais plus. Les cheveux, sur ma nuque, en frissonnèrent.

— Pourquoi est-ce que Lady Natasha a créé cette récompense, d'abord ? demanda Nicholas avec animation.

— Il y a une rumeur qui court, expliqua Sebastian, selon laquelle Solange va réellement s'emparer de la couronne de Natasha dès qu'elle sera transformée.

Nous le regardâmes, toutes sortes de scénarios horribles se déployant dans nos têtes.

— Solange aurait horreur de ça, dis-je.

— Mais Lady Natasha n'aspire qu'à être reine, dit Helena. Alors, elle ne comprendra jamais cette répulsion, et ne s'y fiera pas. Sans compter qu'elle sait que, avec cette perversité qui est la sienne, Montmartre fait la cour à Solange. Même s'il y a longtemps qu'ils ne sont plus ensemble, elle ne partage pas facilement.

Elle jeta un coup d'œil par la fenêtre.

— Qu'est-ce qu'elle fabrique, Hyacinth, bon sang ? Il va bientôt faire jour.

— Les hommes de Bruno sont à sa recherche.

— Je devrais être avec eux, dit Sebastian, debout dans un coin, raide et le regard noir.

— Non, répondit Helena, les sourcils froncés.

— Maman.

— J'ai dit non, Sebastian. Tu en as assez fait pour ce soir.

— Et London ? demanda Nicholas. C'est elle qui est venue chercher Solange.

Liam poussa un soupir.

— C'est une royaliste, comme le reste de cette branche familiale. Mais je suis obligé de croire qu'elle n'était pas au courant du danger.

— Ce n'est pas tout.

Geoffrey tapota son stylo sur la couverture d'un livre en cuir relié. Il avait les cheveux ébouriffés : il n'avait cessé de se passer la main dedans depuis qu'il était arrivé. Liam laissa retomber sa tête en arrière et ferma les yeux un court instant.

— Bien sûr que ce n'est pas tout.

— J'ai fini d'analyser l'échantillon d'Hypnos.

Liam se redressa, les yeux brûlant comme de l'argent en fusion.

— Raconte.

— Plusieurs herbes zombies, comme nous l'avions supposé, dit Geoffrey.

— Et ?

Il avait le visage dur. Il ne ressemblait plus à un scientifique légèrement distrait ou au bel intellectuel qui attirait toutes les femmes divorcées de la ville.

— C'est du sang ancien. Suffisamment ancien pour être à Enheduanna.

Le silence tomba comme un marteau à travers une vitre. Je haussai un sourcil.

— C'est qui, Enheduanna ? murmurai-je à Nicholas.

Personne ne disait rien. À vrai dire, cela avait un côté flippant.

— Hou ! hou !

— Un ancien.

C'est Geoffrey qui me répondit, bien qu'il ne regardât pas vers moi. Dans la cheminée, le feu crépitait doucement et se changeait en braises.

— La plus vieille vampire encore vivante.

— Oh ! Euh… Et ?

— Et son sang a des effets magiques. Comme l'Hypnos, il te dépossède de ta volonté.

— Je me souviens.

Je réprimai un frisson.

— Il affecte les vampires aussi, pas uniquement les humains.

— Oh !

J'écarquillai les yeux.

— Oh !

— En effet, approuva Geoffrey d'un ton austère. Et maintenant, c'est entre les mains des Helios-Ra.

— Qui ne sont que légèrement plus fréquentables que Lady Natasha et ses tribus.

La tresse d'Helena se souleva dans les airs au moment où elle se retournait brusquement pour donner un coup de pied dans celui, filiforme, d'un fauteuil reine Anne. Il se brisa avec bruit.

— C'était à ma mère, murmura Liam.

— Ça craint, me dit Nicholas. Le problème avec les vampires, quelle que soit leur espèce, c'est qu'ils sont censés être immunisés contre les phéromones de leurs congénères. C'est ce qui nous a empêchés de nous liquider entièrement les uns les autres par des guerres de clans.

— Mais plus maintenant, murmurai-je.

— Plus maintenant.

— Déjà, comment s'en sont-ils procuré ? demanda Sebastian.

— Je peux t'assurer que je compte le demander moi-même à Hart, dit Liam, les dents serrées. Il ne va pas tarder à arriver.

— Ici ? demanda Sebastian, bouche bée. Tu plaisantes.

— Il s'est montré accommodant.

— Accommodant à l'idée de donner un coup de pieu à chacun d'entre nous dans notre propre maison, marmonna Sebastian.

— Non, nous sommes beaucoup plus en sécurité ici et plus nombreux que lui. Je ne lui ai permis qu'un seul compagnon.

— Et un seau de poudre d'Hypnos.

— Sebastian, dit Helena d'un ton brusque. Ton père sait ce qu'il fait.

Liam sourit.

— Je te le rappellerai, ma chérie.

Nicholas s'assit en secouant la tête.

— Donc, le chef des Helios-Ra vient ici prendre le thé, ils disposent de l'Hypnos, Solange est peut-être entre les mains de la reine vampire qui a mis sa tête à prix et on ne sait pas où se trouve Hyacinth. J'ai à peu près fait le tour ?

Il paraissait soudain jeune et accablé, comme le Nicholas que j'avais connu avant qu'il ne se transforme.

Je lui touchai l'épaule. Avant même que je puisse songer à dire quelque chose d'utile, le portable de Liam vibrait dans la poche de sa veste. Il jeta un œil à l'écran.

— Bruno.

Helena et lui échangèrent un regard lugubre.

— Hart est arrivé, avec Hope.

Ils nous regardèrent.

— Lucy et Nicholas, vous montez.

— Maman !

— Mais…

— Maintenant, insista Liam. Lucy, la présence d'une humaine ne va pas servir notre cause pour l'instant. Et Nicholas, tu tiens à peine debout.

Ce dernier tanguait légèrement. L'aube devait emplir le jardin de l'autre côté des rideaux.

Nous montâmes l'escalier en traînant les pieds, mais dociles.

Plus ou moins.

D'après ma mère, mon mauvais caractère n'est pas mon seul bagage karmique. J'ai du mal à recevoir des ordres, quand bien même les intentions seraient bonnes. Et malgré le fait que je comprenais parfaitement pourquoi il valait peut-être mieux qu'on ne me voie pas, cela ne signifiait guère que je devais rester toute seule dans la chambre de Solange sans savoir ce qui se passait.

Ne pas être vue ne voulait pas dire que je devais m'abstenir de les voir.

— Lucy ? murmura Nicholas en s'arrêtant lorsqu'il s'aperçut que je ne le suivais pas. Qu'est-ce que tu fais ?

À vrai dire, j'étais allongée sur le ventre, en haut de l'escalier tournant. Depuis ce poste, je voyais la porte d'entrée. Je ne voyais pas le salon, mais j'entendis Helena demander à Sebastian de bien vouloir se retirer et celui-ci répondre par un refus emphatique.

Il n'y avait pas longtemps qu'il avait été transformé – cela ne faisait que quelques années au bout du compte –, mais à sa place je serais restée aussi. En dépit de mon état de fatigue.

Je me demandai encore une fois où se trouvait Solange. Et s'il ne lui était rien arrivé.

— Ils entendent les battements de ton cœur, tu sais.

Nicholas s'étendit à côté de moi.

— Hé ! je suis là-haut. Théoriquement, je n'enfreins pas le règlement.

Je lui glissai un regard en coin.

— Est-ce qu'ils peuvent vraiment me localiser avec précision ?

— Sans doute que non, reconnut-il.

Il était tout près. Je sentais la fraîcheur de son corps appuyé contre le mien. Il avait les yeux très pâles, les dents très aiguisées. Si j'étais immunisée contre ses phéromones, alors pourquoi exerçait-il sur moi une séduction aussi exaspérante ?

Un coup retentit à la porte d'entrée. Les chiens se précipitèrent dans le vestibule en grognant. Mrs. Brown aboya derrière la porte de la chambre de Hyacinth. Le visage implacable et dur, Bruno escorta les chefs d'Helios-Ra.

Il considérait les Drake comme sa famille, et Solange, comme une nièce, à titre honorifique.

— Hart et Hope, marmonnai-je. Si tu comptes appeler tes enfants comme ça, ils vont sûrement penser qu'ils vivent dans une bande dessinée.

Même si je devais admettre que Hart était très beau, presque un dandy. Ses cheveux argentés étaient ébouriffés et lui donnaient un air canaille.

— Bon, il a vraiment pour lui ce délicieux côté agent secret.

Nicholas me jeta un regard noir. Je n'eus pas besoin de le regarder pour sentir ses yeux brûler.

Hope était petite, à peine un mètre cinquante-cinq, le visage enjoué et une queue de cheval qui se balançait du haut de sa tête.

Elle portait un jean, une épaisse ceinture en cuir ornée de pieux sous un long pull-over. Curieusement, je ne m'étais pas attendue à ce qu'elle fût aussi guillerette dans ses sandales argentées à lanières.

— Ils entrent, murmurai-je.

— Je suis pas aveugle, marmonna Nicholas.

Il remua le nez.

— T’as l’air d’un lapin dément, lui dis-je. Qu’est-ce que tu fais ?

— T’es passée au shampoing au citron.

Je clignai les yeux d’étonnement et repensai à ma douche du matin, j’avais l’impression que cela remontait à des années. Il avait raison. Il avait les poings serrés, mais sa voix était douce et rauque. Il détourna la tête ; il était si près que ses cheveux effleurèrent ma joue.

— Ça sent bon.

15

Solange

Je ne me réveillai que parce que j'avais de la boue plein la bouche et un tas de terre dure en guise d'oreiller.

— Aïe !

Je me redressai en clignant des yeux avec difficulté.

— Chut, fit Connor, sa main sur ma bouche. On n'est pas tout seuls.

Je l'entendais à peine tellement il parlait bas. Je ne percevais ni battements de cœur, ni porcs-épics effrayés, ni brindilles cassées sous les bottes de combat, mais je savais que mes frères y parvenaient. Connor dessina un soleil dans la terre. J'en distinguais à peine la forme à la clarté de la lune qui tombait entre les branches. Il n'y avait donc pas que des vampires.

Helios-Ra.

Le vent était chaud, persistant. Les grillons avaient cessé de chanter : sans doute détectaient-ils la présence de prédateurs dans tous les coins de la forêt. C'était notre forêt, bon sang. Les Helios-Ra n'avaient rien à faire là.

Des ombres fuyaient entre les arbres en déplaçant de l'air dans un soupir surnaturel. Une vampire hurla et se changea en poussière, tourbillonnant entre les feuilles. Un pieu d'Helios-Ra entailla l'érable qui se trouvait derrière au moment où elle tombait en miettes. Quelqu'un poussa un cri perçant.

Connor bondit dans la mêlée avant que je puisse l'en empêcher. Marcus se battait ; ainsi que Quinn, naturellement, qu'on ne pouvait – quelles que soient les circonstances – éloigner d'un bon combat.

Logan me protégea en s'accroupissant à côté de moi. Duncan était plus loin et protégeait nos arrières. Il s'agissait d'une formation ordinaire, de celles que ma mère nous avait entrées dans le crâne.

Au même titre qu'elle nous avait appris nos rudiments et les raisons pour lesquelles nous ne devions dire à personne que nos parents avaient des crocs et buvaient du sang plutôt que du café. Pour que ma mère ait été vraiment fière, il aurait fallu que nous ayons le dessus.

Ce n'était pas le cas.

En réalité, nous n'étions même pas au complet.

— Où est London ? demandai-je.

— Elle est partie, répondit Logan sur un ton sarcastique. Elle s'est enfuie à toutes jambes dans un tunnel pendant que tu faisais un somme.

— Et tu ne lui as pas couru après ?

— Je suis pas vraiment disponible pour les accès de colère.

— Sans doute qu'elle culpabilise de m'avoir traînée à la cour.

— Je suis pas disponible pour ça non plus. Il ne lui arrivera rien, ajouta-t-il. Et de toute façon, elle a parlé d'aller faire un peu de reconnaissance de son côté. La garde royale aurait dû être là pour te protéger si tu étais vraiment une invitée d'honneur. London veut savoir ce qui se passe.

— Tout est un fichu bordel, voilà ce qui se passe, marmonnai-je. Pas besoin d'être un génie pour comprendre ça.

Comme j'avais dormi pendant une bonne partie du voyage, je ne savais même pas à quelle distance de la ferme nous nous trouvions. Nous pouvions être à une heure et demie ou à trois heures. Au-dessus de nous, les étoiles brillaient faiblement et n'étaient visibles que lorsqu'il se produisait une rafale particulièrement violente. J'examinai, autant que possible, les figures qu'elles formaient. La lune était basse.

— Il fait presque jour, murmurai-je à Logan. Il faut qu'on s'en aille.

— Tu crois ? demanda-t-il avec ce ton qu'on ne réserve qu'à la plus agaçante des petites sœurs.

Je me relevai avec l'impression de me déplacer dans l'eau. C'est dire à quel point j'étais fatiguée. Les yeux me brûlaient et les efforts que je faisais pour éviter de bâiller me serraient la gorge. Logan me fusilla du regard.

— Baisse-toi.

Je secouai la tête.

— On est moins nombreux qu'eux.

— C'est pas la première fois, gronda-t-il en enfonçant un pieu dans le cœur d'un vampire que Connor avait balancé vers lui.

Un sifflement, une explosion de poussière.

— Je la sens, indiqua quelqu'un dont la voix laissait percer l'excitation.

Je n'avais pas la moindre envie de rencontrer celui à qui appartenait cette voix. La lune poursuivait sa descente derrière l'horizon. Je plongeai vers Logan et resurgit à côté de lui. J'arrachai des pieux du holster qu'il portait derrière.

— Reste baissée, putain !

— Elle est à moi.

L'un des vampires sentit mon odeur et se détourna brusquement de l'endroit où il avait sévèrement battu Duncan. Il regarda autour de lui, distrait.

— Solange ? Je suis venu te chercher, mon amour.

— S'il commence à débiter de la poésie, je lui enfonce ce pieu moi-même, promis-je en serrant les dents.

Duncan se roula vers nous : sur sa tête, une balafre profonde saignait abondamment. Le sang plaquait ses cheveux sur le côté de son visage. Les narines de Logan se dilatèrent.

— C'était à deux doigts, hein ? murmura-t-il.

— Le salaud est plus fort qu'il en a l'air, dit Duncan pendant que je l'appuyais contre un arbre.

Je ravalai un haut-le-cœur lorsque son sang dégoulina sur mes doigts.

— Ça va ?

— Ça va.

Il s'essuya le visage avec sa manche.

— Ça guérit déjà.

Les bruits de combat se rapprochèrent.

Trop.

J'entendis une brindille se casser. Et puis Marcus hurler. Ce n'était pas une brindille. C'était son bras.

Je lançai l'un de mes pieux. Il ne toucha pas le cœur de la vampire, mais elle trébucha quand même en arrière en émettant un sifflement. Tenant son bras blessé, Marcus se cacha dans les buissons. Quinn rit, bien qu'il se défendît contre un vampire et un agent Helios-Ra. Des poings s'enfoncèrent dans la chair.

Du sang jaillit. Lentement, la nuit faisait place aux lueurs grises qui précèdent l'aube et qui se reflétaient sur les équipements de vision nocturne. Je m'assis sur les talons, le ventre noué.

— Logan, dis-je. Ils sont trop nombreux.

— On gère, insista-t-il.

— On ne gère pas, répliquai-je aussitôt. Il faut que vous vous en alliez.

— On essaie, gronda Duncan.

— Je veux dire tout de suite. Sans moi.

— N'y compte pas.

— Vous êtes encerclés, annonça une voix au milieu des grésillements d'une sorte d'amplificateur.

En pleine action, Quinn haussa les sourcils.

— Les flics ?

— Pire, siffla le vampire qui était présentement en train d'esquiver le coup. Helios-Ra.

— Putain de merde, ils ne la jouent même pas discrète.

— Nous ne voulons que la fille, pas la récompense, cria la voix amplifiée. Nous sommes prêts à laisser partir le reste d'entre vous.

— Va te faire foutre ! suggéra Quinn.

— Oui, vas-y, approuva son nouvel ami.

Le soleil était en suspens sur le bord de l'horizon. Il faisait briller le visage de mes frères. Une fine couche de sueur perlait sur le front de Logan. La température corporelle des vampires étant en général beaucoup plus basse que celle des humains, il était rare d'en voir un transpirer. Très rare. Il avait également les traits tirés, le visage quasiment gris de fatigue. La main de Duncan trembla lorsqu'il se releva.

Nous aurions sans doute pu nous frayer un passage en nous battant contre les autres. Après tout, il leur faudrait bientôt se mettre à l'abri, tout comme nous. Mais même si nous parvenions à passer sans trop de bobos, nous aurions encore à affronter les Helios-Ra qui pourraient s'allonger en plein soleil et attendre que mes frères dépérissent et meurent.

Je n'avais vraiment pas l'embarras du choix. Je savais ce qu'il me restait à faire. Je savais aussi que chacune de mes têtes de lard de frères était plus rapide que moi. Il n'y avait pas d'espoir de les semer.

Mais je pouvais les prendre au dépourvu.

Je les laissai en plein conciliabule et laissai aussi Logan me relever. Les autres vampires se dispersèrent, comme des perce-oreilles sous une pierre qu'on déplace. C'est à peine si les feuilles tremblèrent sur leur passage. Quinn et Marcus se rapprochèrent, et Connor s'avança vers nous à travers les broussailles. Une flèche siffla entre les arbres et le toucha à l'épaule. Il se retourna d'un geste brusque, agrippant son bras en sang.

— Ça va, nous dit-il, les mâchoires serrées par la douleur.

— C'est un avertissement ! cria un agent. La prochaine fois, on vise le cœur.

Tirant Connor pour le mettre à l'abri, mes frères se regardèrent d'un air renfrogné.

Maintenant ou jamais.

Si j'y réfléchissais trop longtemps, je risquais de me dégonfler.

Maintenant.

Je m'éloignai furtivement de Duncan qui me tournait à moitié le dos pour soutenir Connor. Seul Logan me faisait barrage et il ne s'attendait pas à ce que je lui donne un coup de genou dans le rein et que je saute ensuite par-dessus lui pendant qu'il était plié en deux.

Ce fut pourtant exactement ce que je fis.

Une pluie de flèches d'Helios-Ra vola au-dessus de ma tête et s'enfonça dans le sol, derrière moi, tels des remparts de châteaux forts. Elles me séparaient de mes frères qui durent s'arrêter dans leur élan, ne serait-ce qu'un instant.

— Vous avez promis ! hurlai-je en courant malgré le fait que mes jambes semblaient en plomb et que les poumons me brûlaient. Vous avez promis que vous laisseriez repartir mes frères !

— Emparez-vous d'elle.

Ils grouillèrent autour de moi comme des scarabées. Je tressaillis, abandonnée à mon instinct et aux tambourinements de l'adrénaline. On ne voyait pas leurs visages, les grosses lunettes dissimulant leurs traits ; ce n'étaient que vestes noires, pantalons noirs et bottes noires.

Le soleil était sur l'horizon, tombant en gouttelettes entre les feuilles.

— Courez, bande d'abrutis ! hurlai-je à mes frères au moment où l'on m'empoignait les bras.

Je savais qu'ils n'avaient pas vraiment d'autres possibilités. Le soleil, à présent, saignait entre les arbres. Ils ne seraient même pas capables d'arriver jusqu'à chez nous.

Il leur faudrait utiliser l'une des grottes ou bien les refuges secrets, et par refuge, je voulais dire, en réalité, un trou dans le sol.

— Je la tiens.

— C'est bien elle ? demanda l'un des agents tandis qu'ils me poussaient à travers la forêt.

Certains de ses compagnons boitaient ; l'un était transporté.

— C'est qu'une gamine.

Je savais ce qu'il voyait : une fille de quinze ans vêtue d'une robe à bretelles tachée de boue et dont les bras étaient couverts de griffures après avoir traversé les bois en courant. Son compagnon haussa les épaules.

— Ça change rien à la récompense. Et de toute façon, après son anniversaire, elle sera un monstre comme tous les autres.

— Les Drake ne sont pas de mauvais bougres, marmonna quelqu'un d'autre. Au moins, ils font partie du conseil Raktapa. Maintenant, tu veux bien arrêter la langue de pute et te magner le train ?

J'étais tellement fatiguée que je voyais à peine. Je traînais les pieds, n'ayant guère l'énergie de les lever.

— Qu'est-ce qui t'arrive ? demanda-t-il brusquement. T'es blessée ?

— Je suis fatiguée.

— On n'a plus de café, princesse, alors bouge ton cul.

Le matin continuait de se déployer autour de nous dans une brume humide et rosie, comme si nous nous trouvions au milieu d'une rose après la pluie. Les feuilles frémissaient au-dessus de nos têtes, si vertes qu'elles brillaient presque. Les oiseaux joyeux chantaient, indifférents à la difficulté de ma situation. Les aiguilles de pin s'écrasaient sous nos pieds.

— Où est-ce que vous m'emmenez ? demandai-je en réprimant un bâillement.

Ils ne répondirent pas, formant autour de moi un cercle serré, de ceux que je n'avais aucun espoir de percer, je le savais, surtout dans la mesure où je me sentais à peu près aussi forte qu'une nouille humide. La lumière du soleil me fit plisser les yeux et larmoyer légèrement. J'espérais que mes frères étaient en sécurité.

Ils seraient quasiment sans défense. La transformation de chacun d'eux était encore assez récente pour qu'ils dorment d'un sommeil lourd, trop lourd pour qu'ils aient le temps de se défendre en cas d'attaque.

Nous continuâmes d'avancer et je commençai à reconnaître les lieux. Les montagnes se trouvaient sur notre droite et un petit lac scintillait dans une vallée en contrebas. Le tunnel passait juste en dessous de nous, à l'insu de tous. J'avais une échappatoire à portée de main, mais elle aurait tout aussi bien pu se trouver de l'autre côté de la planète, vu le secours qu'elle m'apportait.

Même si j'avais pu arriver à l'une des portes – ce dont je doutais –, je ne pouvais pas me permettre de révéler le secret de ce lieu aux Helios-Ra. J'étais tellement abîmée dans mes pensées que je ne vis pas l'ombre sauter d'un haut tremble gris, une colère farouche dans les yeux. Elle était habillée tout en noir, comme les autres, et armée jusqu'aux dents. Ses yeux noirs m'aperçurent.

— Qu'est-ce qu'elle fout ici ?

Kieran Black.

16

Lucy

Samedi soir, très tard

Je ne fis pas cas des politesses qu'on s'échangeait avec raideur étant donné que Nicholas était allongé tout près de moi. C'était tellement incongru que j'avais envie de me blottir contre lui. C'était *Nicholas*.

Je ne fus pas fâchée de la distraction que m'offrit Byron en montant tranquillement l'escalier et en se couchant à côté de moi.

Son haleine sentait les croquettes et il était si près qu'il me bavait sur le bras. Je le poussai gentiment.

— Pousse-toi, espèce de gros pépère.

Il se contenta de me regarder avec ses yeux de toutou, de cet air pathétique auquel je ne pouvais jamais résister.

— Très bien, mais au moins, arrête de me baver dessus. C'est dégoûtant.

Je lui grattai l'oreille pendant un court instant.

— Tu fais un sacré chien de garde.

Je savais que les deux autres bouviers étaient couchés près de Hart et de Hope, et les observaient avec convoitise.

— Je tiens à t'assurer, disait Hart dans le salon, que j'ai officiellement désavoué la récompense dont fait l'objet le clan des Drake, afin qu'il n'y ait plus de malentendus.

— Je suis heureux de l'apprendre, dit Liam, impassible.

J'osais à peine imaginer la réplique que ravalait Helena.

— C'était un accident, poursuivit Hart, l'air sévère. Et tout sera rectifié sur-le-champ.

— Je suggère que tu exerces un contrôle plus strict sur ton organisation, dit Helena. Ou bien je cesserai d'être aussi stricte avec la mienne.

— Entendu. Nous respectons notre traité, acquiesça Hope. Il s'agit d'un problème interne et il n'aurait jamais dû être ébruité.

Le volume de leurs voix baissa légèrement. Des verres s'entrechoquèrent. Je me tortillai pour essayer de glisser un œil dans le salon. Je voyais le bord d'un fauteuil et rien d'autre. D'ailleurs, personne n'était assis dedans.

— Je vais essayer de me rapprocher, murmurai-je.

Comme Nicholas ne tentait pas de m'en empêcher, je me tournai vers lui. Il était endormi.

Sa joue reposait sur sa main, sa peau pâle était luisante et ses cheveux châtain foncé, en bataille. Il avait les traits sculptés, sensuels et ténébreux. Quelle injustice qu'il soit aussi beau.

Même si on aurait vraiment dit qu'il ronflait légèrement. Byron renifla et se roula.

— Vous êtes d'un grand secours, tous les deux, dis-je.

C'est alors que le silence fut brisé.

Il n'y eut pas réellement de bruit d'avertissement, si ce n'est Hart voguant hors du salon, s'écrasant contre le mur de l'entrée et s'étalant par terre. Le lustre au-dessus de lui vibra de façon alarmante.

Nicholas se réveilla en sursaut et se mit brusquement sur moi comme pour me protéger d'un missile aérien.

Semblant légèrement désorienté, pas tout à fait réveillé, il m'écrasait avec à peu près autant de souplesse qu'une dalle de marbre froid.

— J'arrive pas à respirer, grommelai-je.

Il bougea quelque peu, mais sans se dégager. Je voyais l'épaisse frange de ses cils, ses cheveux qui tombaient sur son front et chatouillaient le mien.

— Dans l'entrée, dis-je en respirant bruyamment.

Nous tendîmes le cou tous les deux. Helena

sortit d'un pas rapide, toute de cuir noir vêtue et de fureur maternelle. Byron dévala l'escalier.

— Où est ma fille ?

Elle bouillait ; ses yeux pâles brillaient presque. Liam était à côté, se contenant avec peine. Je pouvais presque le voir lâcher la bonde à sa colère. Hope saisit un pieu accroché à sa ceinture.

— J'éviterais, lui conseilla Bruno à voix basse.

— Qu'est-ce que ça veut dire, ça, bordel ?

Hart se mit sur son séant, l'œil gauche virant déjà au violet.

Liam brandit son téléphone portable.

— C'était l'un de mes fils au bout du fil. Il est allé se terrer à cause de ta fichue ligue.

— Je t'ai dit que nous n'avions pas instauré cette foutue récompense, dit Hart, les dents serrées. J'ai expliqué.

— Alors, explique-moi, humain, dit Helena d'un ton dédaigneux, pourquoi tes agents ont emporté ma fille.

Hart la fixa des yeux.

— Quoi ?

Sebastian et Geoffrey sortirent du salon et les rejoignirent. Boudicca aboya une fois, empêchant Hart de faire quoi que ce soit sinon de rester assis. Un grognement grave dans la gorge, Nicolas se dégagea.

— C'est impossible, insista Hart.

Il prit son propre portable et composa un

numéro. Il vociféra des questions, jura méchamment dans sa barbe en entendant les réponses.

La lumière du soleil toucha les fenêtres situées de chaque côté de la porte.

— L'unité s'est rebellée, déclara-t-il.

Hope pâlit.

— Non.

Helena renifla l'air délicatement, puis adressa un signe de tête à son mari.

— Il ne ment pas.

À côté de moi, Nicholas renifla également. Il fronça les sourcils. Je fronçai les miens à mon tour.

— Qu'est-ce qu'il y a ?

— Ce n'est pas un mensonge, mais je sens autre chose. Quelque chose que je n'arrive pas tout à fait à identifier.

— Encore du shampoing au citron ?

— Non. Pas ça du tout.

Bruno fit un signe aux chiens et ils se reculèrent tranquillement, laissant Hart se relever.

— Il faut qu'on les arrête, dit-il d'un air sombre.

Je me demandais s'il avait un pistolet logé dans un holster sous son manteau.

— Maintenant. Avant que les dégâts deviennent irrémédiables.

— Je suis obligé d'en convenir.

Liam leva la main.

— Cela dit, nous avions un traité, Hart. Et il a

été bafoué. Dans ces circonstances, une démonstration de bonne foi s'impose.

Hart soupira.

— Tu penses à quoi, Drake ?

— L'un de vous deux reste ici.

— Tu prends des otages maintenant ?

— Vous avez notre fille. Nous devons assurer sa sécurité.

— Je te donne notre parole, dit Hope.

Liam haussa un sourcil.

— C'est loin d'être suffisant.

Hart se frotta le visage avec lassitude.

— Très bien. Très bien, dit-il. Je vais rester.

Hope se tourna brusquement vers lui.

— Non, c'est moi qui vais rester. Tu sais bien que certaines unités me considèrent toujours comme un rond-de-cuir. Ils te répondront plus rapidement et avec moins d'affectation s'ils se sont réellement rebellés.

Elle se redressa.

— Alors, je vais rester.

Elle fronça les sourcils.

— Vous n'avez pas de cachot, hein ? Parce que je compte sur une chambre d'amis.

Elle montra ses dents en un sourire tout juste approximatif.

— Comme preuve de bonne foi, bien sûr.

Hart croisa le regard grave de Liam et se rembrunit à son tour.

— J'espère qu'elle sera en sécurité ici.

Liam inclina la tête.

— Tant que notre fille est en sécurité.

Hart réprima tout juste une grimace.

— Je ferai de mon mieux, dit-il.

— Si ton mieux ne suffit pas, dit Helena d'une voix douce et caressante, je drainerai personnellement chacune des personnes de ta ligue. Compris ?

Il approuva d'un signe de tête, non sans raideur.

— C'est la classe, ta mère, murmurai-je. Tu sais que, sous ses allures suaves, il tremble de partout.

Bruno accompagna Hart dehors, suivi par les chiens, à l'exception de Byron qui ne cessait de renifler Hope avec méfiance. Geoffrey indiqua l'escalier d'un mouvement de tête.

— Ta chambre est par là.

Nicholas et moi nous relevâmes précipitamment. Il me tira dans le couloir, ses doigts tel un étau autour des miens.

Nous bondîmes dans la chambre de Solange au moment même où Geoffrey conduisait Hope à l'une des chambres d'amis équipées d'une salle de bains. Il referma la porte derrière elle et la verrouilla ; un cliquetis sinistre retentit. Geoffrey s'arrêta devant la porte de Solange et je m'attendais quelque peu à ce qu'il nous enferme aussi.

— Au lit, tous les deux, murmura-t-il avant de s'éloigner.

Je me tournai vers Nicholas, qui était déjà étendu sur le lit de sa sœur, la tête sur l'oreiller

« Hello Kitty » que j'avais offert à Solange pour ses neuf ans.

— On fait quoi maintenant ? demandai-je.

Mes yeux semblaient secs et pleins de sable. Cela faisait près de vingt-quatre heures que je n'avais pas dormi.

J'avais un peu la tête qui me tournait. Nicholas n'ouvrit même pas les yeux.

— Il faut que je dorme.

Il articulait à peine. Je m'assis à côté de lui, touchai son front. Sa peau avait une pâleur presque maladive.

— Sauve Solange.

Pendant un long moment, il ne dit rien d'autre. Je le poussai du doigt.

— Nicholas ?

Rien.

Cela paraissait déplacé de dormir tandis que ma meilleure amie était dehors, à la merci de séditieux chasseurs de vampires. Buffy n'aurait pas dormi.

Bien sûr, Buffy avait des pouvoirs surnaturels.

Moi ?

Pas autant.

— Tu veux bien arrêter avec Buffy, marmonna Nicholas.

Je ne m'étais même pas aperçue que j'avais parlé tout haut. Il n'ouvrit pas les yeux, se contentant de me tirer par la manche. Je tombai et m'affalai à côté de lui.

— Dors.

Le lit était moelleux et sentait l'assouplissant à la vanille. La présence de Nicholas me réconfortait. Il s'était à nouveau endormi. Il ne remarquerait pas si je me blottissais un peu plus contre lui.

Dans un souci de sécurité, naturellement. Après tout, les méchants rôdaient dans tous les coins. On n'était jamais trop prudent.

Il remua en plein ronflement et m'attira à lui.

Je m'endormis. Je ne m'étais pas sentie aussi bien de toute la semaine.

17

Solange

— Dégage, Black, ça ne te concerne pas.

L'agent qui ouvrait la marche se tendit. Ses épaules se contractèrent et sa main vagabonda sur la crosse de son arme. La lumière du soleil se reflétait sur ses lunettes de vision nocturne relevées sur sa tête.

Les autres échangèrent des regards méfiants. Il y avait quelque chose dans l'air, quelque secret que j'ignorais.

— Mon cul, oui, dit Kieran.

— Écoute, on n'a pas besoin de toi, gamin. Rentre chez toi.

— Va te faire foutre, répliqua Kieran. Je suis un agent à part entière et je mérite une part du gâteau.

L'atmosphère tendue, quelle qu'elle fût, sembla se relâcher quelque peu.

— Qu'est-ce que tu veux dire, Black ?

— Je veux dire que la récompense est suffisante pour nous tous.

Quelqu'un ricana.

— Ton oncle sait ce que tu fais ça ? Ou est-ce qu'on ne t'a pas dit ? Helios nous a donné l'ordre d'annuler.

— Quoi ? demandai-je. Alors, qu'est-ce que vous foutez avec moi ?

Kieran ne fit pas attention à ma remarque. Un pince-nez noir pendait autour de son cou et des pieux étaient alignés sur la sangle en cuir qu'il portait en bandoulière.

— Sa tête n'en reste pas moins mise à prix par la reine des vampires, pas vrai ? Je veux être de la partie, répéta-t-il.

Je n'avais pas eu connaissance de ce détail non plus. Mon seizième anniversaire commençait à me faire horreur.

La robe blanche bouffante, le gâteau avec des roses en glaçage et les pas de danse maladroits avec des garçons embarrassés dans leur costume semblaient, au bout du compte, une alternative très alléchante.

Sérieusement. Qu'on m'inscrive[1]. Je ne me plaindrais même pas.

— Tu vas devoir faire tes preuves.

1.. Aux États-Unis, les filles ont coutume de fêter leur seizième anniversaire en grande pompe, investissant parfois des sommes importantes dans la location de salle, de voiture, de costumes, etc. (NDT)

Kieran remonta sa manche et montra son tatouage de soleil.

— J'ai fait mes preuves, merci.

— Toute zarbi qu'elle est, c'est pas une simple fillette qu'on élimine.

— Peu importe. Écoute, je veux juste l'argent.

Il s'avança vers moi. Dans les bois, la luminosité semblait telle que je me protégeai le visage. Jamais mes yeux n'avaient été aussi sensibles. Les arbres auraient tout aussi bien pu être sculptés dans l'émeraude et remplis de soleil. Les yeux sombres de Kieran apaisaient. Et me fusillaient ostensiblement.

Je le fusillai du regard à mon tour.

Il détourna les yeux suffisamment longtemps pour regarder sur sa droite ; ce fut aussi bref qu'un flash de ver luisant. Mon regard noir perdit de son intensité, occupée que j'étais à comprendre ce qui se passait.

Les agents étaient dispersés légèrement sur sa droite. Pas suffisamment pour que je réussisse à m'échapper, mais presque. Kieran trébucha sur une racine d'arbre, le coude percutant le sternum d'un des agents.

Ce dernier tituba en arrière. L'écart s'élargit. Kieran me saisit la main et me poussa à travers cette brève ouverture. Je le sentais derrière mon dos qui m'incitait à avancer. Derrière nous, les agents hurlèrent. Un coup de feu retentit, fit sauter l'écorce d'un pin à trente centimètres, même pas, de ma tête. Kieran me poussa de nouveau.

— Accélère.

— J'essaie, dis-je en haletant.

Seule l'adrénaline me faisait avancer et je commençais à me sentir malade. Il n'y avait rien de silencieux ou de vampirique dans la façon dont je traversais les bois. Un chaton aveugle et sourd aurait pu suivre ma piste.

Ils gagnaient du terrain.

Nous ne réussirions jamais à les semer. Surtout que j'avais déjà du mal à respirer et que je chancelais. Mon pied me fit trébucher et j'allai m'étaler dans la terre. Kieran se baissa pour me relever.

— Attends, arrête, dis-je.

Je reconnus l'entaille dans le chêne qui se trouvait près de ma tête, juste à côté de la racine. Au premier coup d'œil, on ne le remarquait pas ; au second, on aurait dit qu'un cerf ou un coyote s'était frotté à cet endroit. Mais je savais ce que c'était.

Un cran de sûreté.

Et comme il fallait s'y attendre, lorsque je fouillai les broussailles des mains, je trouvai la poignée en bois, façonnée de telle façon qu'elle ressemblait à une racine couverte de mousse.

La porte n'était en réalité qu'un morceau de bois scrupuleusement recouvert de boue et de feuilles qui la camouflaient même après qu'elle eut été ouverte.

— T'es dingue ou quoi ? Lève-toi !

Au lieu de cela, je m'accroupis et tirai sur la poignée. La trappe s'ouvrit sur un trou profond pourvu d'une corde, attachée sur le côté, qui pendait jusqu'au fond.

— Allons-y, lui dis-je en me glissant à l'intérieur, les pieds devant.

La corde me brûla les mains. Kieran suivit. La porte se referma au-dessus de nos têtes avec un bruit. L'obscurité nous envahit au moment où mes pieds touchaient le sol.

Il atterrit à côté de moi. Je tendis des bras hésitants et passai ma main sur les murs, touchant de la terre et des racines fines comme des cheveux. La terre fit place à l'épaule de Kieran.

— Euh…, désolée.

J'entendais son souffle irrégulier. Et quand je respirais, les poumons me brûlaient. Il n'y avait pas beaucoup d'espace pour manœuvrer. Je m'écartai et butai contre le mur derrière moi. Je m'écartai à nouveau et ma hanche se cogna dans la sienne. Sa main se referma sur mon bras.

— Attends.

Il avait la voix rauque. Je l'entendis fouiller dans quelque chose. Je me demandais si je devais me soucier de la poudre d'Hypnos. Mais cela ne rimait à rien qu'il me drogue après m'avoir aidée à m'enfuir.

Sauf s'il voulait la récompense pour lui tout seul.

J'étais suffisamment près pour pouvoir toucher avec mon pied ou mon poing quelque organe vital. S'il perdait connaissance pendant que j'étais sous l'effet de l'Hypnos, il ne pourrait pas profiter de mon état. Il y eut un clic et je m'élançai sur lui.

Ses bras m'enserrèrent et nous percutâmes le mur avec assez de force pour que mes intestins vibrent. Je me mordis la lèvre.

J'eus un goût de sang dans la bouche. Une lueur bleue provenant du bâton luminescent qu'il avait cassé emplit l'espace exigu.

Tout compte fait, il n'avait pas cherché à sortir l'Hypnos : il avait simplement tenté de nous trouver une source de lumière dans sa ceinture.

— Qu'est-ce que tu me fais, putain ?

Il gronda en se frottant le genou. J'étais appuyée contre lui, de la poitrine jusqu'aux chevilles. Je me débattis et m'écartai. Je n'avais plus de forces. Mon bond de colère avait eu raison des dernières qu'il me restait. Je m'affaissai légèrement.

— Je croyais que tu cherchais à prendre de la poudre d'Hypnos.

Ses yeux étaient noirs au milieu de cette étrange lumière bleue. Ses sourcils faillirent se rejoindre tellement ses yeux lançaient des éclairs.

— J'essaie de te sauver la vie.

— Euh ? Merci ?

Je risquai un sourire, puis décidai de lui lancer moi aussi un regard noir.

— Écoute, c'était une erreur justifiée.

— Si tu le dis.

Il ne m'avait toujours pas lâchée. Lorsqu'il desserra son étreinte, je m'appuyai contre le mur en fermant les yeux.

— Qu'est-ce qui t'arrive ? demanda-t-il.

Malgré toute cette irritation, sa voix trahissait une certaine inquiétude.

— T'es blessée ?

— La transformation.

— Quoi…, maintenant ?

Il aurait tout aussi bien pu pousser des petits cris.

— À vrai dire, dans à peu près deux jours. Joyeux anniversaire.

— Est-ce que c'est pas censé te rendre plus forte ?

— Bien sûr, dis-je avec ironie. Si ça ne me tue pas d'abord.

— On ne peut pas rester ici.

— Le tunnel conduit à un autre abri.

— Ils n'arrêteront pas les recherches. Ils vont passer toute la forêt au peigne fin.

— Je ne peux plus courir, dis-je, penaude. J'y arrive plus. Tire ce levier, là, près de ta tête.

Il le baissa, puis se recula d'un bond pour éviter la fermeture d'une grille qui bloquait l'accès au tunnel.

— Par ici, lui dis-je en traînant littéralement des pieds.

Il s'avança à côté de moi et passa son bras autour de ma taille pour m'aider.

— Ça va, murmurai-je.

— Tu es limite verte. Les charmants yeux rouges mis à part, bien sûr.

— Oh !

Ma vanité en prit un coup. Je savais que c'était idiot ; j'avais des problèmes autrement plus importants. Il n'empêche qu'auprès de lui, je n'avais pas envie de ressembler à un désastre exténué et répugnant. Son corps était chaud contre le mien, mais j'avais froid et je me mis soudain à trembler. L'humidité qui régnait sous terre n'arrangeait rien. Je claquai des dents. Il fallait juste que je trouve un coin où je puisse me coucher. Kieran me porta à moitié le long de la galerie.

Il se dégageait une odeur de boue, de gazon et d'eau ; de l'eau qui coulait quelque part sans que nous puissions la voir. Le tunnel s'élargit. Nous nous trouvâmes alors dans une chambre circulaire avec des dalles au sol et un lit étroit dans le fond. Il y avait un coffre que je savais rempli de couvertures, d'allumettes et de diverses réserves, dont une thermos de sang.

Il y avait une autre grille verrouillée par un système d'alarme. La lumière rouge clignotait comme un œil. Kieran m'accompagna jusqu'au lit, puis examina l'alarme pendant que je me penchais pour sortir des couvertures du coffre en métal.

— Est-ce que tu peux ouvrir ça ?

Je secouai la tête.

— La grille que tu as fermée dans le tunnel et cette porte sont toutes les deux câblées pour rester fermées jusqu'au coucher du soleil.

Je haussai un sourcil.

— Je suis sûre que je n'ai pas à t'expliquer pourquoi.

— J'ignorais totalement l'existence d'un tel endroit. On dirait un vieux bunker de la guerre.

— Ça fait au moins deux cents ans que c'est là. Ça nous permet de nous déplacer et d'éviter le soleil.

Je m'adossai contre les couvertures en bâillant.

— Et vu qu'on est sans arrêt attaqués par des snipers, des guerriers et des crétins, j'imagine qu'en effet, c'est un peu comme une guerre.

— Est-ce que je suis un sniper, un guerrier ou un crétin ?

— Je sais pas encore.

— Eh bien, merci infiniment.

Les sourcils froncés, il jeta un coup d'œil autour de lui.

— Si les Helios-Ra trouvent l'ouverture, on sera coincés ici.

— Ils ne la trouveront pas : elle est très bien camouflée. Et il existe des moyens de contourner l'alarme s'il le faut vraiment. Mais c'est pas le cas pour l'instant.

J'essayai de téléphoner à mes parents, mais mon portable ne fonctionnait pas.

— Batterie faible, marmonnai-je. Logique.

Je regardai Kieran.

— Et ton téléphone ?

— Si je l'allume maintenant, Helios va activer la puce GPS.

Son ton se radoucit.

— Donc, je crois qu'on va attendre.

Mes paupières étaient tellement lourdes. Je devais faire l'hypothèse qu'il ne m'enfoncerait pas un pieu dans le cœur si je m'endormais, car je n'allais pas pouvoir résister au sommeil beaucoup plus longtemps. Et il s'était révélé suffisamment digne de confiance pour que je fasse un somme.

Je l'entendis fouiller dans le coffre, gratter une allumette qui siffla en s'embrasant, puis allumer la mèche d'une grosse bougie. La lueur bleue et artificielle s'estompa devant cette nouvelle lumière. L'humidité fit place à une odeur de cire fondue.

— Est-ce que tu as peur, Solange ?

Mes yeux s'ouvrirent un court instant. Il m'examinait attentivement, assis sur le coffre, une couverture pliée sous les fesses. La lumière vacillante faisait scintiller le bord des grosses lunettes qui pendaient autour de son cou, les boutons pression de son pantalon cargo et le métal situé sous le cuir usé de ses bottes de combat.

— Peur de quoi ?

— D'être un vampire.

Je détournai le regard, puis le fixai sur lui à nouveau. Il continuait à me regarder, comme si j'étais la seule chose au monde qui fût digne d'être contemplée.

— Parfois, murmurai-je avec sincérité. Pas tant d'être un vampire ; je n'ai jamais rien connu d'autre. Plutôt peur de la transformation.

Je tressaillis.

— Le dernier de mes frères à l'avoir subie a bien failli y rester.

— Je ne pensais pas que c'était si dangereux que ça.

— C'est pour ça qu'on la confondait avec la consomption au dix-neuvième siècle.

— La consomption ?

— La tuberculose.

— Oh !

Il marqua une pause.

— Vraiment ?

— Ils ne t'apprennent pas ça à l'académie ?

Je ne pouvais m'empêcher d'user d'un ton légèrement moqueur.

Il ne me suivit pas sur ce terrain.

— Non.

Je m'en voulais désormais d'avoir été mesquine. Il m'avait quand même sauvé la vie.

— Nous avons les mêmes symptômes que les tuberculeux, surtout aux yeux des poètes romantiques. Pâles, fatigués, crachant du sang.

— C'est romantique, ça ?

Je ne pus m'empêcher de sourire.

— Les Romantiques, avec un « R » majuscule. Tu sais, comme Byron et Coleridge.

Il fit mine de tressaillir.

— Je t'en prie, arrête. J'ai eu tout juste la moyenne en littérature anglaise.

Je poussai un soupir moqueur.

— J'ai pas eu cette possibilité. L'une de mes tantes a eu Byron pour amant.

— Arrête ton char.

— Sérieux. Ça rend Lucy folle de jalousie.

— Cette fille est…

— Ma meilleure amie, complétai-je d'un ton sévère.

— J'allais simplement dire qu'elle était unique.

— Très bien, alors.

La pièce tournait légèrement, floue sur les bords. Je ne parviendrais pas à résister à la léthargie beaucoup plus longtemps.

— Simplement pour qu'on se comprenne bien.

— Elle est tout aussi protectrice avec toi que tu l'es avec elle, tu sais.

Je percevais le sourire dans sa voix.

— Je sais. Je me fais du souci pour elle. J'ai l'impression que ça va vraiment mal tourner.

— Je crois que t'as raison.

— Est-ce que c'est vrai qu'Helios a annulé la récompense ?

— Oui.

Je me tournai sur le côté afin de pouvoir le voir

sans avoir à soutenir ma tête qui pesait désormais à peu près autant qu'une voiture.

— Alors, pourquoi sont-ils à ma poursuite ?

Sa posture changea comme s'il avait été maintenu droit par quelque chose qui avait disparu.

— L'une des unités s'est rebellée. J'ai reçu un coup de fil avant, au moment même où ils vous ont trouvés, toi et tes frères.

Je posai la joue sur mes mains.

— C'est vraiment des choses qui arrivent ? Des unités qui se rebellent, je veux dire.

— Ça fait près de deux cents ans que ça ne s'est pas produit, mais oui, ça arrive. Ç'a été une mauvaise année pour la ligue. Mon oncle en a la responsabilité, et il est super, vraiment, mais depuis que son associé a été remplacé, ç'a changé.

— Pourquoi ? C'était qui son associé ?

— Mon père.

Il fallait que je demande. Je ne savais pas quoi dire. Je me souvenais qu'il avait dit que son père avait été tué par un vampire. Ce détail me donnait envie de m'excuser. Ce qui était ridicule.

Ni moi ni aucune des personnes que je connaissais ne l'avait tué, alors pourquoi me serais-je excusée ? Me présenterait-il ses excuses pour l'agent Helios-Ra qui avait tué la petite amie de l'un de mes cousins ?

N'empêche. Il avait perdu son père.

— Je suis navrée que ton père soit décédé.

Ses mâchoires se serrèrent.

— Merci.

Il avait la voix très rauque.

— C'est pas nous.

Quelque chose s'épanouit çà et là dans le petit espace sombre qui nous séparait. J'ignorais de quoi il s'agissait, mais je savais que c'était rare et délicat. Et cela paraissait tellement réel que j'aurais pu tendre le bras et le toucher si j'avais essayé.

— Tu peux dormir, me dit-il doucement. Je veillerai sur toi.

18

Lucy

Dimanche après-midi

Le lendemain, je me réveillai tard, étouffée par ma propre couverture de vampire. Je remuai, juste pour voir, mais Nicholas ne bougea pas. Il avait les bras enroulés autour de moi, me collant sans pitié contre sa poitrine. Cela pourrait passer pour une attitude passionnée dans un roman d'amour, mais dans la réalité, c'était inconfortable.

J'avais le bras engourdi, le nez écrasé contre son torse et très envie d'aller faire pipi.

— Nicholas, murmurai-je.

Rien.

Je lui poussai l'épaule.

Toujours rien.

Aucun de ces mêmes romans n'avait jamais suggéré comment s'extraire d'une étreinte surhumaine. Des problèmes logistiques étaient à considérer. Comme le fait que je pourrais me casser le bras à essayer de me tortiller sans que cela le réveille le moins du monde. Je me tortillai quand même, au cas où.

— Putain, Nicky, réveille-toi, espèce de flemmard non mort.

Ce n'était pas bon signe quand je ne parvenais même pas à le faire réagir par des mots agaçants. Il y avait une fenêtre étroite à côté du lit de Solange. Je pourrais peut-être réussir à l'atteindre avec mon orteil. Je m'étirai jusqu'à ce que je commence à avoir une crampe douloureuse au niveau de la voûte plantaire et de l'arrière du mollet.

— C'est ridicule, dis-je, agacée et m'étirant de plus belle.

Je me sentais rougir sous l'effort. Avec ma chance, il choisirait de se réveiller à l'instant où je me trouverais à quelques centimètres de sa tête, tendue et haletante comme si j'essayais d'évacuer un calcul rénal.

Je finis par réussir à attraper le cordon des stores avec mes orteils. Après un coup sec et un rapide déblocage, les stores remontèrent.

Le soleil de fin d'après-midi tomba sur le lit et sur son visage pâle et immobile.

Comme la vitre était traitée, bien sûr, ce n'était pas dangereux, mais l'instinct de jeune vampire que possédait Nicholas le fit reculer devant cette soudaine irruption de la lumière.

Il s'enfouit à l'abri des couvertures, bougeant le bras et le rejetant par-dessus la tête.

Le seul souci, c'est qu'il effectua ce geste avec une telle rapidité que l'impulsion me poussa hors du lit et me fit tomber par terre. J'accompagnai ma chute d'un petit cri et d'un numéro de battements de bras et de jambes manquant singulièrement de grâce. Mon atterrissage n'en fut pas plus doux pour autant.

J'avais des picotements dans le coude et mon coccyx m'élançait. Sans compter que j'avais désormais une connaissance intime des moutons de poussière accumulés sous le lit de Solange.

Ainsi que de la jupe patchwork que je croyais avoir perdue l'année précédente, en boule sous une boîte de rangement couverte d'autocollants. Oui, même les petites filles issues d'un lignage de vampires ont leur phase autocollants. Je me relevai en grimaçant.

Nicholas dormait paisiblement, ressemblant comme deux gouttes d'eau à la sculpture en marbre d'un ange endormi. Ha !

Il n'y avait rien d'angélique dans la façon dont il embrassait.

En me surprenant à ricaner, je m'aperçus que je devais être plus groggy que je ne l'avais pensé. Je me hâtai de sortir de la chambre avant de me ridiculiser de façon irrévocable.

La maison était silencieuse. Boudicca était couchée devant la porte de Hope. Elle remua la queue en me voyant, mais ne bougea pas davantage.

Liam avait dû l'envoyer faire le guet devant la chambre.

J'allai chercher Mrs. Brown, puis je la laissai sortir pour qu'elle aille terroriser la faune du jardin de derrière.

Dans ma famille, j'avais appris une chose : si on avait un animal de compagnie – l'expression « animal domestique » était proscrite – qui dépendait de soi, on se montrait à la hauteur de ses responsabilités. Aucune excuse. Jamais.

Lorsque j'avais sept ans, j'avais imploré mes parents pour qu'ils m'achètent un poisson rouge, car j'adorais donner à manger à ceux du temple bouddhiste dans lequel nous allions à chaque réveillon du premier de l'An. Seulement, j'avais oublié de nourrir le mien et, par un triste dimanche matin, il flotta, retourné sur le dos.

Dire que ma mère réagit de manière excessive, ce serait grandement la sous-estimer. Nous eûmes des funérailles, avec un bateau viking en papier mâché auquel elle mit le feu, envoyant l'esprit de mon poisson rouge vers Walhalla via le lac Violet.

— Presse-toi ! lançai-je à Mrs. Brown, qui remuait son petit derrière de carlin, toute à la joie d'avoir trouvé l'un des os de bœuf que Byron avait abandonnés au bord de la pelouse.

Le soleil répandait une lumière douce, tel du miel chaud versé sur la cime des arbres et sur les roses, faisant scintiller les fenêtres de la ferme. C'était l'une de ces longues et exquises journées d'été, juste avant la rentrée des classes.

Solange et moi, d'ordinaire, nous errions dans la ville en nous lamentant : sur notre ennui ou sur le fait que ça craignait vraiment qu'il me faille retourner à l'école et qu'elle soit obligée d'apprendre à verser du thé selon l'exacte mode victorienne. On ne pouvait pas savoir, des fois que Charlotte Brontë serait passée pour le thé…

À cet instant, j'aurais donné n'importe quoi pour m'ennuyer autant.

Si seulement nous savions où se trouvait Solange et comment elle allait bien. Nous ne savions même pas si elle était encore consciente. Il ne restait que deux jours avant son anniversaire. Si personne ne se trouvait à ses côtés pour l'aider à subir sa transformation, elle serait morte avant même de pouvoir atteindre ses seize ans… ou alors elle se transformerait en *Hel-Blar*.

À supposer qu'elle ne fût pas déjà morte.

— Je ne peux pas penser ça, marmonnai-je en effeuillant une rose que j'avais cueillie sans m'en apercevoir.

Des pétales arrachés s'éparpillèrent sur le sol. Mrs. Brown les assaillit comme s'ils avaient offensé son sens de l'ordre.

Ses grognements féroces m'empêchèrent de me rendre compte que la fenêtre coulissait, mais j'entendis par contre Hope élever la voix.

— Lucky, c'est ça ?

— Personne ne m'appelle comme ça.

Je relevai les yeux, la main en visière.

— Il y a des alarmes sur les fenêtres et, si vous sautez, Byron va vous courir après.

Je claquai des doigts dans la direction du chien hirsute, qui quitta le porche, baissant la tête avec soumission dès qu'il aperçut Mrs. Brown. En matière de menace, il avait encore du boulot.

— Je ne vais pas sauter, m'assura Hope. D'ailleurs, à cette hauteur, je me casserais une jambe.

— Bien.

Je ne savais pas quoi dire d'autre.

— Je peux te faire évader d'ici, ajouta-t-elle doucement.

Cette fois, je sus exactement quoi dire.

— Vous n'allez pas vous y mettre aussi ? dis-je avec impatience. Je ne suis pas prisonnière et les Drake ne sont pas des monstres. C'est ma famille.

— Tu n'es pas un vampire.

Elle se rembrunit. Je n'aurais pas imaginé pouvoir observer une telle fureur sur un visage aussi enjoué.

— Ils t'ont transformée ?

— Non, bien sûr que non.

Je lui opposai un regard noir.

— Attendez, comment avez-vous su mon nom ?

— Tu es la meilleure amie de Solange. Bien sûr que nous savons qui tu es.

— Ce stupide guide, hein ? Est-ce que vous savez aussi que vous êtes sinistres ? À traquer, en tenue de commando, une fille de quinze ans ?

— Mais boire du sang, c'est pas sinistre ?

— Pas plus sinistre que de manger de la vache morte.

Elle secoua la tête.

— Kieran avait bien dit que tu ne serais pas intéressée par la désintoxication.

— Que je me désintoxique ? De quoi ? De mes amis ?

— Des vampires. De ce mode de vie.

D'un geste de la main, elle indiqua le verre traité.

— Des systèmes d'alarme, des somnambules et des combats à l'épée.

— Bon, premièrement, il se trouve que j'adore les combats à l'épée. Et deuxièmement, euh…, votre mode de vie d'agents secrets assassins, ce serait l'ami Ricoré tout à coup ? Ne me faites pas rire.

— Oh ! Lucky, c'est pas comme ça que ça se passe.

— Moi, c'est Lucy, rectifiai-je, les dents serrées. Et, comme vos gens ont essayé de tuer ma meilleure amie, vous m'en voudrez pas si je manque d'enthousiasme à apprendre la « poignée de main secrète ».

Elle secoua la tête tristement.

— Tu devrais sortir avec des petits copains et aller faire du shopping, plutôt que de porter des pieux à ta ceinture.

Je haussai une épaule.

— Le shopping, ça craint.

— Je peux t'aider.

— Comme vous avez aidé Solange ? Non, merci.

— Tu peux avoir une vie normale. Il n'est pas trop tard.

Je faillis rire.

— Visiblement, vous n'avez jamais rencontré mes parents. La normalité n'a jamais été au programme.

Je croisai les bras et lui adressai un sourire sarcastique.

— Vous pourriez quitter les Helios-Ra. On pourrait vous aider à arrêter d'essayer de tuer des gens juste parce qu'ils ont une maladie que vous ne comprenez pas.

Elle inspira brusquement.

— C'est pas comme ça que ça se passe.

— C'est exactement comme ça que ça se passe. Arrêtez.

— Tu es trop jeune. Tu ne vois les choses que par le petit bout de la lorgnette.

— J'ai seize ans. Je suis pas idiote.

— Tu pourrais nous être utile.

Elle en parlait comme si c'était là quelque chose qui aurait dû m'enthousiasmer.

— On pourrait t'apprendre tellement de choses. Tu as ça en toi, je le vois bien.

Cette pensée me fit frissonner.

— Non.

— La proposition tient toujours, si tu devais changer d'avis.

Elle faisait jeune avec sa queue de cheval et ses joues rondes. Reste que ses yeux étaient vieux et perspicaces. En sortant à grandes enjambées de la partie boisée qui bordait la pelouse, Bruno m'épargna une conversation plus poussée.

— T'es idiote ou quoi, fillette ? demanda-t-il, l'accent intensifié par la répugnance. Le soleil va bientôt se coucher. Magne-toi de rentrer à l'intérieur.

Je n'avais pas remarqué que le ciel avait pris une couleur lavande et rose, embrasée sur les bords, comme un kleenex auquel on mettrait le feu. Il regarda Hope avec colère.

— Et toi, ferme cette fenêtre. Si tu t'enfuis, on a le moyen de te ramener. Ça ne te plaira pas.

— Je ne suis pas prisonnière, lui rappela-t-elle doucement. Je suis ici pour témoigner de notre bonne foi.

Il ricana, mais ne répondit rien, préférant plutôt, telle une énorme brute écossaise, me pousser dans la maison.

— C'est bon, c'est bon, je viens, marmonnai-je. Il fallait bien que quelqu'un fasse sortir Mrs. Brown.

Il referma la porte de la véranda derrière moi et la verrouilla. Il avait les yeux tachés par la fatigue. Mrs. Brown pourchassa Byron dans le salon jusqu'à ce qu'il se cache sous la table de la bibliothèque en geignant. Cette scène, au moins, donnait à la soirée un côté plus normal.

Liam et Helena ne tardèrent pas à descendre pour nous rejoindre, suivis par Geoffrey, Sebastian et un Nicolas ébouriffé.

Je ne sais pas pourquoi, mais quand il me regarda, je me sentis rougir.

— Toujours aucune nouvelle de Hyacinth, dit aussitôt Helena d'un ton grave.

Bruno confirma en secouant la tête.

— On ne peut pas pister son téléphone. Il est possible qu'elle ne puisse pas capter.

Liam secoua la tête.

— Ça m'étonnerait. J'ai parlé à Hart et il prétend qu'aucun de ses gens n'est entré en contact avec elle.

— Et on va le croire ? demanda Nicholas en s'adossant contre la cheminée et en bâillant.

Le téléphone de Liam sonna dans les profondeurs de sa veste en cuir. Il répondit à l'appel, écouta et ne dit qu'un mot.

— Bien.

Il regarda sa femme, dont les épaules se détendirent un peu.

C'est alors que la porte d'entrée s'ouvrit brusquement sur le reste des frères Drake. Ils se précipitèrent à l'intérieur, couverts de boue, les habits déchirés et le visage furieux.

— Elle est où ? demanda Logan. Où est Solange ?

— On n'en sait rien, lui répondit Liam.

Logan ferma les yeux un court instant, le visage pâle comme des pétales de lys. Quinn jura hargneusement. Connor donna un coup de poing dans le mur, enfonçant le plâtre.

— Où est votre cousine ? demanda Helena les sourcils froncés après avoir examiné rapidement chacun de ses fils pour s'assurer qu'ils étaient indemnes.

— London s'est barrée, soupira Marcus. Elle a refermé une des grilles derrière elle et elle s'est barrée.

— Quoi ?

Nicholas s'éloigna de la cheminée.

— Tu plaisantes ? C'est elle qui, à la base, vous a entraînés dans ce guêpier.

Logan se laissa tomber sur une chaise.

— Je crois qu'elle était gênée. Ou troublée. Elle adore Lady Natasha, tu le sais.

— Et Solange ?

— La bonne nouvelle, c'est que Véronique lui a donné une fiole de sang pour l'aider à traverser la transformation. La mauvaise, c'est que cette petite idiote s'est rendue aux Helios-Ra pour nous sauver.

— Pas tout à fait, leur dit Liam d'un ton sévère. Votre sœur s'est rendue à une unité rebelle qu'Helios ne reconnaît pas à l'heure actuelle.

— Oh ! super, putain.

Un stade de foot rempli de supporters furieux, c'était de la rigolade à côté des frères Drake quand ils étaient lancés.

Et d'apprendre que leur petite sœur s'était sacrifiée pour eux à quelqu'un de pire qu'Helios-Ra, rien ne pouvait les faire enrager autant.

Et le langage qui fusait dans l'air à cet instant aurait fait rougir le charretier de l'expression. Helena fut obligée de siffler avec son pouce et son index pour calmer les esprits. Elle s'était levée, sa longue tresse noire pendant derrière elle, ses yeux pâles pareils à la foudre en été.

— Ça suffit. On n'a pas le temps pour ces enfantillages.

Elle pointa un doigt vers Logan et Nicholas.

— Vous deux, vous restez là avec Lucy. Sebastian, Geoffrey, votre père et moi, nous allons retrouver votre sœur. Le reste d'entre vous, vous aiderez l'équipe de Bruno à repérer votre tante.

Elle claqua des doigts et on aurait dit un coup de pistolet.

— Il n'y a pas à revenir là-dessus. Je ne veux pas entendre un seul mot. Allez-y. Maintenant !

La maison se vida tellement vite que le silence tomba comme une claque. Je regardai Nicholas et Logan en clignant des yeux.

— Ils ne s'imaginent quand même pas qu'on va rester là à attendre sans rien faire, hein ?

— Bien sûr que si, répondit Nicholas.

— Écoute, je ne vais pas rester là à me tourner les pouces. Solange a besoin qu'on l'aide.

— Tu sais pas dans quoi tu t'embarques, dit Logan. T'as seize ans et t'es humaine.

— La ferme.

— Je suis sérieux, Lucy. Solange nous tuerait si on te laissait prendre des risques.

— Logan, fais pas ton sale con.

— J'ai dormi dans la boue. Je suis couvert de terre et de sang, et c'était mon pantalon préféré avant que j'atterrisse dans de la merde de raton laveur.

Je réprimai un fou rire totalement déplacé.

— De la merde de raton laveur ?

— Lucy.

Je l'embrassai sur la joue.

— Va donc là-haut prendre une douche. Si t'arrêtes de râler, j'attendrai même que t'aies fini avant de décider de ce que je vais faire après.

Il se leva en grognant comme un vieil homme.

— Je crois que je ne t'aime plus.

Je lui tapotai la tête.

— Dis pas n'importe quoi, tu m'adores.

— Tâche de ne pas faire de bêtises pendant les dix minutes qu'il va me falloir pour me laver.

— Je ne peux rien te promettre, répondis-je d'un ton compassé.

Il adressa un rictus à Nicholas.

— Bonne chance, petit frère.

Tandis qu'il s'éloignait, le dos tourné, je le fusillai du regard.

— Qu'est-ce que tu veux dire par là ?

19

Solange

Dimanche, au crépuscule

Lorsque j'ouvris les yeux, Kieran était accroupi à côté de moi, la main sur mon épaule. Je fus saisie d'un brusque mouvement de recul. Surpris, il se recula brusquement lui aussi.

— Du calme, dit-il. Ce n'est que moi.

Je clignai des yeux et me redressai en position assise. J'avais moins la sensation qu'un camion m'avait écrasée, puis avait fait marche arrière pour s'assurer que le boulot était accompli correctement. Désormais, j'avais l'impression qu'un camion m'avait renversée une fois seulement.

— Il est quelle heure ? demandai-je, groggy.

— Le soleil ne va pas tarder à se coucher. J'ai essayé de te réveiller tout à l'heure, mais tu ne réagissais pas. Ça m'a foutu les jetons, ajouta-t-il dans un murmure pendant qu'il se relevait. Je préférerais être loin d'ici avant la tombée de la nuit.

Je passai mes pieds par-dessus le bord du lit.

— OK, j'en ai pour un instant, dis-je en bâillant.

— Wouaou !

Il me regardait fixement. Je résistai à l'envie de m'essuyer le visage pour voir si j'avais de la bave sur la joue ou je ne sais quoi d'autre.

— Tes yeux.

— Quoi ? Quoi ?

Je me les frottai violemment, horrifiée à l'idée d'avoir au bord des yeux ces trucs dégoûtants et gluants. Ou bien étaient-ils devenus plus rouges ? J'avais entendu dire que cela arrivait, que le rouge sillonnait le blanc.

— Je crois que… la couleur est en train de changer.

Il marqua une pause.

— Est-ce que c'est possible, au moins ?

— C'est tout ? Maintenant, c'est toi qui me fous les jetons, murmurai-je. Honnêtement.

— J'aurais juré qu'ils étaient plus foncés avant que tu t'endormes.

— Ils l'étaient.

— Mais ils semblent vraiment bleus maintenant.

— Ils le sont probablement, répondis-je. Nos yeux s'éclaircissent. Ceux des plus âgés d'entre nous deviennent gris en général.

— Oh !

Je remuai, mal à l'aise. Je ne savais pas comment interpréter la façon dont il me regardait. Cela m'intimidait et me donnait un peu envie de ricaner. J'étais pourtant tout sauf le genre de fille à ricaner bêtement.

— T'avais pas envie qu'on sorte d'ici ? demandai-je.

— Ouais.

Il me tendit sa veste que j'enfilai par-dessus la robe de Lucy. Elle était déchirée et raidie par la boue d'un côté.

— Est-ce que tu as… faim ?

Je me figeai et le regardai à travers mes cils. Il n'était pas en train de me proposer du sang…, si ? Je réprimai un haut-le-cœur.

— Je voulais simplement parler…

Ses oreilles s'empourprèrent.

— … d'une barre de protéines, expliqua-t-il en en sortant une de sa veste.

— Oh !

Je la lui pris des mains, le ventre soudain sujet à des gargouillements.

— Merci.

Nous mâchâmes en silence tandis que je cherchais quoi dire au mec qui avait essayé de me kidnapper pour de l'argent et qui, en l'espace d'une semaine, m'avait sauvée des griffes d'un tas de frères d'armes à lui. Je comprenais qu'il agissait ainsi pour son très cher Helios-Ra, afin d'arrêter l'unité rebelle avant qu'elle ne nuise sérieusement à la réputation de la ligue. Mais je ne pouvais m'empêcher de penser que la question de savoir si je survivrais ou non après mon anniversaire ne le laissait pas complètement indifférent.

— Est-ce que tu peux nous faire sortir d'ici ? demanda-t-il une fois que nous eûmes fini nos fausses barres chocolatées.

La mienne avait calmé ma fringale, mais elle m'avait également donné soif. J'avais l'impression d'avoir de la craie dans la bouche.

— Ou doit-on attendre que le soleil se couche ?

— C'est plus simple si on attend, mais je crois que je peux éteindre l'alarme.

Je haussai un sourcil.

— Va falloir que tu te retournes.

Il se retourna lentement. De derrière, la vue était aussi belle que de devant. J'entendais quasiment Lucy ricaner dans ma tête. J'étais peut-être une fille de vampire, mais la mauvaise influence, cela venait d'elle. C'était clair. Je m'assurai que Kieran ne regardait pas et je couvris mes doigts avec ma main pendant que je tapais le code. La lumière passa de rouge clignotant à rouge tout court. C'était suffisamment éblouissant pour que je plisse les yeux et pleure.

— Merde.

— Merde ? Qu'est-ce que tu entends par « merde » ?

— Pas de souci, m'empressai-je de lui dire. Je

viens d'utiliser un ancien code. Et, euh… de régler l'alarme sur « grosse panique ».

Il se retourna brusquement.

— Tu sais comment l'éteindre ?

— Bien sûr.

J'avais l'air assurée pour quelqu'un qui ne l'était pas du tout. Je rassemblai rapidement mes souvenirs pour retrouver les codes. Il y avait une rotation de sept codes au minimum qui étaient changés au hasard et de façon continue. On me les avait appris comme on apprend à la plupart des enfants leur numéro de téléphone. Cela ne devrait pas être bien compliqué.

Le deuxième code ne fonctionna pas non plus.

Ni le troisième.

— On ne va pas être gazés ici ou un truc dans le genre, hein ? demanda Kieran avec inquiétude.

— Bien sûr que non.

Je marquai une pause.

— Je pense pas.

Je tapai le code suivant, mais mes doigts étaient glissants et dérapèrent sur le dernier chiffre. Je ressayai. La lumière rouge se maintint, puis passa au vert et clignota. La tension se relâcha un peu dans mes épaules.

— Tu vois ? dis-je avec nonchalance. Aucun problème.

Un clic retentit au moment où la grille se déverrouilla et je l'ouvris. Kieran me suivait de près. L'odeur d'humidité s'intensifia, puis s'estompa, nuancée de soleil et d'herbe. Le tunnel nous conduisit à une échelle. Je m'arrêtai sur le premier barreau.

— Prêt ?

— Tu devrais peut-être me laisser passer devant.

— N'y pense même pas.

Je montai sur le deuxième barreau. Sa main se referma sur ma cheville. Je baissai les yeux vers lui.

— Détends-toi, Black. Je sais monter à l'échelle.

— Qu'est-ce qui va se passer une fois qu'on sera là-haut, Solange ?

— On va courir à tout berzingue jusqu'à ce qu'on soit rentrés chez nous sains et saufs. C'est un plan basique, mais moi, ça me va.

— Si ça se trouve, l'unité rebelle est toujours là-haut.

— Peut-être. Mais on va sortir très loin de l'endroit où on a disparu. Tu ne vas pas me dire qu'ils resteraient dans les parages toute une journée, au cas où, si ?

— Si seulement je savais.

— En tout cas, on peut pas rester ici toute la nuit.

Après un instant, ses doigts relâchèrent ma cheville. En poursuivant mon ascension, je sentais encore la chaude empreinte de sa paume sur ma peau. La trappe ne voulut pas s'ouvrir tout de suite. Kieran dut se glisser entre le mur et moi, et nous poussâmes tous les deux jusqu'à ce qu'un craquement se fasse entendre et que la porte s'ouvre. Un trait de soleil tomba entre nous. Il avait les yeux couleur de terre : de cette espèce noire et riche dont on sait qu'elle produira les plus belles fleurs et les plus beaux légumes. Il était tout près. Suffisamment pour que je voie le fin duvet qu'il avait sur le menton et ses longues pattes rasées de façon très symétrique, comme les hommes semblaient toujours les porter dans des films comme *Orgueil et Préjugés*. Cela lui donnait l'air d'un gentleman pirate. Les armes sanglées sur sa poitrine ne gâchaient rien non plus. Il se hissa, sans me quitter des yeux un seul instant, même lorsqu'il se faufila devant moi et réussit à être, au bout du compte, le premier dehors.

— La voie est libre, dit-il tout bas.

Il se baissa pour m'empoigner les avant-bras et me tira dehors. Le soleil filtrait doucement entre les feuilles. Les ombres étaient longues et bleues sur les fougères et les aiguilles de pin jonchant le sol. Des oiseaux chantaient sans se soucier de notre présence. Il n'y avait aucune empreinte de pas dans la terre. Je me relevai en m'essuyant les mains sur ma robe. Kieran tira une boussole de sa poche et la tourna dans une direction, puis dans une autre.

— Là, dit-il en indiquant d'un signe de tête une vallée de fougères et de buissons de sureau. Ta maison est par là. Au nord-ouest.

— Merci.

Je promenai mes regards autour de moi, non sans une certaine gêne, puis je le regardai de nouveau.

— Donc, je suppose que ça y est ?

Il fronça les sourcils.

— Qu'est-ce que tu racontes ? Je ne vais pas te laisser ici toute seule.

Je ravalai ma salive en essayant de sourire.

— T'as des choses à gérer de ton côté.

— Solange, tes yeux sont en train de changer de couleur.

— Et ? Qu'est-ce que ça vient faire là-dedans ?

— Laisse-moi t'expliquer autrement.

Il se déplaça avec une telle rapidité que je fus malgré moi impressionnée. Il me poussa l'épaule. Je trébuchai, me cognai contre un chêne qui se trouvait à proximité, puis tombai dans la boue. L'épaule m'élança.

— Aïe ! Pourquoi t'as fait ça, putain ?

— Je ne fais que prouver ce que j'avance, me dit-il d'un air grave. Tu crois que je ne vois pas que tu es complètement crevée ? Que tu t'affaiblis ?

Les sourcils froncés, je me frottai le bras.

— Tu m'as poussée.

— Je t'ai à peine touchée, souligna-t-il. Et tu es tombée. Je te garantis que l'unité rebelle d'Helios-Ra sera bien plus brutale. Sans parler des chasseurs de primes de Lady Natasha.

Le fait qu'il ait raison m'exaspérait.

— Je te ramène chez toi.

Il témoignait d'une insoumission opiniâtre. À un moment ou à un autre, j'avais vu cette expression-là sur le visage de chacun de mes frères. Et je ne disposais d'aucun moyen courtois de refuser son offre. D'aucun moyen logique ou intelligent non plus. Il avait des armes. Pas moi.

Si quelqu'un me tombait dessus dans les bois, la seule chose que je pourrais faire, c'est bâiller pour l'endormir. Et c'était là la fille dont Lady Natasha, la reine des vampires, avait peur.

— Tu viens ? demanda Kieran avec impatience, mais en souriant à demi, comme s'il savait à quoi je pensais.

— OK, mais si des vampires attaquent, je veux que tu t'enfuies.

— Bien sûr, et que je fasse une pirouette en tutu rose pendant qu'on y est.

Il s'arrêta pour m'attendre.

— Allez, viens.

Les bois étaient paisibles et silencieux en dehors du bavardage des insectes, des lapins et des porcs-épics embusqués. Des grenouilles chantèrent dans une mare voisine que cachait la dentelle verte des feuilles d'été. Cela aurait pu être romantique si je n'avais été convaincue que quelqu'un nous attendait au tournant pour nous tuer. Il me regarda du coin de l'œil. Puis encore une fois.

— Quoi ? demandai-je sans tourner la tête.

— Tu plisses les yeux. Ça te fait mal ?

— Un peu.

Je ne m'étais pas rendu compte, avant qu'il l'évoque, à quel point cette zone de mon visage était contractée. Il est vrai que mes yeux semblaient plus sensibles, comme si la lumière du soleil, toute tamisée qu'elle était, me lançait des aiguilles à la figure. Autrefois, j'adorais m'asseoir au soleil avec Lucy. Cela m'attristait un peu de penser que ce ne serait plus possible. Kieran me tendit une paire de lunettes noires.

Ses doigts effleurèrent les miens. Il avait vraiment un côté adorable pour un agent de la secte vouée à nous détruire, ma famille et moi.

— Est-ce que tu vas avoir des crocs aussi ?

Je faillis m'arrêter net. Sa main continuait de tenir la mienne.

— J'imagine.

Je passai la langue sur mes dents.

— Est-ce que ça l'inquiète, ton petit copain ?

— Je n'ai pas de petit copain.

Mon sourire était ironique.

— C'est un peu compliqué de ramener des copains chez moi pour leur faire rencontrer mes parents… et mes frères.

— Pas faux.

Sa paume appuya contre la mienne.

— Fais attention où tu marches.

Nous grimpâmes par-dessus les racines d'un arbre qui avait dû tomber au cours du dernier orage. Il n'était pas encore recouvert de mousse ni de ces drôles de champignons froissés. Nous redescendîmes dans la vallée, tandis que le soleil tombait de plus en plus derrière l'horizon, nous laissant ainsi au milieu des ombres épaisses et fraîches. Sous nos pieds, le sol était mou. On apercevait un large sillon comme si quelque chose avait glissé le long de la pente qui menait à la vallée.

Un morceau de dentelle pendait à une branche cassée au milieu des broussailles.

Mon cœur frémit. Je sentis mes mains devenir moites avant même que je puisse former une phrase cohérente. Je connaissais ce type de dentelle.

— Non, dis-je d'une voix entrecoupée en la cueillant comme s'il s'agissait d'une rose noire en charpie. Non.

Je dévalai la pente et glissai dans la terre en m'écorchant les tibias et les mains. Des cailloux jaillirent sous mes pas et me retombèrent sur les jambes. Les branches éraflaient mes bras nus.

— Solange ! appela Kieran en se précipitant pour ne pas se laisser distancer. Attends. Tu vas où ?

Je glissai et dérapai sur les derniers mètres.

— Fais gaffe ! hurla-t-il derrière moi.

Je n'éprouvai pratiquement aucune douleur, n'étant occupée qu'à suivre le sillon, large comme un corps tracé au milieu des feuilles pourries et des aiguilles.

— Ô mon Dieu ! dis-je en apercevant une manchette de dentelle et de rubans.

Je reconnaîtrais ces jupons noirs n'importe où, tout comme le corset en soie et les perles de jais.

— Tante Hyacinth ! m'écriai-je en m'approchant à quatre pattes et en arrachant des fougères pour passer. Tante Hyacinth, tiens bon, tiens bon.

Elle était allongée sur le dos, le bras rejeté sur le visage. Ce bras, du coude jusqu'au poignet, ainsi que tout le côté gauche de son visage, était couvert de cloques et à vif. Seuls son âge et les ombres épaisses de la vallée l'avaient préservée des pleins effets du soleil.

Malgré cela, elle ne bougeait pas, ne montrait aucune réaction. Ne voulant pas la toucher par crainte de lui causer de nouvelles douleurs, je me plaçai au-dessus d'elle.

— Est-ce qu'elle est…

La question de Kieran mourut sur ses lèvres lorsqu'il s'approcha derrière moi, hors d'haleine.

— Je pense qu'elle vit encore pour ainsi dire, dis-je en ravalant la peur et le chagrin qui me serraient la gorge. C'est ma tante.

Je voyais presque les os sous sa joue en ruine. Le soleil seul n'aurait pas causé ce genre de dégâts. Je fronçai les sourcils.

— De l'eau bénite, dis-je en serrant les dents.

L'« eau bénite », c'était ainsi qu'on appelait l'eau que les Helios-Ra utilisaient comme arme. Ils la chargeaient d'UV et de vitamines D, car, sous une forme aussi concentrée, nous y étions allergiques à en mourir.

— Quelqu'un lui a jeté de l'eau bénite, puis l'a poussée du haut de la pente. Les Helios-Ra utilisent de l'eau bénite, non ? le harcelai-je.

— Solange, dit-il d'une voix douce, tendue.

— Non ? hurlai-je.

Il acquiesça d'un brusque signe de tête.

— Parfois.

— T'es toujours aussi sûr que ta ligue n'a absolument rien à se reprocher ? Regarde-la !

— Je suis désolé. Je sais ce que c'est de perdre un membre de sa famille. Mon père a été tué par des vampires, tu te rappelles ?

— Je ne l'ai pas encore perdue, dis-je d'un ton grave en tirant la grosse chaîne de dessous ma robe.

Le liquide suspendu au bout était très foncé.

— Qu'est-ce que c'est que ça ? demanda Kieran.

— Du sang, dis-je sans quitter tante Hyacinth des yeux.

Je ne l'avais jamais vue aussi frêle, aussi immobile. C'était injuste. On l'avait pourchassée par ma faute, tout ça parce que ma tête était mise à prix. Sans moi, elle aurait été tranquillement à la maison à boire de l'Earl Grey ou à critiquer les révérences de Lucy.

— Du sang ancien, expliquai-je. De Véronique Dubois, notre matriarche. Il a des propriétés curatives pour tous ceux de son lignage. Je lui donnerais bien mon propre sang, mais il est contaminé pour le moment à cause de la transformation.

Je n'évoquai pas le fait que ma fiole ne contenait qu'une seule dose, censée me donner un avantage, même si quelqu'un était présent pour m'aider à me transformer pendant mon anniversaire.

Et personne ne serait là.

J'y veillerais personnellement.

Mais, d'abord, il me fallait sauver tante Hyacinth. Je me servis de l'ongle de mon pouce pour soulever le couvercle, car la charnière était légèrement coincée.

— Tiens bon, tante Hyacinth, implorai-je. Je t'en prie, tiens bon. Je t'en supplie.

Je portai la fiole à sa bouche et l'inclinai lentement. Le sang coula sur ses lèvres entrouvertes, puis ruissela entre ses dents et le long de son menton. Elle était d'une pâleur extrême, presque bleue, quand ses veines se contractèrent pour accepter la seule substance qui pût la sauver. Sa gorge bougea lentement, de façon spasmodique.

— Elle a avalé ! m'écriai-je en manquant de pleurer de soulagement.

Je maintins la fiole sur sa bouche jusqu'à ce qu'elle ne puisse plus avaler. Elle n'ouvrait toujours pas les yeux et ne parlait pas non plus. Mais elle semblait moins susceptible de se changer en poussière.

— C'est tout ce que je peux faire, dis-je en laissant retomber la chaîne. Il lui en faut davantage, mais elle est trop faible pour finir le reste maintenant. Je vais laisser la fiole à côté d'elle ; comme ça quelqu'un pourra s'en servir pour la maintenir en vie si on la retrouve suffisamment vite pour la ranimer.

Je fouillai dans son sac et y aperçus son téléphone portable. Il s'était éteint tout seul quand elle était tombée. Le plastique était fendu et l'écran affichait une lumière bleue vacillante lorsque je finis par réussir à l'allumer.

Je tapai le code qui activait la puce GPS. Nous n'étions pas si loin que cela de la ferme. Quelqu'un trouverait ma tante à temps. Mais je ne pouvais pas les laisser me repérer.

Mes frères avaient failli être capturés et ma tante était blessée, tout cela à cause de moi. Je ne pourrais supporter qu'elle en vienne à mourir ou que mes parents soient tués au combat pour me sauver.

Quant à Lucy, elle sauterait sur la tête si elle pensait que ce geste pouvait m'être salutaire.

Même Kieran prenait des risques pour moi et allait à l'encontre de ce pour quoi il avait été formé. Je ne pouvais laisser aucun d'eux se sacrifier pour moi. C'était impossible.

Tous voulaient me sauver, mais moi je voulais simplement les sauver.

Et il n'y avait qu'un moyen d'y parvenir. Je l'avais toujours su, mais j'avais espéré que je me trompais. Être agenouillée dans la forêt devant le corps brûlé de ma tante me persuada que j'avais raison depuis le début.

Je sortis mon propre téléphone portable sans l'allumer, mais en le posant doucement par terre. Puis je frappai dessus à plusieurs reprises à l'aide d'une pierre. La coque finit par se fendre et l'intérieur était cabossé irrémédiablement. Je levai les yeux vers Kieran. À la façon dont il me regardait, je savais que mes traits s'étaient durcis.

— J'ai besoin de ton aide.

20

Lucy

Dimanche soir

Pendant que Logan se lavait, je fis ressortir les chiens. La nuit changeait la physionomie des jardins : ils devenaient difformes et denses. Dans les champs que bordait la forêt, les grillons faisaient entendre leur chant joyeux. La lune était jaune et enveloppée d'un lambeau de nuages qui rappelait la dentelle.

Nicholas montait la garde devant la porte de derrière et scrutait l'obscurité les sourcils froncés. Ses yeux brillaient.

— Dépêche-toi, dit-il.

— Je ne peux pas faire uriner les chiens plus vite.

Il ne me regarda pas et se tourna brusquement : quelque chose venait de bruire dans les buissons.

— On dirait un agent secret. Il ne te manque plus que le costume noir et les chaussures cirées.

— Je suis prudent, c'est tout.

— Bruno est dehors et on est à peine à un mètre de la porte. En plus, moi, personne n'est à ma poursuite.

— Dixit la fille qui porte une rangée de pieux sanglés sur sa poitrine.

Il marqua une pause.

— Et ça, c'est des faux diamants roses ?

— En effet, fis-je avec fierté. Qui a dit qu'on ne pouvait vaincre avec style ? Et tu vois celui-là ?

Je montrai du doigt le pieu attaché à côté de celui que j'avais décoré de faux diamants roses. Il comportait une tête de mort dessinée au marqueur noir.

— Thématique pirate.

Il se contenta de me regarder en secouant la tête. Je haussai les épaules et tirai sur la laisse de Mrs. Brown lorsqu'elle se tortilla en rentrant toute la tête dans un rosier. Son derrière s'agitait furieusement.

— Sors de là, lui dis-je. Avant que tu t'enfonces une épine dans le museau.

Il me fallut tirer à nouveau pour la convaincre que je ne plaisantais pas. Elle sortit à reculons, couverte de pétales roses. La lumière qui tombait de la fenêtre de Hope formait un rectangle jaune sur l'herbe. Elle faisait scintiller quelque chose qui pendait du treillage situé sous le rebord. Je dus me hisser sur la pointe des pieds pour l'atteindre.

Il s'agissait d'une lanière de cuir pourvue d'un grand soleil en bronze aux rayons dentelés. Je la ramassai en me demandant si Hope l'avait perdue lorsqu'elle était sortie à la fenêtre pour essayer de me persuader d'abandonner ma vie sordide d'esclave de sang.

— On y va, dit Nicholas en ouvrant la porte pour laisser rentrer les gros chiens.

Mrs. Brown leur mordilla les talons. Elle souriait de son sourire canin en les voyant s'éloigner d'elle en bondissant. Nicholas me fit rentrer à l'abri de la véranda, sa main posée dans le bas de mon dos. Je sentais son contact froid à travers ma chemise.

L'endroit était sombre aussi, rempli de lys, d'orangers et d'orchidées rouges peu communes. Un papillon de nuit voletait contre le plafond en verre : on aurait dit que la lune était une bougie qui brûlait au-dessus de nos têtes.

Nicholas ne prononça pas un mot et ne bougea pas non plus. Il baissa la tête, sa bouche m'effleurant sous l'oreille, puis glissant le long de mon cou. Ma tête retomba en arrière. Une part de moi attendait le contact des dents, mais je ne sentis que ses lèvres et sa langue. C'est moi qui me tournai légèrement et qui lui mordillai le lobe de l'oreille. Il m'attira plus près de lui. J'avais un mal fou à me rappeler pourquoi, pendant toutes ces années, nous ne nous étions pas entendus. Aucun sujet de bisbille ne me revenait en mémoire.

À vrai dire, j'étais incapable de réfléchir.

J'étais toute chaleur et frissons. Le jasmin de nuit émettait de douces volutes de parfum. Si j'avais fermé les yeux, j'aurais pu croire que nous nous trouvions dans un lieu exotique, dans la jungle ou bien en Inde, au milieu d'un jardin secret. Je venais de glisser mes bras autour du cou de Nicholas lorsque les lumières clignotèrent. Nous nous figeâmes.

— L'alarme, murmura Nicholas. Quelqu'un a ouvert la porte du tunnel, au sous-sol.

Nous nous précipitâmes dans l'entrée au moment même où Logan, les cheveux encore trempés, la chemise à moitié boutonnée, dévalait l'escalier. Dans l'encadrement de la porte qui conduisait au sous-sol, il y avait une ombre. Quand elle s'avança, l'ombre devint London qui, comme à son habitude, avait les crocs sortis. Ses cheveux, d'ordinaire lissés en arrière avec une sévérité extrême, étaient un fouillis d'épis noirs comme de l'encre.

— Toi ! hurlai-je en m'élançant sur elle.

Ma colère éclata comme une tarte laissée trop longtemps au four. Nicholas m'enserra la taille pour me retenir. J'avais l'impression d'être un personnage de dessin animé, donnant coups de pied et coups de poing dans le vide et jurant. London, pâle et silencieuse, se contenta de rester où elle était. Cette attitude me calma davantage que les efforts déployés par Nicholas pour me contenir. J'avais toujours vu London me témoigner du dédain ou se vanter ouvertement.

La repentance docile, cela ne lui ressemblait pas. Cette attitude m'effraya autant, sinon plus, que tout ce qui était arrivé jusque-là.

— C'est bon, murmurai-je à Nicholas pour qu'il me lâche.

J'écartai mes cheveux retombés dans mes yeux.

— T'étais où, bordel ? demanda Logan en s'avançant vers London avec une fureur que je n'aurais jamais cru voir sur son joli visage. On croyait que t'étais morte. Ou alors que tu nous avais carrément livrés à cette salope.

— J'en savais rien, dit-elle tout bas, d'un ton malheureux. Je vous jure, j'en savais rien.

Elle releva le menton en durcissant ses traits, si bien qu'elle ressemblait un peu plus à ce qu'elle était.

— Où sont tous les autres ?

— En train d'essayer de retrouver Solange, lui dit Logan. Qui s'est rendue pour tous nous sauver. Y compris toi.

— Je ne savais pas que Natasha avait promis une récompense. Je l'ai servie pendant des années, je l'ai aimée comme une mère. Comment aurais-je pu me douter ? Ou bien avez-vous oublié qu'elle était là quand j'ai eu besoin, contrairement aux Drake ?

Je n'avais pas entendu parler de cette souillure dans l'historique de la famille Drake. J'avais simplement supposé que London était tout le temps désagréable parce que c'était dans ses gènes.

— Elle m'a demandé de lui amener Solange pour mettre un terme à toutes les rumeurs susceptibles de déclencher une guerre civile. Et elle pense que Montmartre la reprendra quand sa couronne ne sera plus menacée.

— Putain, London, marmonna Nicholas.

— J'ai cru bien faire. Et j'ai prêté serment, à elle, à la cour royale.

London se tourna brusquement vers lui.

— Qu'est-ce que j'étais censée faire ?

— Déjà, éviter de livrer ta propre cousine à cette salope, rétorqua Nicholas.

London fronça les sourcils. Je présumai qu'elle allait se lancer dans une tirade mesquine, mais, au lieu de cela, elle s'avança vers moi avec une telle rapidité que je me cognai dans le mur derrière moi en tentant de m'éloigner d'elle.

Elle transpirait la colère par tous les pores. Si je n'avais été immunisée contre ses phéromones, je me serais évanouie sous cet assaut. J'en fus quitte pour un léger vertige. Nicholas s'interposa.

— Arrête, London.

— Où t'as eu ça ? demanda-t-elle.

Elle saisit le soleil en bronze accroché à la sangle de pieux que je portais entre les seins. Elle serrait si fort que le bronze s'incurva. J'étais coincée entre elle, Nicholas et le mur.

— Je l'ai trouvé, c'est tout. Lâche-moi.

— Tu sais ce que c'est ?

— Non. Je l'ai trouvé sous la fenêtre de Hope.

Ses yeux pâles rosirent sur les bords. C'était la première fois que j'observais ce phénomène. Je reculai le buste pour m'écarter même si je n'avais nulle part où aller.

— Hope ? Hope est ici ?

Elle se retourna brusquement et regarda Logan avec colère.

— Elle est où ? Elle est où, la salope d'Helios ?

— C'est un otage respectable. Aucun mal ne lui est fait, aucun mal n'est fait à Solange.

Logan bloqua l'escalier.

— C'est une traîtresse.

Elle parla si bas que je faillis ne pas l'entendre. Par contre, j'entendis clairement ses dents grincer.

— Qu'est-ce que tu racontes ? demanda Logan.

— Je suis retournée à la cour après vous avoir quittés. J'y ai encore des amis, malgré la récompense. Des amis qui, le cas échéant, aideront les Drake. Hope est en train de trahir Helios. Elle possède sa propre unité et complote en secret avec Lady Natasha. Si Hope aide Lady Natasha à se débarrasser de Solange et de la moindre menace que les Drake font peser sur son trône, Lady Natasha, en échange, aidera Hope à prendre le contrôle d'Helios-Ra en refusant de traiter avec toute autre personne.

— Lady Natasha ne traiterait jamais avec des humains, dit Logan doucement. Elle a toujours refusé.

— Exactement. Ce ne serait pas une mince affaire pour Helios. Et Lady Natasha se retrouverait avec sa propre armée d'humains, prête à détruire tous les vampires qui ne la servent pas.

— Eh ! bah ! putain, c'est vraiment génial.

Logan se passa une main rapide dans les cheveux. Il empêcha London de passer lorsqu'elle essaya de se faufiler sur le côté.

— Tu ne peux pas la tuer, insista-t-il. La sécurité de Solange pourrait bien en dépendre. Il s'agissait d'un échange équitable au moment où ç'a été fait.

— Pour l'instant, je ne suis pas inquiète pour Solange.

London arracha le disque solaire de la sangle, et la soudaine impulsion me tira en avant.

— Hé !

Je trébuchai, puis me redressai, le regard noir.

— Aïe ! putain.

— Vous savez ce que c'est ? hurla London en arborant le soleil. Est-ce que vous en avez la moindre idée ?

Elle le jeta par terre et cracha dessus.

— Ce truc rameute l'unité de Hope. Ils savaient qu'elle était ici… Ils le savent depuis le début.

— Elle s'est proposé de rester, murmurai-je en

jetant un coup d'œil à Nicholas. Tu te souviens ? Hart a dit qu'il resterait, mais Hope a insisté.

— C'est une déclaration de guerre, poursuivit London. Ce qui veut dire qu'ils sont en route pour la délivrer et tuer tous ceux qui se mettent en travers de leur chemin. Il faut qu'on parte d'ici.

— On ne peut quand même pas leur laisser la ferme, en admettant qu'ils passent outre Bruno et son équipe, dit Logan.

— Mais il faut bien que quelqu'un prévienne les autres, rétorqua Nicholas.

— Téléphone-leur, dit London. Mais fais vite. Il faut qu'on parte d'ici.

— Ils sont en mode furtif. Ils auront éteint leurs téléphones, dit Nicholas. Et je vous parie tout ce que vous voulez que papa ou maman, ou les deux, sont en route pour la cour à l'heure qu'il est. Vous savez que papa essaiera de parlementer pour annuler la récompense. Il se jettera directement entre ses griffes.

Logan sortit son téléphone de sa poche.

— Prévenons au moins Bruno.

Il composa le numéro, attendit, les lèvres contractées. Ses crocs paraissaient plus longs, plus pointus. Il raccrocha après une conversation silencieuse et sèche.

— J'ai une bonne et une mauvaise nouvelle.

Il s'engagea dans l'escalier en montant les marches deux par deux. Comme le reste d'entre nous lui emboîtait le pas, je dus saisir Nicholas par la chemise pour ne pas me laisser distancer.

— Ils ont retrouvé tante Hyacinth. Bruno est parti la chercher.

— Alors, on est tout seuls, dit London d'un ton grave.

— Avec les gardes. C'est quoi ce bruit ?

Nicholas fronça les sourcils tandis que nous nous précipitions dans le couloir. Boudicca aboyait avec force, grattant à la porte de Hope. Il suffit à Logan d'un coup de pied pour enfoncer la porte.

Le bruit en question, c'était un rotor d'hélicoptère.

Et Hope s'élançait vers la fenêtre en direction de la corde. Les arbres pliaient et leurs feuilles s'engouffraient dans la chambre tellement ça soufflait. Le bruit du moteur faisait trembler les murs. Un tableau se décrocha du mur et le verre se brisa.

Trois vampires et un gros chien fondirent sur Hope, mais aucun d'eux ne l'atteignit à temps.

Elle leur échappa, sa queue de cheval blonde et ses sandales à lanières offrant un curieux contraste avec l'hélicoptère au moment où les agents la tiraient pour la faire monter à bord. Une fois qu'elle fut en sécurité, une pluie de flèches traversa la fenêtre : l'une s'enfonça dans le lit, trois dans le plancher, une autre ne manqua l'oreille de Logan que parce que London le poussa derrière la coiffeuse. Je bondis vers Boudicca et lui attrapai le collier. Je la tirai derrière la porte, Nicholas nous poussant toutes les deux, car nous n'allions pas assez vite à son goût. Il jura tout le temps que dura cette opération.

— Espèce de dingue, laisse cette foutue chienne.

— La ferme. Elle fait partie de la famille, elle aussi !

— Et elle sait se mettre à l'abri.

— Dans ta famille, vous buvez du sang. Dans la mienne, on veille sur les animaux.

Boudicca grognait, s'efforçant de me faire lâcher prise et tentant de regagner la fenêtre.

— Avez-vous fini de vous crier dessus, tous les deux ? dit Logan d'un ton sec. Ils sont partis.

— Mais les autres arrivent, dit London. L'équipe au sol, ajouta-t-elle en voyant nos regards fixés sur elle. Vous croyez vraiment qu'ils vont laisser passer cette occasion ? Ils savent que la moitié de la famille est dispersée, à la recherche de Solange et de Hyacinth.

— Oh ! merde.

— Tu l'as dit.

— Je vais y aller, déclara Logan.

— Tu peux pas faire ça, dis-je en le poursuivant dans l'escalier.

— Oh ! que si, je peux.

Il adressa un signe de tête à Nicholas.

— Mets-la dans la chambre forte et enferme-la.

— Va te faire foutre, Logan ! lançai-je avec colère. Tu peux pas juste surgir à la cour, pauvre crétin. T'es un Drake et tous les chasseurs de primes du pays en veulent à ta peau.

— Et ? On ne peut quand même pas les laisser y aller sans les prévenir.

— Je le sais bien. Je propose que London et toi, vous restiez ici et défendiez la ferme.

— Et toi ? demanda Nicholas d'une voix veloutée et méfiante. Tu penses que tu vas faire quoi exactement ?

— Hope tenait vraiment à ce que je rejoigne les Helios-Ra, dis-je en m'accroupissant pour ramasser le pendentif cabossé en forme de soleil. Alors, pourquoi ne pas le faire ?

21

Solange

Dimanche soir, plus tard

— T'as une tête affreuse, dit Kieran.

Je l'aurais bien fusillé du regard, mais le simple fait de mettre un pied devant l'autre exigeait toute ma concentration.

— Arrête de dire ça, marmonnai-je.

J'espérais que je n'articulais pas mal. Même ma langue était fatiguée. La nuit me faisait du bien : mon métabolisme était déjà plus costaud quand le soleil était couché. Quand viendrait le matin, par contre, je savais que je m'évanouirais sur-le-champ. Ce n'était pas tant l'évanouissement qui m'inquiétait, mais la crainte de ne plus me réveiller.

C'était presque mon anniversaire. Il n'y aurait pas de fête, évidemment ; pas de cadeaux enveloppés dans du papier d'argent ni de gâteau..., simplement un boudin de sang. Beurk ! Je ne pouvais m'empêcher de me remémorer les luttes acharnées de mes frères pour survivre à leur transformation. Ils avaient tellement faibli et avec une telle rapidité qu'on aurait presque dit qu'ils étaient dans le coma. Cela n'avait pas duré longtemps, mais ils n'étaient pas près de l'oublier.

Seul l'élixir du sang de Véronique me donnerait un avantage dans la lutte.

Un élixir dont je ne disposais plus.

Il ne fallait pas que j'y pense. Cela ne m'aiderait en rien et, de toute façon, si je devais tout recommencer, je n'hésiterais pas. Je trébuchai sur la racine d'un arbre, me rattrapai à la branche d'un chêne et faillis me disloquer l'œil. Kieran me saisit le coude. Je dus cligner des yeux rapidement afin qu'il ne soit qu'en un exemplaire, et non en deux silhouettes floues dansant l'une avec l'autre.

— Ton état empire.

— Si tu me redis que j'ai une tête affreuse, je te promets que je vais te donner un coup de pied dans le tibia.

Je bâillai et tanguai légèrement.

— Demain.

— Essaie juste de ne pas t'endormir avant de tomber par terre. Dans ces moments-là, il est plus difficile de te rattraper.

Je savais qu'il tentait d'avoir l'air assuré, mais je sentais l'inquiétude chez lui. Je pouvais vraiment la renifler : on aurait dit des amandes brûlées. Bizarre. Je reniflai de plus belle. Il me regarda en haussant les sourcils.

— Est-ce que t'es en train de me sentir ?

Je souris, penaude.

— Ouais, excuse.

Je me frottai le nez.

— Tu t'inquiètes pour moi. Ça sent les amandes.

— Sérieusement ?

— Ouais. C'est bizarre, hein ?

Je reniflai encore une fois.

— Et je sens de l'eau stagnante ou de la boue ou un truc dans le genre.

— Je sens la vieille mare ?

Je secouai la tête lentement pendant que mes synapses épuisées retrouvaient enfin un fonctionnement normal. L'entraînement auquel m'avait soumise ma mère revint frapper ma mémoire, les histoires de mes frères que j'avais entendues, cachée dans l'escalier qui conduisait au grenier.

— Pas toi, dis-je subitement. Les *Hel-Blar*.

Kieran se figea, mais l'espace d'un instant seulement.

— Ici ? Maintenant ?

Je tentai de marcher plus vite. Il saisit ma main et me tira. On ne plaisantait pas avec les *Hel-Blar*. Légèrement bleus, dégageant une odeur de pourriture, les yeux rougis et un appétit insatiable pour le sang ; que ce soit celui d'un animal ou d'un humain, consentant ou non.

Et silencieux comme des chauves-souris.

Il n'empêche que mon ouïe devait s'affiner malgré mon affaiblissement croissant, car je les entendais se tapir derrière les arbres, nous suivant et nous encerclant comme une meute de chiens enragés.

— Ils arrivent, murmurai-je. Et dans mon état, impossible de les semer.

Kieran acquiesça d'un sinistre signe de tête et retira un drôle de pistolet du harnais où il était coincé.

— De l'eau bénite, expliqua-t-il.

Je m'assurai que j'étais très éloignée de la trajectoire de ses balles modifiées.

— Reste derrière moi, ajouta-t-il.

Précaution inutile, car j'étais déjà derrière lui : je me soutenais à un érable, un bouquet de pieux aiguisés à la main. L'odeur de végétation pourrissante et de champignons offensait la soudaine sensibilité de mes narines. Je fus prise d'un haut-le-cœur.

— Ils sont là.

Rien que leur rapidité était terrifiante. Tout comme la lueur animale qui brillait dans leurs yeux. Ils flottaient presque, pâles comme des spectres et d'une minceur squelettique. Leurs crocs étaient aiguisés et pointus, mais c'était le cas aussi de toutes les dents qu'ils avaient dans la tête. L'un d'eux me regarda en se passant la langue sur les lèvres.

— Juste pour goûter, princesse, dit-il d'une voix traînante. Il se pourrait que ça te plaise. Qu'est-ce que t'en dis ?

Je lui balançai un pieu dans la poitrine et il explosa, ne laissant qu'une poussière couleur lichen. Tous les vampires se changeaient en cendres. Si je mourais pendant la transformation, je finirais aussi en cendres, mais il se pourrait que cela prenne quelques heures. Oncle Geoffrey prétendait qu'il s'agissait d'un mécanisme de sécurité darwinien destiné à empêcher que notre espèce soit découverte, même après notre mort.

Et ce n'était pas le moment de penser à ce genre de choses.

Les autres sifflèrent et grognèrent, faisant se dresser tous les poils de mes bras. Kieran appuya sur la gâchette de son pistolet. Une lumière éclata, comme des braises tournoyant dans les airs, comme un tour de magie. Une autre odeur accompagna la pourriture humide : de la chair grillée, des cheveux brûlés.

— Ils sont trop nombreux, grommela Kieran.

Je me contentai de grommeler à mon tour et lançai un autre pieu.

Il manqua sa cible et nous fut renvoyé avec une telle vitesse qu'il clouta au tronc le bord évasé de ma robe. L'écorce vola en morceaux qui me rentrèrent dans les jambes. Je jurai et me libérai en tirant d'un coup sec.

— C'était à deux doigts, marmonnai-je, presque

trop fatiguée pour que la perspective de tomber et d'être mangée me cause encore de l'inquiétude.

— Reste avec moi, dit Kieran d'un ton brusque en tirant un nouveau coup de feu.

Un *Hel-Blar* vola comme une poupée de chiffon et s'écrasa contre l'un de ses amis. J'étais déjà à genoux. Ce petit coin d'épaisses fougères avait l'air tellement accueillant. Kieran me souleva avec un bras, continuant de tirer avec l'autre.

— T'es censé t'enfuir, bredouillai-je en bâillant. T'as promis.

— J'ai rien promis du tout.

Il me poussa derrière un orme gigantesque.

— Il faut qu'on parte d'ici. Il n'y a pas une de tes portes secrètes dans le coin ?

Le clair de lune était presque aussi lumineux que la lumière du soleil et me brûlait la pupille. Tout le reste était flou. Je plissai les yeux et tentai de distinguer la forme des arbres qui nous entouraient, la vallée, la rivière.

— Par là ? suggérai-je avec hésitation. De l'autre côté de cette vallée. Peut-être.

Il continua de tirer pour nous couvrir, et je faisais mon possible pour ne pas m'évanouir. Ces rochers irréguliers semblaient aussi confortables que les fougères. Rien qu'un petit somme.

— N'y pense même pas, dit Kieran d'un ton brusque. Tu ne peux pas encore dormir.

— Mais je suis épuisée.

— Continue d'avancer.

— Attends. Les rochers…

Je me frottai les yeux.

— Il y a une porte derrière ces rochers.

— Bien, va… Oh !

Une dague s'enfonça dans son bras, traversant le cuir épais et la peau. Le sang coula comme le jus des grosses framboises. Il serra les dents.

— C'est juste une coupure. Continue d'avancer.

Je dus me mettre à quatre pattes sous les broussailles, fouillant les feuilles mortes à la recherche de la poignée. Le fer était froid sous mes doigts, la rouille, rugueuse sous ma paume.

— Je l'ai.

Kieran donna un coup de pied à un *Hel-Blar* qui s'était approché dangereusement. Il donna un nouveau coup de pied, changea son pistolet pour un autre dont les projectiles étaient des petites fioles. La première percuta le sol, se brisa et libéra un mélange de brume et de poudre.

Stagnant en l'air, c'était aussi délicat que de la dentelle. Je me sentis toute drôle, enchantée par la manière dont la substance s'accrochait aux feuilles et aux *Hel-Blar*.

L'Hypnos.

— Arrêtez, commanda Kieran, l'air grave.

Troublés, les *Hel-Blar* s'interrompirent. Ils sifflèrent avec frénésie, mais ne firent pas un mouvement. Je ne bougeai pas non plus.

— Vous, dit-il aux vampires qui se débattaient contre des chaînes invisibles. Vous allez vous barrer d'ici et ne reviendrez pas. Vous continuerez à courir jusqu'à ce que vous soyez bien loin de ce pays. Et si vous essayez de boire une seule goutte de sang humain, c'est le prochain lever de soleil qui vous pend au nez.

Un hurlement, un grognement.

— Partez.

Ils s'éloignèrent en traînant les pieds. Je restai allongée où j'étais, incapable de bouger. Kieran s'accroupit à côté de moi, le regret dans les yeux, mais déterminé.

— Je suis désolé, dit-il.

— Kier…

— Chut, m'interrompit-il. Ne dis rien.

La poudre d'Hypnos s'insinuait en moi, alourdissant mes membres et me faisant bredouiller.

— J'ai pas le choix, Solange, murmura-t-il.

Il m'effleura le front d'un baiser, doux comme des ailes de papillon. La colère et la peur m'embrasèrent : la trahison était une conflagration qui aurait pu incendier toute la forêt. Lorsque je lui avais suggéré de me trahir, je n'avais pas pensé qu'il le prendrait au pied de la lettre. J'avais été une imbécile de me fier à lui.

Et désormais, il était trop tard.

22

Lucy

Dimanche soir, toujours plus tard

— Je ne sais pas comment j'ai pu te laisser m'embarquer là-dedans, marmonna Nicholas tandis que nous nous faufilions dans la galerie. C'est pas une bonne idée.

— C'est une idée géniale, insistai-je avec plus de certitude que je n'en éprouvais réellement.

La galerie était humide, froide et confinée, et en cas de combat, elle ne nous offrait guère d'avantages. Mais la seule alternative, c'étaient les bois, qui grouillaient d'agents Helios renégats.

Parfois, ma vie était vraiment bizarre.

Nicholas ne s'éloignait pas, le bras tendu derrière lui pour que sa main puisse agripper la mienne. Je tirai dessus, juste pour voir. Il tira à son tour.

— Je ne sens plus mes doigts, dis-je d'un ton plaintif.

Il relâcha sa pression, de façon infime. La lueur de la torche brilla dans ses yeux, s'y reflétant comme dans ceux d'un loup. Ce n'était pas seulement le Nicholas avec lequel je me disputais depuis que j'étais petite. Ce n'était pas même le Nicholas qui, la veille, m'avait embrassée sans discernement : c'était un Nicholas entièrement différent. Le chasseur était remonté à la surface.

Au lieu de regarder ses fesses, j'aurais sans doute dû m'inquiéter du fait que j'étais sur le point d'entrer à la cour des vampires. Mais regarder ses fesses dissipait quelque peu ma sensation d'hyperventilation.

— Respire, murmura Nicholas, dont la voix semblait à la fois tendue et réconfortante. Ton cœur n'est pas fait pour battre à cette vitesse.

J'essuyai ma main libre sur mon pantalon en espérant que celle qu'il tenait n'était pas aussi moite. Je m'étais changée, enfilant un des pantalons cargos de Solange. Je supposais que c'était là une tenue plus conforme à ce que porterait un agent secret que mes jupes en velours et mes foulards à perles.

Toute la jambe gauche était couverte d'argile. Étrangement, ce détail me donna envie de pleurer. Je faisais mon possible pour ne pas imaginer les centaines de choses horribles qui avaient pu arriver à ma meilleure amie. Il fallait qu'elle soit sauve.

Toute autre hypothèse était absolument inacceptable. Le pouce de Nicholas décrivit de petits cercles sur les articulations de mes doigts. Je retrouvai une respiration normale. Mes yeux cessèrent de me brûler. Nous pouvions y arriver. Il le fallait, c'était aussi simple que cela.

— Ça va mieux, murmurai-je.

— Je…

Il s'interrompit et me serra la main avec force. Mon cœur s'arrêta, puis se mit à battre la chamade. Je n'entendais rien hormis le sang qui affluait dans mes oreilles et un bruit de gouttes d'eau. Ce n'était pourtant pas faute de tendre l'oreille.

Il renifla. Tout mon corps se raidit ; même mes paupières semblaient tendues. Il leva trois doigts. Comme il ne disait rien, pas même un murmure, je présumai qu'il s'agissait de vampires.

Des pas se firent soudain entendre et ils étaient extraordinairement proches. Je saisis l'un de mes pieux en me demandant tout à coup si je serais capable de l'enfoncer dans la poitrine de quelqu'un. En théorie, cela ne posait aucun problème ; dans la réalité, en revanche, la tentative d'enfoncer un gros morceau d'aubépine à travers la chair, les os et le cœur ne paraissait pas aussi simple. Dans tous les cas, je n'avais pas le temps de tergiverser. Nicholas me poussa contre le mur humide. Il m'empoigna les cheveux et me tira la tête pour mettre mon cou à découvert. Il arracha le camée des Drake que j'avais oublié de retirer. Ses yeux croisèrent les miens et ses lèvres se retroussèrent lentement.

Ses canines étaient aiguisées, longues et luisantes comme des perles. Je n'étais pas aussi immunisée contre ses phéromones que je l'avais imaginé. J'étais hypnotisée et il se colla à moi encore davantage.

Et c'est alors que nous ne fûmes plus tout seuls.

Je voyais bien qu'il s'était aperçu de la présence subite des trois vampires dans la galerie, mais il ne se retourna pas, ne se figea pas et ne se trahit pas non plus. Il se contenta de passer sa bouche sur mon cou nu, à m'en donner des frissons. Mon arbalète était ramenée dans mon dos et pendait derrière moi.

— Hé !

L'un d'eux ricana.

Nicholas continua de leur tourner le dos : c'était risqué, mais pas autant que de révéler qu'il était l'un des frères Drake. Ses dents éraflèrent ma gorge. Je frissonnai à nouveau.

— J'suis occupé, leur dit-il. Trouvez-vous-en un.

— Pas le temps de boire un coup, répondirent-ils. On chasse les Drake. T'en as pas vu ?

Nicholas haussa une épaule.

— Ils sont à la ferme d'habitude. La deuxième porte, juste là, vous conduira dans les bois.

Et tout droit dans les bras avides et impatients des agents de Hope.

— Merci.

Il ne fit que grommeler tout en me mordillant l'oreille. Mes cheveux retombèrent sur son visage, dissimulant ses traits. Nous demeurâmes ainsi jusqu'à ce que lui-même ne puisse plus entendre l'éloignement des pas. Il s'écarta alors comme s'il s'agissait là de la chose la plus difficile qu'il eût jamais accomplie. Ses mâchoires étaient tellement serrées que les muscles tressautèrent dans ses joues.

— Il s'en est fallu de peu, lâcha-t-il.

J'opinai de la tête en essayant de retrouver mon souffle.

— Heureusement qu'ils étaient très pressés.

— C'est pas ce que je voulais dire, murmura-t-il.

— Oh !

Je ne bougeai pas d'où j'étais, même lorsqu'il s'appuya contre le mur opposé en passant brutalement la main dans ses cheveux.

— Ça va ?

— Qu'on en finisse, c'est tout, dit-il en grondant.

— Comment va-t-on retrouver tes parents ? demandai-je au moment où nous nous mettions à courir dans la galerie.

— S'ils ne sont pas déjà à la cour, ils devraient être dans les bois qui se trouvent juste devant. Par ici.

Il ouvrit une grille pratiquée dans le plafond et croisa les mains pour me faire la courte échelle. Je pris appui, il me propulsa et je retombai dans la terre, les jambes pendant dans le vide. Je me dégageai de l'ouverture. Il se propulsa à la verticale et retomba avec grâce en position accroupie. Il balaya les cheveux de son visage.

— Allons-y.

Le vent était chaud et soulevait les feuilles, mais il n'y avait aucun autre bruit. : ni cris de grillons ni lapins détalant pour se mettre à l'abri. Je regardai très attentivement où je mettais les pieds afin de ne pas trahir notre position en marchant sur des brindilles. La montagne se dressait au-dessus de nous, massive et remplie de secrets. Jadis, c'étaient les ours que je craignais dans un endroit aussi reculé, pas les reines vampires.

Nous courûmes pendant quelque temps. Puis je dus m'arrêter, à bout de souffle, et me reposer contre un orme. Les poumons me brûlaient et j'avais les cheveux trempés de sueur. J'appuyai une main sur ma poitrine.

— Juste une minute, dis-je en haletant. Juste une minute.

Nicholas regarda autour de lui, les narines dilatées.

— Rien, dit-il, les poings serrés. Je ne les sens nulle part… Tout ça, c'est Lady Natasha et ses foutus Araksaka.

Il donna un coup sur une branche basse.

— Il ne reste plus de temps à Solange.

— Je sais, dis-je doucement. Mais elle est plus solide que tu le penses.

— Pas pendant la transformation. Elle aura perdu connaissance.

— Même pendant, insistai-je avec entêtement. Tu ne la connais pas comme je la connais.

— Lucy.

Il semblait abattu.

— Écoute, il faut voir les choses en face…

— Non, l'interrompis-je d'un ton farouche. C'est toi qui vas m'écouter. On va la retrouver. On va la sauver. Point barre. D'accord ?

Je ravalai des larmes, la gorge serrée par une boule d'hystérie.

— D'accord ?

Il s'approcha, et je dus m'essuyer les yeux pour ne pas le voir flou.

— Chut.

Il me toucha la joue avec une délicatesse infinie.

— D'accord, Lucy. D'accord.

Je m'éloignai de l'arbre, même si j'avais les jambes en coton.

— Alors, on poursuit nos recherches.

Il me regarda pendant un long moment, puis acquiesça d'un signe de tête.

— Si ma mère compte attaquer la cour, elle le fera par l'entrée latérale. Personne ne l'emprunte plus. S'ils ne sont pas là, on leur laissera un message.

J'armai mon arbalète. Il fit la grimace.

— Fais gaffe avec ce truc.

— Ouais, ouais.

Nous grimpâmes à travers les broussailles en nous aidant des racines d'arbre. J'éparpillais des cailloux sous mes pas malgré toutes les précautions que je prenais en posant les pieds. L'entrée était bloquée par des rochers.

Ils n'étaient pas là.

Nicholas ne s'emporta pas cette fois. Il ne fit que s'accroupir et faire des marques sur le rocher à l'aide d'une pierre cassée. Aucune autre marque, en revanche, n'attendait qu'on la décrypte. Au bout du compte, ses parents n'étaient pas passés par là.

— Et si c'est ton père qui a élaboré le plan d'action ?

— Dans ce cas, il sera déjà à l'intérieur à discuter traités.

— Si ça se trouve, ils recherchent encore Solange. Ils l'ont peut-être même retrouvée et ramenée à la maison.

— Peut-être.

— Alors, on fait quoi maintenant ?

— Plan B.

Je le regardai, la nuque prise de picotements.

— Plan B ?

Il opina d'un air grave.

— La garde royale. Elle arrive de l'ouest.

— Merde.

Je fouillai pour trouver la paire de menottes

que nous avions trouvée dans la pièce où étaient rangées les armes. Nous avions pris soin d'ouvrir les maillons de la chaîne à laquelle elles étaient rattachées afin de pouvoir les défaire si nos plans tournaient mal, ce qui s'était déjà produit. Il tendit ses poignets et je les menottai.

Moi, au moins, je pouvais conserver toutes mes armes, bien qu'il m'ait obligée à cacher mon pieu rose et orné de faux diamants. J'accompagnai ma démarche d'un déhanchement. J'étais persuadée que tous les agents d'Helios-Ra apprenaient à rouler des mécaniques au même titre que l'aiguisage de leurs armes et l'art et la manière d'appliquer l'eau bénite.

— Pourquoi boites-tu comme ça ? demanda Nicholas.

— Je roule des mécaniques, l'informai-je.

— On dirait que tu portes une couche.

Charmant. Et j'avais le béguin pour ce mec.

Attendez.

J'avais le béguin pour ce mec ?

— Qu'est-ce qu'il y a ? demanda-t-il. Tu fais une drôle de tête.

— Rien, m'empressai-je de dire. Laisse tomber.

Une crise à la fois.

À propos de crise.

Deux Araksaka s'avancèrent vers nous, rapides comme des guêpes. Sur le côté gauche de leur visage était tatoué l'emblème de la maison de Lady Natasha : trois plumes détaillées de corbeau.

L'un d'eux était un gigantesque homme huilé sorti tout droit du plateau de *Conan le Barbare*. L'autre était une petite femme aux cheveux noirs dont le sourire était suffisamment féroce pour faire transpirer mes mains à nouveau.

— Qui es-tu ? demanda-t-elle.

— Je suis ici pour ramasser la récompense, annonçai-je d'une voix qui ne se brisa que très légèrement.

J'écartai les cheveux de mon visage d'une manière qui, je l'espérais, passe pour cool et nonchalante, et non pour un tic nerveux, ce qui était précisément le cas. La femme renifla, plissa les yeux.

— Humain.

— Va-t'en, petite, dit l'homme brusquement. Tu ne devrais pas venir ici.

La femme s'approcha d'un pas.

— Les humains ne ramassent pas les récompenses, grogna-t-elle. Helios.

Je bougeai légèrement l'arbalète tout en la maintenant à hauteur de sa poitrine. Le clair de lune fit briller le soleil cabossé qui pendait autour de mon cou.

— À vrai dire, je suis avec Hope.

Quelque chose passa sur leurs visages, mais je ne parvins pas à l'identifier. Elle nous invita à la suivre d'un brusque signe de tête. Je donnai un petit coup dans l'épaule de Nicholas avec mon arbalète.

— Avance, ordonnai-je.

Il marcha lentement devant moi et je tâchai de ne pas donner l'impression que j'étais suffisamment nerveuse pour laisser tomber mon arbalète et me tirer dans le pied. Ce qui était tout à fait envisageable.

On mit un temps fou à descendre jusqu'à l'entrée de la grotte. Deux gardes supplémentaires attendaient devant la porte. Ils ne prononcèrent pas un mot et nous regardèrent à peine.

Au milieu d'un tunnel humide, une femme aux longs cheveux bouclés apparut et plusieurs autres gardes arrivèrent derrière nous. Ils s'inclinèrent, quoique brièvement. Je supposai donc qu'elle n'était pas Lady Natasha. J'imaginais mal la reine des tribus vampires faire une moue aussi grincheuse. Mais, d'un autre côté, je n'avais jamais rencontré de rois, qu'ils soient vampires ou non.

— Est-ce là un des garçons Drake ?

Elle renifla une fois avec dédain.

— Relativement beau, je vous l'accorde, mais il me paraît bien peu digne de tout le foin qu'on en fait.

— Juliana, allez-vous-en, s'impatienta la garde.

Juliana fronça les sourcils.

— Tu devrais être plus polie. Je suis quand même la sœur de la reine.

— Partez, mademoiselle, rectifia la garde. Les ordres de Lady Natasha stipulent de vous maintenir en sécurité.

— Je ne crois guère que ces enfants présentent pour moi un danger, dit-elle avec mépris.

Mais elle finit par s'éloigner.

Les autres gardes poussaient derrière moi. Le silence s'étira comme la corde d'un arc qu'on est sur le point de relâcher. Je connaissais les règles : ne jamais montrer qu'on avait peur. Et je ne pouvais me permettre de rester là à attendre qu'ils se décident à m'arracher la gorge.

— Écoutez, est-ce qu'on va poireauter ici toute la nuit à se regarder dans le blanc des yeux ? Je veux ma récompense.

— Par ici.

À vrai dire, poireauter commençait à être une idée assez séduisante.

La caverne humide fit place à un couloir en pierre avec plafond voûté qu'illuminaient des lampes à pétrole installées dans des anfractuosités profondes. À mesure que nous nous enfoncions à l'intérieur des grottes labyrinthiques, le sol en terre fut remplacé par des dalles couvertes de tapis persans. Les Araksaka se dispersèrent : trois devant, trois derrière.

J'avais l'impression d'être au milieu d'un sandwich de vampires particulièrement tendus.

Des ombres se mélangèrent dans les ouvertures sombres pour nous regarder passer. Des yeux et des dents émettaient des lueurs menaçantes.

Lorsque nous atteignîmes la grotte centrale, qui était d'une hauteur surprenante et pourvue de stalactites en pierres précieuses, une foule de vampires aux yeux pâles nous attendait.

Le quartz brillait dans les murs entre des tapisseries brodées à la main qui retraçaient plusieurs événements de l'histoire et des traditions vampiriques. Il y avait profusion de fils rouges. Le mobilier était un mélange éclectique d'antiquités transmises à travers les siècles. C'était surtout du vieux bois, que le temps avait recouvert d'une patine lisse, et qu'accentuaient çà et là des meubles modernes.

Je faisais tout mon possible pour ne pas prêter attention aux sifflements. Même le fait d'avoir grandi auprès des Drake n'était pas suffisant pour m'immuniser contre un si grand nombre de vampires.

L'air était tellement chargé de phéromones que je sentis en moi monter l'adrénaline. Au point d'être un peu ivre.

Plus d'un vampire se lécha les babines en me regardant comme si j'étais une mousse au chocolat. J'arborai mon arbalète d'un air menaçant. Les vampires se reculèrent, mais à peine.

Il y avait des miroirs partout. Il y en avait d'immenses dans des cadres dorés, des hautes psychés et des débris de verre collés sur le mur.

Et au milieu de la caverne se dressait un trône en aubépine, le bois dont on tirait les meilleurs pieux, sur lequel étaient sculptées des dizaines de corneilles pâles. Chaque plume était détaillée avec minutie et leurs yeux en obsidienne brillaient sous la lumière des torches.

Sur le trône, un léger sourire aux lèvres, était assise Lady Natasha.

Naturellement, elle était magnifique et spectaculaire avec ses longs et raides cheveux blonds. Sa frange formait une ligne droite au-dessus de sourcils arqués et d'yeux bleu pâle tellement clairs qu'ils semblaient presque translucides. Elle était mince et blanche comme un jeune bouleau.

— Et qu'est-ce qu'on a là ? murmura-t-elle, voluptueuse comme une longue nuit d'été.

Sa voix trahissait une tension extrême.

— Hansel et Gretel, égarés dans les bois ?

Un doux rire nous recouvrit telles des couvertures en fourrure. Je collai mes genoux l'un contre l'autre afin qu'ils ne tremblent pas.

— Je suis venue pour la récompense, annonçai-je. J'ai capturé un Drake.

— Vraiment ?

L'un de ses gardes lui tendit une coupe en verre remplie de sang. Elle prit une délicate gorgée et se tamponna les lèvres avec un carré de dentelle.

— Et tu es ?

— Je suis avec Hope.

— Je vois.

Elle inclina la tête.

— Rictus arrogant, pommettes charmantes. Oui, c'est bien là une des semences de Liam.

— Va te faire foutre ! vociféra Nicholas.

— Et la semence d'Helena également, c'est clair. Des manières abominables.

— La récompense ? demandai-je, le cerveau en pleine effervescence.

Il fallait que nous quittions ce hall principal où pullulaient les vampires, mais je ne savais pas comment nous sortir de là.

Et puis les choses allèrent de mal en pis.

Ô combien.

Kieran Black s'avança vers nous d'un pas majestueux, suivi par des gardes. Son visage était tout en angles, son sourire, féroce et insolent. Dans ses mains, il tenait une boîte en bois incrustée de perles. Avant que nous puissions bouger ou parler, il ouvrit le couvercle.

À l'intérieur, du sang dégoulinait d'un cœur à travers les charnières en fer.

— Votre Majesté, annonça-t-il. Le cœur de Solange Drake.

23

Lucy

Tout s'arrêta.

Je ne parvenais pas à détourner les yeux du morceau rouge et saignant qui se trouvait dans la délicate boîte. Le sang, en dégoulinant, faisait rosir les perles. La nausée me remuait l'estomac. J'étais incapable de former une idée cohérente, incapable de bouger ; c'est à peine si je pouvais respirer.

Pas Solange. Pas Solange.

Kieran se tenait debout comme tout bon soldat, regardant droit devant lui tandis que le sang dégoulinait à ses pieds. Il avait le visage terreux et fatigué, les manches relevées pour montrer son tatouage d'Helios-Ra. Je n'avais jamais haï quelqu'un physiquement comme je le haïssais à cet instant.

— Non, finis-je par lâcher. C'est impossible.

— Tous ces cadeaux, murmura Lady Natasha en se levant avec grâce.

Et puis ce fut le chaos.

— Ma petite sœur ! hurla Nicholas en bondissant dans les airs, les crocs sortis, et en brisant ses menottes d'un coup sec.

Les yeux semblables à des pièces d'argent, il s'apprêtait à sauter à la gorge de Kieran. Lady Natasha haussa un sourcil et cela fit le même effet que si elle avait lancé un cri de bataille.

Les Araksaka nous cernèrent de toutes parts et si rapidement que les plumes de leurs tatouages semblaient voltiger.

— Nicholas, derrière toi !

Cet avertissement ne suffit en aucune façon à l'aider, mais ce fut suffisant pour nous trahir complètement. Il y avait peu de risque que je fasse partie de l'unité de Hope si j'essayais de sauver le Drake que je retenais captif. Et j'essayai vraiment. J'allais tirer un de mes pieux de son fourreau, mais on aurait dit que je me déplaçais au ralenti et que tous les autres étaient en avance rapide, à l'image de ces documentaires sur la nature où une orchidée fleurit et se fane en trois secondes.

Si ce n'est que nous étions coincés dans un jardin de vampires qui fleurissaient comme la belladone et avaient soif de notre sang.

Nicholas n'atterrit pas comme il l'avait prévu, car il fut dévié par la bottine d'un Araksaka qui l'atteignit en pleine poitrine. Kieran fit un roulé-boulé et réapparut plusieurs mètres plus loin. Le cœur saignant roula sur le sol. Je fus prise d'un haut-le-cœur quand il finit sa course près de mon pied gauche. Je tremblais et la bile remontée dans ma gorge m'étouffait. Je n'étais absolument pas de taille à lutter contre les gardes qui s'emparèrent de moi.

— Lâchez-la.

Nicholas se débattit pendant qu'on le remettait debout, le sang coulant lentement de son nez. Kieran refusait de me regarder. Lady Natasha esquissa un rapide geste de la main.

— Tout ce mélodrame, dit-elle comme si nous étions un dîner-spectacle qui l'ennuyait.

Si ça se trouve, nous étions le dîner-spectacle.

Et le dîner, d'ailleurs.

— Je n'ai pas de temps à perdre avec ces enfantillages, dit-elle. Il reste encore des préparatifs à faire pour le bal de demain soir.

Elle tapota un tabouret placé à côté de son trône.

— Viens t'asseoir près de moi, mon garçon.

Montrant des dents pareilles à des coquillages polis, elle sourit à Kieran.

— Nous avons beaucoup de choses à célébrer. La guerre civile a été évitée en partie grâce à toi.

— Je ne veux que l'argent.

Je crachai dans sa direction. Je ne pus m'en empêcher. J'étais immobilisée entre deux Araksaka et c'était la seule chose que je pouvais faire.

Pour le moment.

Car, bagage karmique ou non, si je m'en sortais vivante, je n'allais pas lui casser que le nez.

Lady Natasha fit entendre un reniflement de dégoût.

— Barbare.

Elle agita la main.

— Emmenez-les, voulez-vous ? Ils commencent à me fatiguer.

On nous traîna, Nicholas et moi, hors du hall. J'étais plus petite que mes ravisseurs, et mes pieds pendaient légèrement au-dessus du sol. L'escalier était étroit et humide, grossièrement façonné dans la pierre, et conduisait vers davantage d'humidité et d'obscurité. L'un des gardiens me poussa : je trébuchai sur les dernières marches pour un atterrissage sur la hanche et sans douceur. J'entendais Nicholas se débattre et jurer.

— Lucy ! Lucy, ça va ?

— Ça va, réussis-je à dire une fois que j'eus retrouvé mon souffle. Aïe !

On me remit debout et sans ménagement. Les marches nous avaient conduits aux cachots. De véritables cachots, creusés dans la pierre et pourvus de grilles en fer ainsi que du couinement des rats.

— Ça craint vraiment, marmonnai-je, la peur, comme d'habitude, me rendant bavarde. Vous pensez pas sérieusement que vous allez nous garder ici ? On a des amis, vous savez, des amis en colère. Et vous servez une parano et une égoïste de… *eurk* !

Ma tirade fut brusquement interrompue par une main sur ma gorge. Je ne pouvais même pas déglutir, ni respirer. Je pouvais seulement sentir que mon visage virait au violet. Je tentai d'émettre un son et griffai les doigts inflexibles. Le regard que je croisai était froid et inexpressif. C'est alors que je fus projetée en arrière dans une cellule ; je percutai le mur avec assez de force pour voir trente-six chandelles. Je retombai, haletante. Nicholas fut poussé dans la seule autre cellule, en face de la mienne.

— Ma famille va venir, promit-il d'un air sombre.

— Comme convenu, dit le garde. Le clan des Drake assistera au couronnement de Lady Natasha, sans qu'il y ait qui que ce soit pour usurper sa couronne.

— Solange ne voulait même pas de votre stupide couronne, grommelai-je, la gorge endolorie. Ni de votre trône.

— Elle présentait une menace ; plus maintenant.

J'ouvris la bouche pour hurler. J'étais en colère, endeuillée et j'avais peur, et toutes ces choses faisaient que j'avais beaucoup plus de mal à me maîtriser que de coutume. D'un regard, Nicholas me mit en garde. Il avait raison. Je pouvais jurer et pester autant que je voulais, cela ne changerait rien. Sans compter que j'avais déjà mal partout et qu'il y avait moins d'une demi-heure qu'on se trouvait en cet endroit.

Je n'étais pas tout à fait une force avec laquelle il faudrait compter. Je m'affalai contre le mur et attendis, pour verser des larmes, que la garde royale soit partie et que nous soyons seuls avec les courants d'air et la moisissure. Les sanglots finirent par me dévorer et je fus incapable de les arrêter. Ils étaient bruyants et sans grâce. Rien à voir avec les larmes des actrices de cinéma, qui semblent toujours tellement délicates et fragiles. Les miennes me brûlaient et me piquaient sans m'apporter le moindre réconfort.

J'avais connu Solange toute ma vie. Il m'arrivait de la connaître mieux que je ne me connaissais moi-même. Elle était solitaire, intelligente et élégante même quand elle soutenait le contraire. Elle était unique. Et pas seulement parce qu'elle était la seule fille née de vampires. Elle était loyale et avait toujours été présente quand j'avais besoin d'elle, quoi qu'il arrive.

C'est elle qui m'avait consolée lors de mes innombrables toquades pour des mecs qui n'en valaient pas la peine. C'est encore elle qui me donnait des glaces en cachette lorsque mes parents découvrirent les desserts au tofu et qu'ils ne voulurent rien acheter d'autre. Elle était silencieuse, forte et artiste.

Il était impensable qu'elle fût morte.

De nouvelles larmes me remplirent la gorge. C'était injuste. Ce n'était pas ainsi que les choses auraient dû se passer. Nous aurions dû être chez elle où elle goûterait du sang pour la première fois, à minuit, et se réveillerait âgée de seize ans et morte… ou née à nouveau, en théorie, ou je ne sais quoi. Mais pas ça. Jamais ça.

— Lucy.

Nicolas était appuyé contre les barreaux en fer. J'ignorais depuis combien de temps il prononçait mon nom. J'étais recroquevillée, les yeux gonflés. Je m'essuyai le nez sur ma manche.

— Désolée, dis-je en clignant des yeux pour chasser mes dernières larmes.

Il m'en restait sous les paupières, dans la gorge, mais je dus les réprimer. Cela ne me ressemblait pas d'abandonner, quand bien même j'en aurais désespérément envie. Je ne parvenais pas à sourire, mais au moins je pouvais me redresser. Nicholas paraissait inquiet et anéanti.

— Qu'est-ce qu'on va faire ? demandai-je.

Ses poings se resserrèrent sur les barreaux.

— On va sortir d'ici, d'une manière ou d'une autre. Ils vont nous emmener en haut pour le bal. Lady Natasha veut triompher et montrer aux clans des vampires qu'elle a vaincu les Drake. C'est de l'esbroufe.

— Je la déteste vraiment.

— Je sais.

— Non, je veux dire, vraiment, vraiment.

— Moi aussi.

— Et Kieran, ce rat. (Ma voix se coinça.) Je vais lui recasser le nez. Et tout le reste.

— Je t'aiderai.

— Si on survit, ma mère va m'obliger à passer

des week-ends à l'ashram pendant les dix années qui suivent pour me laver de toute cette violence.

— Quand on aura survécu, rectifia-t-il.

Il était pâle, presque brumeux sous la lumière vacillante de la torche fixée sur le mur qui se trouvait entre nous. La fumée restait en suspens près du plafond bas et noircissait les pierres.

— Le jour ne va pas tarder à se lever, indiqua-t-il avec frustration.

On aurait dit qu'il avait des bleus aux yeux, même de loin.

— Je ne vais pas pouvoir rester éveillé beaucoup plus longtemps.

Il s'assit par terre et appuya la tête contre le mur.

— Je suis désolé de ne pas avoir été capable de te protéger.

— Même chose de mon côté.

Il esquissa un demi-sourire.

— Évite de trop te vanter pendant que je dors.

— Je ne peux rien te promettre.

— Ma famille va venir, répéta-t-il.

Je songeai au visage grave de Liam et à l'épée scintillante d'Helena.

— J'ai hâte.

24

Solange

Je restai allongée là longtemps. Cela faisait peut-être des heures, des jours ou des mois ; j'avais perdu le fil. Il n'y avait que ma respiration qui devenait plus longue, plus profonde et plus lente. J'avais l'impression d'être un pissenlit changé en graine blanche et pelucheuse qui s'envolait sur le vœu d'un enfant irritable. J'espérais que ma famille était en sécurité, blottie dans la vieille ferme.

Ses murs de travers et ses parquets craquants me manqueraient.

Comme aussi ma petite cabane à poterie avec sa vue sur les champs, les bois et les montagnes situées derrière. Ou encore les constantes mises en garde de Nicholas, la manie qu'avait Lucy de se disputer avec tout le monde à tout propos, l'assurance tranquille de Kieran.

Au début, je crus que le faible bruit était le fruit de mon imagination. Mais les voix étaient réelles, leur écho parvenant jusqu'à mon lit. Je tentai de bouger, d'ouvrir les yeux, mais rien ne se produisit.

— C'est elle, dit quelqu'un.

La voix était rude.

— Je la sens.

— Oui, comme du vin de sang qui attend d'être siroté.

Les pas s'approchèrent. Je réussis non sans peine à ouvrir un œil. Pas suffisamment pour que quiconque s'en aperçoive, mais juste assez pour que je distingue, sous la faible lumière et à travers la frange de mes cils, deux hommes et une femme.

Tous avaient les trois plumes de corbeau de la maison royale tatouées sur le visage.

Les Araksaka.

Je redoublai de vigueur pour tenter de bouger, de crier, de donner des coups de pied. Mais c'était presque comme si je n'étais pas dans mon corps : il ne prêtait pas la moindre attention à mes commandements frénétiques.

— Pas encore tout à fait inconsciente, hein, mon ange ?

J'essayai de me débattre, mais je ne fis que pendouiller mollement sur ses bras lorsqu'il me souleva. Il avait la bouche très près de mon cou.

Je fus prise de violents tressaillements.

— Juste une petite goutte.

— Michel, non.

Quelqu'un me saisit comme on arracherait la pomme d'un arbre.

— Lady Natasha aurait ta tête, dit-il. Mais surtout, elle aurait la mienne aussi.

— Mais elle dégage une odeur si délicieuse.

— Mets ton foutu pince-nez ; tu sais que ce sont les phéromones de la transformation.

— Rabat-joie.

— Quand aurez-vous fini de vous courtiser, tous les deux ? dit brusquement la femme tandis qu'elle grimpait, les yeux baissés, le long de la corde qui permettait de regagner la surface, dans la forêt. On n'a pas beaucoup de temps.

Mon ravisseur me mit sur son épaule et grimpa à la corde avec la rapidité d'un colibri. Dans les bois, la lumière était légèrement grise, le ciel, pareil à une perle noire. Je sentais l'approche de l'aube comme je ne l'avais jamais vraiment sentie par le passé. On aurait dit que j'avais un poids sur la poitrine, que j'étais enveloppée de chaînes et lâchée dans l'océan.

Les gardes la ressentirent aussi fortement que moi. Je le voyais bien à la manière dont ils baissèrent la tête et coururent comme jamais je n'avais vu courir un vampire. Les arbres se brouillèrent à n'être plus que des ombres, et les feuilles nous fouettèrent légèrement dans notre course. Derrière nous, dans la vallée, des coyotes jappaient de façon hystérique. La montagne se rapprochait de plus en plus, bouchant l'horizon chatoyant. La femme pesta. Ils coururent de plus belle. J'espérais qu'ils se changeraient en cendres, même si cela impliquait que je subisse un sort identique.

C'est alors qu'apparurent les grottes et ils bondirent à l'intérieur comme si leurs pieds avaient pris feu. Le soleil darda sa première pointe qui tomba entre les branches et frappa le sol. Elle fit briller l'humus sous nos pieds, les fougères recroquevillées et l'écorce blanche des bouleaux qui s'exfoliait en lamelles.

La femme pesta de nouveau.

— Putain, c'était limite.

Ce serait mon dernier instant de soleil. Pour toujours. La peau me démangeait partout. J'étais certaine que, si j'avais été coincée dans la forêt, j'aurais été cloquée aussi sévèrement que n'importe quel vampire.

On m'emmena dans un tunnel étroit, puis dans un hall circulaire dont le sol était jonché de tapis et les murs, couverts de tapisseries. Des torches brûlaient et des bougies étaient disséminées dans tous les coins, comme des étoiles par une claire nuit d'hiver. Des corbeaux croassaient du sol au plafond dans des cages en fer, les yeux brillants comme des perles de jais. Les quelques vampires présents cessèrent ce qu'ils étaient en train de faire et nous suivirent, telle la traîne d'une robe de mariée, jusqu'à un trône blanc. Lady Natasha était debout, le visage si pâle qu'il aurait pu être sculpté dans de la pierre de lune. Même ses cheveux, blancs comme des orchidées, semblaient figés. J'aurais pu savourer ce court instant de victoire si derrière elle je n'avais vu Kieran dont la pâleur n'avait rien à lui envier. Que faisait-il encore ici ? Notre plan s'écroulait autour de nous et il n'y avait strictement rien que je puisse faire pour y remédier.

— Est-ce là Solange Drake ?

La voix de Natasha était d'une froideur à fendre l'acier. Je ne parvenais pas tout à fait à identifier son accent. Cela rappelait vaguement le français et le russe.

Le garde qui me portait mit un genou à terre.

— Oui, ma lady. Nous l'avons trouvée dans les bois.

— Vraiment ?

Elle tourna imperceptiblement la tête vers Kieran. Il me regardait, le visage trahissant tant d'émotions que je n'eus pas le temps de toutes les décrypter.

Au bout du compte, notre plan n'avait pas fonctionné.

Natasha indiqua d'un geste une assiette en argent où était posé un cœur rôti qui baignait dans une mare de sang. À proximité se trouvait la boîte en bois incrustée de perles que Kieran avait prise dans le coffre avant de me quitter pour aller chasser.

— Et puis-je savoir, je te prie, quel est le mets délicat que je m'apprêtais à consommer ?

Kieran ne répondit pas et ne me quitta pas des yeux au moment où je tombai sur le tapis après qu'on m'eut relâchée.

— Je t'ai posé une question, toi.

Il suffit d'un revers de main, et Kieran alla s'écraser sur la table, renversant un vase de roses, un bol en cristal et l'assiette en argent. Le cœur toucha le côté du trône et glissa lentement en laissant une sirupeuse traînée de sang.

En temps normal, j'aurais été prise d'un haut-le-cœur, mais, avec la transformation, même ma gorge était trop fatiguée pour réagir. Kieran toussa et se frotta la poitrine tout en se relevant pour s'asseoir.

— C'est un cœur de cerf, répondit-il d'une voix neutre.

— Comme c'est intelligent, ronronna-t-elle.

À ce son, l'un des gardes royaux grimaça. Elle regarda en haussant un sourcil celui qui était toujours à genoux.

— Apparemment, nous avons du pain sur la planche. Le bal aura lieu comme prévu et nous installerons la fille Drake sur l'estrade afin que tout le monde puisse la voir mourir, ainsi que tous ceux qui présentent une menace pour notre unité.

— Non.

Kieran se releva d'un bond.

Elle lui sourit.

— Et tu seras aux premières loges, après quoi j'arracherai ton cœur de ta petite cage thoracique et je le mangerai. Étant donné qu'on m'a privée de mon festin.

— Solange ne veut pas de votre trône ni de Montmartre, insista Kieran.

Il s'accroupit pour se mettre dos à une tapisserie qui représentait une jeune fille buvant le sang d'une licorne blanche lorsque deux gardes commencèrent à s'approcher de lui.

— Elle s'en fout d'être la reine des vampires.

— Ne dis pas n'importe quoi.

Lady Natasha marqua une pause et se tourna vers la porte. Elle soupira.

— Quoi, maintenant ? Je ne me souviens pas de t'avoir invitée ?

— Il y a eu un changement de plan.

Hope pénétra lentement dans la salle, suivie de deux gardes. Elle fronça les sourcils.

— Kieran ? Qu'est-ce que tu fous ici ?

Natasha leva le menton.

— Kieran ? répéta-t-elle sur un ton glacial. Comme le fils du frère de Hart ? Lorsque tu l'as tué, tu avais dit que tu avais la situation en main.

Kieran se figea. On aurait dit que la fureur allait l'étrangler.

— Quoi ?

Il se tourna lentement vers Hope.

— Qu'est-ce qu'elle vient de dire ?

— J'ai la situation en main, mais je ne m'attendais guère à ce que vous invitiez un agent Helios à votre cour.

— Il m’a apporté un cœur.

Lady Natasha me montra d’un signe de tête. J’étais toujours étalée sur le tapis.

— Pas le sien, visiblement.

— En tout cas, les Drake me reviennent maintenant, dit Hope d’un ton brusque.

— Toi, maugréa Kieran, les poings serrés.

Hope ne parut pas se soucier particulièrement de la haine qu’il déversait.

— Je fais ce qu’il faut pour les Helios-Ra et je te garantis que jamais ton père ou ton oncle n’aurait pu en accomplir autant. Lady Natasha comprend ça. Nous veillons sur les nôtres.

Kieran ne prit pas la peine de débattre ; il s’élança sur elle. Naturellement, il n’arriva pas à un mètre d’elle, pas avec les hommes qui l’accompagnaient et les Araksaka. Il n’avait pas une chance. Je doute que cela l’ait beaucoup préoccupé.

— Franchement, les enfants, de nos jours.

Natasha agita la main, une expression d’ennui sur le visage.

— Emmenez-les.

25

Lucy

Lundi matin

J'avais dû m'assoupir, même si cette idée paraissait impossible. Le son d'une clé dans la serrure me réveilla. J'étais debout avant même d'avoir ouvert entièrement les yeux. Il s'agissait du figurant de *Conan le Barbare* qui, la veille, nous avait conduits dans le hall.

Ses muscles étaient plus gros encore de près, mais il semblait un peu hagard. J'ignorais combien de temps j'avais dormi ; en tout cas, Nicholas était évanoui dans sa cellule.

Il ne remua même pas en entendant la grille s'ouvrir sur ses charnières rouillées. J'aurais pu essayer de me faufiler sur le côté, mais le garde était suffisamment imposant pour occuper tout l'espace. De toute façon, où aurais-je pu aller ?

Dans l'escalier pour remonter vers le hall principal ?

Il posa un pichet d'eau par terre.

— Tu devrais te laver.

Je fronçai les sourcils.

— Quoi ? Pourquoi ?

Curieusement, sa voix me disait quelque chose, mais j'étais persuadée que je me serais souvenue de lui si je l'avais déjà vu.

— On l'exige.

— Eh ! bah… tu peux prendre ton…

— Reste baissée, conseilla-t-il doucement. Et tais-toi.

Était-il réellement en train de m'aider ? La pomme qu'il me jeta faillit m'atteindre au visage. Je l'attrapai surtout par réflexe. C'est alors que je compris pourquoi j'avais reconnu sa voix. C'est le vampire qui était venu à la fenêtre de la ferme pour offrir son allégeance.

Il se redressa en entendant des pas dans l'escalier. Son regard se durcit et se vida de son expression. Deux femmes s'avancèrent derrière lui. Elles ne portaient pas le tatouage des Araksaka, mais elles n'étaient pas non plus tout à fait amicales.

Elles apportèrent un panier et une robe magnifique, tout en brocart et en velours brodé avec une encolure carrée, une crinoline et jupons en dentelle. Elle était bordeaux avec des perles en cristal bleu pâle et des accents sur le corsage et sur le bord.

Le cintre fut suspendu à un crochet réservé normalement à des chaînes en fer et autres méthodes de torture.

Désormais, j'étais vraiment troublée.

Le fait que le panier contienne une brosse au dos argenté, un miroir à main, un savon à la lavande et des échantillons de parfum ne me permit en rien d'y voir plus clair.

— Euh… c'est quoi, tous ces trucs ?

La femme m'observa d'un œil critique.

— Ça devrait t'aller. Les chaussures m'ont l'air trop petites ; tu vas devoir y aller pieds nus.

— Je suis censée porter ce costume ?

À un tout autre moment, je me serais réjouie de me pavaner dans une vieille robe couverte d'ornements.

— Tu ne peux quand même pas assister à un bal dans ces haillons, si ?

Elle ricana en regardant mon pantalon.

— Ce serait insultant pour notre reine.

Je n'en revenais pas. J'appuyai même une main contre ma tempe.

— Attendez, c'est un vrai bal ? Avec valses, petits fours et souliers de verre ?

Mon tout premier bal, et c'était en l'honneur d'une meurtrière givrée ; sans compter que je finirais probablement assassinée par un vampire. Et il fallait que je me mette sur mon trente et un pour le plaisir ?

— Ne salis pas la robe, dit l'une d'elles.

— Pourquoi ?

— Lady Natasha serait… mécontente.

— C'est complètement surréaliste, marmonnai-je lorsqu'elles m'eurent laissée seule avec ma propre robe de bal.

Il y avait une fermeture éclair sur le côté, donc au moins je n'étais pas tenue de me contorsionner comme cela aurait été nécessaire si j'avais dû attacher des lacets. Hyacinth avait toujours dit que, si les dames riches avaient des servantes, c'était parce que leurs habits étaient difficiles à mettre.

La robe était magnifique, ornée à la main, chaque menu détail réalisé à la perfection. Et je ne voulais pas la porter. En aucune façon. Je me reculai comme si elle baignait dans du poison.

Au lieu d'utiliser l'eau du pichet pour me laver, je la bus jusqu'à la dernière goutte. J'avais tellement soif et tellement faim que la pomme que je mangeai me donna des crampes d'estomac.

J'arpentai ma cellule pendant quelque temps, car je ne voyais pas du tout ce que je pouvais faire d'autre. C'était la dernière situation dans laquelle je me serais imaginée. J'étais complètement perdue.

— Nicholas, appelai-je.

Il était étendu sur le dos, aussi immobile qu'une pierre.

— Nicholas, répétai-je.

Rien. Pas un seul battement de cils. J'abandonnai et recommençai à faire les cent pas. Après une heure de cette activité, j'eus mal aux mollets et la tête me tournait.

J'utilisai le pot de chambre pendant que je savais Nicholas encore endormi.

Puis je décidai d'enfiler la robe quand je pris conscience que, si les gardes descendaient et me trouvaient encore vêtue du pantalon cargo de Solange, il y avait des chances qu'elles me déshabillent elles-mêmes. Je commençai par un jupon blanc en coton.

Puis ce fut le tour de la crinoline – qui consistait, grosso modo, en deux paniers accrochés à une large ceinture en cuir – que je passai autour de ma taille. Son côté volumineux faisait une drôle d'impression. J'enfilai enfin la robe qui était plus lourde qu'elle en avait l'air.

L'étoffe était raide et suffisamment serrée pour que je n'aie d'autre choix que de me tenir droite. Il y avait aussi un ras-du-cou bleu en velours. Si seulement j'avais encore le camée de la famille Drake ; je l'accrocherais exprès.

Et peut-être qu'il me donnerait du courage.

Car je donnais le change, mais la vérité, c'est que je tenais à peine sur mes genoux et que j'avais envie de vomir. La panique était furtive et me poursuivait à pas de loups sans tout à fait s'approcher, mais sans jamais s'éloigner non plus.

Alors quand Conan revint, j'eus réellement l'impression que j'étais en proie à une hallucination.

Kieran fut jeté dans la cellule de Nicholas, le visage en sang et contusionné, le bras gauche collé contre sa poitrine comme s'il était cassé. Mais ce qui attira mon attention, surtout, c'est le corps que Conan portait dans ses bras et qu'il posa doucement sur le grabat placé à côté de moi.

Solange.

26

Lucy

M'accroupir à côté de Solange présenta des difficultés surprenantes, et pas uniquement à cause de cette robe ridicule. Sa tête retombait sur le côté comme si même son cou était trop fatigué pour la maintenir droite. Je n'aurais pas su dire si elle respirait et mes mains tremblèrent lorsque je me penchai plus près. Je n'avais vraiment pas envie de découvrir un trou béant dans la poitrine de ma meilleure amie. Car alors, je ne me contenterais pas de salir la robe de Lady Natasha, je vomirais sur toute sa longueur.

— Ce n'était pas son cœur à elle, dit Kieran depuis sa cellule. C'était un cœur de cerf.

— La ferme, rétorquai-je. Je ne sais pas encore si je suis en train de te parler.

Je touchai l'épaule de Solange. Elle était froide et couverte de boue.

— Solange ?

— C'est la transformation.

— J'ai dit : « La ferme ! » lançai-je par-dessus mon épaule. Je sais ce que c'est, c'est ma meilleure amie, non ?

Je fronçai les sourcils.

— Et t'as une sale tête.

— J'ai le bras cassé, dit-il.

Il était gris, creusé.

— Hope a tué mon père.

— Je te l'avais dit que c'étaient pas les Drake.

Je fronçai le nez. J'entendais la voix de mon père dans ma tête, radotant au sujet de la compassion.

— Et je suis désolée. Ce qui n'empêche pas que j'aie toujours envie de te tordre le cou.

— Il fallait que je sois crédible, même si ça n'a pas servi à grand-chose. Hope est là-haut. Elle m'a trahi.

— Tu veux que je lui casse le nez ?

— Ah ! ça, oui, putain.

— Je l'ajouterai à ma liste.

— Qu'est-ce que vous faites là, d'ailleurs, Nicholas et toi ?

— Hope, lui dis-je. Elle s'est échappée et a envoyé son unité prendre le contrôle de la ferme. Nicholas et moi, on a réussi à sortir. On espérait dire à ses parents d'arrêter leurs recherches, mais on n'est pas parvenus à les retrouver. Et ils sont toujours en train de chercher Solange.

— Je suis sûr qu'ils sont ici ou, en tout cas, suffisamment près. Ils n'ont pas l'air de gens à rester à l'écart de l'action pendant très longtemps.

— C'est vrai, dis-je, rassérénée.

Je me tournai vers Solange.

— Dieu merci, elle est en vie. Lorsqu'elle se réveillera, je vais la tuer.

Je lui brossai les cheveux en arrière.

— Si tu m'entends, Sol, t'as intérêt à t'en tirer. Je sais que tu peux y arriver. Tes faiblards de frères y sont parvenus, alors toi aussi.

Je la recouvris avec le pull que j'avais enlevé.

— Qu'est-ce qu'elle foutait, de toute façon ? demandai-je à Kieran.

— Elle s'enfuyait.

— J'y crois pas.

— On a trouvé Hyacinth.

Mon cœur s'arrêta.

— Est-ce qu'elle est… ?

— Elle devrait survivre s'ils la ramènent suffisamment vite à la maison.

— En supposant, bien sûr, qu'il reste une maison. Hope l'a dans sa ligne de mire.

Il remua et jura après s'être cogné le bras. Je lui lançai ma ceinture étant donné que je n'étais pas sûre qu'il réussisse à prendre la sienne. Nicholas était toujours étendu, inerte, dans le coin.

— Tiens, immobilise ton bras.

— Merci.

La sueur perlait sur son front pendant qu'il

s'employait à enrouler la ceinture autour de son bras. Il avait l'air de savoir ce qu'il faisait.

— La médecine des champs de bataille, ça te connaît, hein ?

— T'as rencontré les Drake.

— Pas faux.

Je le regardai se démener et soupirai avec irritation.

— Tout compte fait, je suppose que je ne te déteste pas.

— J'ai essayé de la sauver.

Il serra la ceinture avec ses dents. La douleur creusa des lignes autour de sa bouche.

— Elle était censée être en sécurité sous terre.

— C'est un tel merdier, marmonnai-je.

— C'est pire que tu crois.

— Bien sûr que ça l'est, dis-je en me frottant le visage. J'ai peur de demander. Vraiment.

Ma panique, du moins, semblait s'être désensibilisée toute seule.

— Lady Natasha veut regarder mourir Solange en guise de distraction pour son foutu bal.

Je grinçai des dents.

— Oh ! ça, ça m'étonnerait.

Je cherchai la fiole contenant le sang de Véronique que Solange, avait dit Logan, portait autour de son cou. Je fronçai les sourcils et soulevai la tête de mon amie pour voir si l'objet n'était pas tombé derrière elle.

— Où est la fiole ? Kieran, elle est où ?

— Elle s'en est servie pour sauver Hyacinth.

— Quoi ?

Je laissai retomber la tête de Solange et sans trop de ménagement.

— C'est la seule chose qui aurait pu la sauver.

Je frappai le sol de la main.

— Tu sais ce que ça veut dire ? demandai-je d'un air grave.

— Quoi ?

— Que Lady Natasha pourrait bien voir son vœu se réaliser.

***

Lundi soir

Lorsque Nicholas finit par se réveiller, ce n'était pas beau à voir. Il passa de l'état d'inconscient à celui d'hypervigilant avec une telle rapidité que je ratai la transition.

— Espèce d'enfoiré !

Ses yeux brillèrent quand il fondit sur Kieran.

— T'as tué ma sœur !

— Attends…

Kieran hurla lorsque l'autre saisit son bras cassé. Il donna des coups de pied en cherchant à atteindre les genoux de Nicholas. Il y eut un grognement, de nouveaux bruits de poings et de pieds frappant la chair.

— Nicholas ! criai-je à travers les barreaux. Nicholas, arrête.

— Il a tué Solange !

— Non, il ne l'a pas tuée.

Kieran était suspendu au-dessus du sol, le visage virant au violet.

— Repose-le.

— Il doit payer.

— Nicholas Drake.

Il ne lâcha pas prise, mais finit quand même par tourner la tête vers moi. Je pointai le doigt dans la direction de Solange, allongée sur le grabat. Kieran fut lâché si rapidement qu'il trébucha.

— Solange ? Solange !

— Elle n'a pas bougé depuis qu'ils l'ont amenée ici.

Il finit par sourire, comme le Nicholas dont je me souvenais lorsqu'il avait eu son premier vélo lors d'un réveillon de Noël.

— Elle n'est pas morte !

Il fronça les sourcils.

— Pourquoi tu fais cette tête ?

— Elle a donné sa fiole.

— Elle a donné sa… Oh ! putain.

J'appuyai mon front contre les barreaux froids.

— C'est vraiment une journée de merde.

J'essayai de sourire.

— Mais la bonne nouvelle, c'est que je vais avoir l'occasion de te voir te pavaner en collants.

Il ne bougea qu'un sourcil, mais cela suffit.

— Je te demande pardon ?

Je lui montrai du doigt la pile de vêtements posés à ses pieds.

— Ton habit de cérémonie.

Il y jeta un coup d'œil, puis reposa les yeux sur moi.

— Jolie robe. T'arrives à respirer dans ce truc ?

Je lissai le devant de mon habit.

— J'aurais beaucoup plus de plaisir à la porter si je n'allais pas être enterrée avec.

— Tu ne vas pas être enterrée.

Il marqua une pause et souleva les vêtements avec méfiance.

— Les vampires n'enterrent pas leurs victimes, ajouta-t-il d'un air distrait.

— Hé ! c'est du réconfort que je recherche.

— Désolé.

Il secoua le pourpoint dont les manches étaient terminées par de la dentelle.

— Logan adorerait ça.

Il me lança un sourire en coin.

— Pas de collants.

Il laissa tout tomber.

— Pour autant, je ne vais pas porter ces merdes.

— Ils semblaient plutôt y tenir.

— Elle peut aller se faire… hé !

Il regarda Kieran d'un air renfrogné.

— Il n'y a qu'un costume. Comment ça se fait que tu n'aies pas à t'habiller comme un crétin du dix-huitième siècle ?

Les cheveux humides de sueur, Kieran continuait de soutenir son bras.

Il était blême, mais cela ne l'empêcha pas d'esquisser un rictus.

— Je suis pas un prince de l'illustre famille Drake, moi.

— Ferme-la.

Les oreilles de Nicholas rougirent. Je ne manquerais pas de le taquiner à ce sujet plus tard.

— Je ne suis pas un prince, putain.

— Tu pourrais tout aussi bien l'être.

Kieran haussa son épaule saine.

— Lady Natasha sait que plus de la moitié de sa cour l'abandonnerait si Solange le leur demandait. Ils n'attendent qu'une meilleure offre.

— Ça n'empêche que je ne vais pas porter ça.

Nicholas tira le ruban cousu sur la manche en velours noir du pourpoint.

— Oh ! que si, dis-je d'un ton réjoui. Autrement, ils vont te mettre à poil quand ils viendront nous chercher.

Il me fusilla du regard pendant un long moment, puis retira sa chemise en marmonnant de méchants jurons tout le temps que dura cette opération.

J'aperçus son torse nu et me demandai si je devais détourner les yeux pour lui laisser un peu d'intimité. Puis je me dis que c'était peut-être la dernière fois que je le verrais sans sa chemise. Il avait les bras maigres et sculptés comme ceux d'un nageur.

— Je n'ai pas eu le loisir de te voir te déshabiller, se plaignit-il.

— Ça t'apprendra, à dormir toute la journée, rétorquai-je.

Il s'enfonça plus avant dans l'ombre pour remplacer son pantalon par des braies en cuir. Dommage. Lorsqu'il reparut, il était très classe même si ce n'était pas son style. Et il pouvait s'estimer heureux que, tout compte fait, il n'y ait pas eu de collants. Il pencha la tête sur le côté.

— Ça te plaît ?

— La ferme.

Je rougis. La perception extrasensorielle des vampires m'exaspérait. Ce n'était pas juste qu'il entende les battements de mon cœur ou qu'il sente ma peau ou je ne sais quoi d'autre.

— Les filles sont trop bizarres.

Kieran ricana.

— Ça, tu l'as dit.

— S'il vous plaît. Il y a dix minutes, vous étiez en train de vous arracher les cheveux et maintenant vous êtes les meilleurs amis du monde ? dis-je avec mépris. Ce sont les mecs qui sont bizarres.

Je me retournai vers Solange et lui touchai la main.

— Elle bouge toujours pas.

Nicholas et Kieran se turent et affichèrent une mine grave.

— Il va lui falloir du sang, finit par dire Nicholas. Mais je suis sûr qu'à l'heure qu'il est Bruno a réussi à joindre mes parents et qu'ils en emporteront. Ça m'étonnerait que la présence de Solange ici soit un secret. Natasha semble plutôt tout faire pour que ça se sache.

— On a un plan ?

— On va se battre comme des brutes.

— Bon plan.

***

Les Araksaka ne tardèrent pas à descendre l'escalier en pierre pour nous escorter dans le hall. Je ne voulais pas lâcher la main de Solange même lorsque l'un d'eux la souleva pour enfiler sur sa robe déchirée une robe brodée en argent. Elle paraissait si fragile avec ses cheveux noirs et son teint pâle. Ils nous firent monter les marches.

Les chemises blanches en soie qu'ils portaient auraient dû leur donner un côté ridicule ; mais, en fait, elles leur donnaient l'air encore plus cruel.

Comme je continuai de m'agripper à Solange, l'un d'eux me poussa parce que je bloquais le passage. Je trébuchai.

— Hé ! touche pas à ma copine, dit Nicholas avec colère.

— Ta copine ?

Je le regardai, les yeux écarquillés. Il me considérait comme sa copine ? Puis je poussai le garde à mon tour avant que quelqu'un puisse me voir rougir.

— Je veux dire, lâche-moi.

Le hall était magnifique, rempli de bougies et de lanternes suspendues au plafond, de miroirs plus nombreux encore. Visiblement, Lady Natasha prenait beaucoup de plaisir à se contempler.

Sur une longue table étaient posées des carafes de toutes sortes : en argent et incrustées de rubis, en or, en acajou sculpté, en porcelaine peinte. Je savais que chacun de ces récipients contenait du sang. Des musiciens jouaient dans un coin ; de douces notes de harpe, de piano et de violon flottaient autour de nous.

Les courtisans de Lady Natasha étaient faciles à reconnaître : ils portaient tous des plumes de corbeau dans les cheveux. Le reste des convives affichait des signes d'allégeance plus discrets ; je ne connaissais pas la signification sous-jacente de la plupart des pendentifs et des armoiries brodées.

Je ne vis ni London ni aucun des membres de la famille Drake. Ce que je vis, par contre, c'étaient des mètres de velours et de soie brodés avec du fil d'or, des robes en brocart, des perruques élaborées. Je n'aurais pas été autrement surprise si Marie-Antoinette était passée devant moi. Les gens s'avançaient lentement et s'allongeaient avec grâce dans des chaises longues et des coussins.

On porta Solange jusqu'à une estrade drapée d'étoffe de sari rouge. Au milieu se trouvait un catafalque en verre sur lequel on l'étendit. Ses mains retombèrent sur le côté, inertes. Des roses l'entouraient de toutes parts. Un corbeau surgit d'une fissure du plafond et vint se percher patiemment aux pieds de mon amie. Un autre corbeau se posa, puis encore un autre.

Elle fut bientôt entourée d'énormes oiseaux noirs, qui tous l'observaient d'un œil avide. D'après la vieille horloge à balancier, il était presque minuit. Au douzième coup, Solange devrait se réveiller sur-le-champ.

Ou pas du tout.

— Bienvenue, bienvenue, dit Lady Natasha depuis son trône blanc.

On nous poussa vers elle. Elle portait une robe blanche en soie pailletée avec crinoline. Ses cheveux clairs et raides lui retombaient jusqu'aux coudes, et sur sa tête était posé un diadème à cornes du Moyen Âge d'où pendaient de purs voiles qui touchaient par terre. Elle regorgeait de diamants ; elle en avait autour du cou, des poignets, des doigts et même autour des chevilles. Hope était assise à côté d'elle, vêtue d'une robe de soirée et de sandales à talons hauts. Et au moment où je croyais avoir atteint le comble du surréel, Lady Natasha frappa dans ses mains à la manière d'une reine.

— Que la fête commence.

Les gens se mirent deux par deux et, au rythme d'une valse que venaient d'attaquer les musiciens, ils tournoyèrent dans le large espace du hall. Ils portaient des robes du Moyen Âge, des robes-tabliers de Vikings, des corsets Tudor à baleines, des chaussons de danse de l'époque victorienne, des costumes à rayures des années 1920, de superbes chemises de pirate et des redingotes en feutre. Ils tournèrent en un kaléidoscope de couleurs et d'étoffes, et leur seule poussée finit par me donner le tournis. Solange était immobile. ; même sa poitrine était figée, suspendue en pleine transformation. Ses lèvres se violacèrent comme si elles étaient contusionnées. Ses veines bleues sillonnaient sa peau parcheminée, comme des rivières dans un paysage d'hiver.

— Ses lèvres bleuissent, murmurai-je à Nicholas.

Il répondit par un grave signe de tête.

— Il ne lui reste plus beaucoup de temps.

Je ne m'étais jamais sentie aussi désemparée de ma vie. Je ne pouvais que rester là au milieu de l'élégante salle de bal, à l'intérieur de la montagne, et regarder ma meilleure amie s'efforcer de ne pas mourir. Elle fit un mouvement, tressautant comme sous le coup d'une décharge électrique. Kieran s'avança d'un pas et fut repoussé brutalement par l'un des gardes. Lady Natasha fit entendre un léger et joli rire.

— Bientôt, tout ça, ce sera terminé, dit-elle en se pavanant.

— Et plus tôt que tu ne penses.

27

Lucy

Nous nous retournâmes brusquement, car nous reconnûmes la voix. Équipé d'un pince-nez en argent, Liam se tenait au milieu d'un nuage blanc. Il pointa le doigt vers les gardes qui se précipitaient sur lui la hache à la main.

— Dormez.

Ils s'effondrèrent, les haches tombant par terre dans un bruit de ferraille.

L'Hypnos.

— Toi, dit Lady Natasha d'un ton dédaigneux. Tu arrives trop tard. Ta très chère fille est complètement partie. Mon trône est sauf, ce royaume est sauf.

— Voyons ça, voulez-vous ? demanda Helena, munie de ses épées scintillantes, sa tresse brune retombant bien droite derrière son dos.

Ses fils arrivèrent derrière elle, rejoints par Hart et ses agents. Je n'avais jamais vu autant de pince-nez et d'équipements noirs de militaire de toute ma vie.

Les courtisans valseurs s'attaquèrent à une danse plus violente. La musique fut noyée sous les coups d'épée. Les tribus choisirent leur camp. Les Drake et Helios n'étaient pas autant en minorité que je ne l'avais craint.

Les Araksaka se rassemblèrent autour de Lady Natasha ; tous sauf Conan. Je fis ce qu'il m'avait suggéré plus tôt et je restai baissée. À vrai dire, je m'avançai à quatre pattes à travers la vaisselle cassée en direction du catafalque.

Les corbeaux restaient près de Solange et croassaient méchamment. Quand l'un d'eux baissa la tête, s'apprêtant à lui donner un coup de bec dans l'œil, je ramassai un débris de cristal et le lui balançai. Il poussa un cri perçant et s'envola dans une agitation de plumes. Si seulement j'avais eu mon arbalète.

Telle une gymnaste dérangée, Helena se livrait à des figures acrobatiques tout en lançant des couteaux et des pieux. Elle laissait derrière elle une traînée de poussière et de cendres. Les agents Helios s'éparpillèrent comme des scarabées en faisant exploser de l'Hypnos pour se débarrasser des vampires qui se trouvaient en travers de leur chemin.

On aurait dit le château de la Belle au bois dormant : des dames vêtues de robes magnifiques et des gentilshommes aux cravates compliquées, tous tombant sur les tapis persans, endormis.

Des chaises en bois se brisèrent sous l'impact ; des vases se renversèrent.

Les agents de Hart ne firent plus cas des courtisans, une fois ceux-ci tombés, préférant attaquer l'unité rebelle de Hope. Du sang éclaboussa les pierres, tacha les tapisseries.

Liam s'avança à grands pas vers le catafalque, sans que ses yeux sombres quittent un seul instant sa fille déclinante. Il tua trois vampires sans détourner son regard une seule fois. L'un des hommes de Hope vola en arrière après un violent coup de poing. Son visage bleuit avant même qu'il percute le mur.

Nicholas roula vers moi et finit sa course près de mon coude. Il avait les yeux farouches. Il me saisit le menton et m'embrassa avec force. Ce fut terminé avant que j'aie le temps de réagir.

— Reste baissée, ordonna-t-il.

— Sans blague, répliquai-je, et je lui rendis un baiser, tout aussi rapide et vigoureux avant qu'il ne s'éloigne d'un bond pour s'emparer des pieux d'un garde endormi.

D'accroupi qu'il était, il passa en position debout et lança ces armes, tels des confettis mortels. Elles fendirent les airs avec une telle rapidité qu'on ne voyait que des taches floues, comme dans une aquarelle. Une femme vêtue de soie rouge découvrit ses crocs et lança un élégant pieu en jais. Logan l'attrapa avant qu'il ne s'enfonce dans la poitrine de Nicholas.

— Ç'aurait été dommage de salir une si belle veste, dit-il.

— T'as mis le temps, rétorqua Nicholas en souriant jusqu'aux oreilles et en se retournant aussitôt pour faire face à un nouvel adversaire.

Ils se battirent dos à dos, telle une toupie furieuse.

Le sourire féroce, Helena s'approcha de Lady Natasha, qui leva le menton avec hauteur, mais se recula derrière l'un de ses gardes. Helena taillada sans relâche les tatouages de corbeau que portait l'homme jusqu'à ce qu'elle se retrouve seule avec la reine. Elles croisèrent le fer dans un bruit évoquant la glace qui se fissure dans la mer.

Hart suivit Hope dans le tunnel lorsqu'elle courut se mettre à l'abri. Le combat se poursuivit, interminable malgré la rapidité époustouflante des combattants.

Je continuai à ramper entre les corps en esquivant les coups de pied en l'air et les armes. Il fallait que j'arrive jusqu'à Solange.

J'atteignis le catafalque avec quelques égratignures seulement et un bleu suite au coup de coude d'un agent Helios maladroit.

Je fis s'envoler les corbeaux à tour de bras ; ils se posèrent sur des meubles non loin et m'observèrent d'un œil mauvais.

Solange était froide, si froide que j'en retirai brusquement mes doigts. Ses paupières et le bout de ses doigts étaient du même violet que ses lèvres.

Elle émettait de drôles de sifflements, comme si elle essayait de respirer, mais sans y parvenir.

Semblable à un oisillon qui attend son premier repas avec impatience, elle ouvrit la bouche et la referma.

Et je n'avais rien à lui donner.

Et ce n'était pas là notre plus gros souci.

— Natasha, ma chérie, tu as toujours su organiser des fêtes dignes de ce nom.

Le combat cessa. On aurait dit que quelqu'un venait d'appuyer sur un bouton pause cosmique. Tout le monde se tourna : entouré de guerriers vêtus de tuniques en cuir marron, un vampire se tenait désormais sur le seuil de la grotte. Il affichait un sourire en coin et sa figure pâle était saisissante sous ses longs cheveux noirs. Vu la réaction des gens, on aurait pu croire qu'il s'était servi de l'Hypnos. Il s'avança lentement, comme s'il avait tout le temps devant lui. Sa garde se régla sur son pas.

— Montmartre, murmura Lady Natasha avec satisfaction. Je savais que tu viendrais.

Leander Montmartre et sa Milice. Lady Natasha était la seule à se réjouir de ce nouveau développement.

Elle s'écarta même d'Helena pour se recoiffer. Les miroirs reflétaient son sourire suffisant et glacial.

— Oui, chérie, mais tu m'as l'air un peu hagarde.

Il suivit de ses yeux gris la respiration irrégulière de Solange, ses lèvres bleuies.

— En fait, c'est pour elle que je suis venu.

Le sourire se changea en grimace féroce.

— Non.

— Bien entendu.

Il renifla l'air comme s'il était chargé de parfum.

— Personne d'autre ne fera l'affaire, tu le sais bien.

— C'est une enfant. C'est moi que tu aimes.

— L'amour…

Il effectua un rapide geste de la main. Une main qui était d'ailleurs impeccable. Je me serais attendu à ce qu'elle ait des ongles longs couverts de sang séché ; c'est dire si son aura était menaçante.

— Ne sois pas banale.

— Tu t'es laissé influencer par des propos sur les prophéties et les héritages. Mais j'y mettrai bon ordre, tu verras. Elle est presque morte.

— Elle sera à moi, Natasha, dit-il froidement.

— Tu mourras d'abord, répliqua-t-elle. Araksaka !

Au commandement de Natasha, sa garde tatouée et grouillante s'avança pour attaquer. La reine, les crocs luisants, lança un pieu en aubépine. La Milice de Montmartre montra aussi les dents et se jeta dans la mêlée. La férocité des grognements fit se dresser les poils de mes bras. Les vampires se changeaient en poussière tout autour de Montmartre, comme s'il se tenait au milieu d'un champ poussiéreux par un jour de grand vent.

— Un instant, s'il vous plaît, coupa-t-il.

Encore une fois, le combat cessa.

— Il n'est pas utile de réduire nos effectifs de cette manière, dit-il d'un ton aimable. Tout ce que je veux, c'est la fille.

— T'as pas intérêt à t'approcher de ma fille, dit Helena, furieuse.

Elle lança aussi son pieu, mais l'un des Miliciens l'intercepta avant qu'il puisse toucher sa cible.

— Ta fille a besoin de moi, lui dit Montmartre. Alors, tu ferais bien de surveiller tes manières quand tu t'adresses à moi.

Il arbora une chaîne munie d'une fiole en verre incrustée de feuilles de lierre en argent.

— Ma Milice était en train de se promener dans les bois et est tombée sur cet objet des plus curieux.

Chacun des frères de Solange fit entendre un sifflement.

— Je suis certain que ceci fut un jour rempli du sang de Véronique, à l'intention de Solange, là. Il ne reste que quelques gouttes, mais cela devrait suffire. On dirait bien qu'elle en a besoin.

Solange respirait à peine et était tellement livide que le bleu de ses veines lui donnait presque le teint violet.

Elle était en train de mourir.

Ou sur le point de se transformer en *Hel-Blar.*

Je ne sais pas ce qu'il y avait de pire.

— Tiens bon, murmurai-je. Je t'en supplie, tiens bon.

— Je suis prêt à lui donner ça, poursuivit Montmartre en faisant balancer la chaîne.

Les Drake la regardaient comme s'il était un hypnotiseur.

— Mais il va me falloir quelque chose en échange.

— Qu'est-ce que tu veux ? demanda Liam, debout, la main sur le bras d'Helena.

Sa femme se contenait à grand-peine.

— Eh bien, je veux la reine, voyons.

— C'est moi la reine ! vociféra Natasha.

Montmartre ne lui prêta pas attention, l'enrageant de plus belle. Le blanc de ses yeux virait lentement au rouge.

— Vous me donnez Solange et je lui donnerai la vie.

— Pas question, grommelai-je, bien que personne ne m'écoutât.

Liam parut vieux, soudain, comme si toutes ces années pesaient tout à coup sur ses épaules. Il acquiesça d'un signe de tête.

— Papa, non ! dit Quinn en s'avançant.

— Elle mourra, dit Liam. Il ne lui reste plus de temps. Nous n'avons pas le choix.

Montmartre fit une légère révérence et s'avança vers le catafalque à grands pas, sa Milice à ses côtés. Liam fut bousculé en essayant de retenir sa famille.

— Faites-moi confiance, murmura-t-il.

J'avais envie de vomir. Montmartre se pencha et souleva dans ses bras le corps sans vie de Solange.

— Non ! dit Liam avec fureur. Maintenant. Tu la lui donnes maintenant, sous nos yeux.

— J'ai pas le souvenir d'avoir fait cette proposition, dit-il.

Solange paraissait minuscule contre son torse à lui.

— Maintenant !

— Montmartre, fit une nouvelle voix qui paraissait jeune quoique sévère. Tu ne comptais pas nous inviter à ton mariage ?

La fille faisait à peu près mon âge, mais c'était un vampire, alors, qui sait ? elle pouvait bien avoir cent ans. Elle avait de longs cheveux noirs et portait une tunique en cuir ainsi que des perles d'os dans les cheveux. Il y avait des tatouages sur ses mains et sur ses bras.

Cwn Mamau. Les Chiens.

La Milice poussa un grognement. La fille et ses guerriers grognèrent à leur tour. Il s'agissait là de vampires que Montmartre avait transformés et qui s'étaient ensuite retournés contre lui. La Milice abhorrait les Chiens. Montmartre ne semblait pas ravi non plus. Et pour la première fois, il parut légèrement dérouté.

— Isabeau. Rentre chez toi, fillette.

— Les Chiens ne te soutiennent pas dans ta revendication du trône, lui dit-elle de façon très nette avec l'accent français.

Elle salua Liam et Helena d'un signe de tête.

— Je suis désolée pour le retard.

Elle se retourna vers Montmartre.

— Nous ne serons pas tes sujets.

— Je ne me soucie guère de ce que veulent des chiots barbares comme vous, dit-il, mais son attitude avait changé.

Même moi, je le voyais. Il n'était pas aussi assuré. La fureur et un sentiment que je n'arrivais pas à identifier coloraient ses mouvements. Il lança un coup d'œil à sa Milice.

— Prenez-la.

Nouveau combat. Les Chiens et la Milice avaient le même nombre d'effectifs.

Ce qui était pour le mieux sinon que Solange ne pouvait plus guère attendre.

Le sang et les cendres éclaboussèrent le sol. Cela allait si vite que j'avais du mal à suivre ce qui se passait. Je vis par contre Nicholas se faufiler en restant baissé. Puis, rapide comme l'éclair, il ne fut plus qu'une silhouette floue, et Montmartre partit soudain à la renverse. Solange fut entraînée dans sa chute et se retrouva à demi étalée contre le catafalque.

Un Milicien enfonça son poing dans la figure de Nicholas, puis l'envoya voler par-dessus deux autres Miliciens qui se battaient contre un Chien.

Il percuta une table et demeura inerte. Je me récriai.

— Humaine ! cria la fille des Chiens avant de ramasser la fiole par terre et de la lancer.

Elle vola dans ma direction, la lumière des bougies faisant briller sa chaîne en argent.

Une main l'intercepta en plein vol.

Pas la mienne.

— Est-ce que tu plaisantes ? demandai-je d'une voix stridente.

Il s'agissait de Juliana, la sœur de Natasha qui était venue à notre rencontre lorsque nous fûmes capturés pour la première fois. Elle me nargua en agitant la chaîne de la fiole. J'avais envie de lui arracher les yeux de la tête. Je m'élançai sur elle, compensant mon manque de finesse par de furieux mouvements de bras et une soif obstinée de vengeance. Il n'était pas question que je perde Solange. Pas à nouveau et pas quand sa guérison était aussi proche.

Je n'étais malheureusement pas de taille à lutter contre Juliana. Ce fut d'autant plus clair après le premier coup de poing que je reçus au visage. J'esquivai le second, mais ne fus pas assez rapide pour éviter le troisième, dans le ventre.

Je chancelai, nauséeuse et le souffle coupé. Devant moi, la fiole se balançait, railleuse. Je tentai de l'attraper, mais sans succès.

C'est alors que surgit Kieran, qui jouait des poings avec son bras intact. La fiole tomba à côté de sa botte. La femme tenta de la ramasser, mais je lui donnai un coup de pied bien senti en plein dans la gorge. Elle se releva d'un bond en grognant, les crocs sortis. Kieran se trouvait plus près de la fiole et ne pouvait lutter contre Juliana avec son bras cassé.

— Vas-y ! lui hurlai-je. Vas-y ! Vas-y ! Vas-y !

Il saisit la fiole et se glissa jusqu'à Solange au moment même où je m'écrasais sur une chaise délicate qui me fit la grâce de se briser sous l'impact. L'un de ses pieds – sur lesquels étaient peints des boutons de rose – cassa. Au moins, j'avais une arme à présent.

— Je vais te tuer, fillette ! hurla Juliana.

Le pied de la chaise ne lui perça pas tout à fait le cœur, mais il s'enfonça suffisamment près pour qu'elle se fige, halète et se cramponne la poitrine.

— Lucy !

Le pieu que Nicholas me lança acheva mon adversaire. De la cendre voleta à mes pieds comme de la brume. Mon premier meurtre de vampire. Une fois chez moi, il me faudrait réciter d'innombrables malas pour apaiser ma mère.

Et les nœuds de mon estomac. Mais en attendant..., en attendant, je pouvais me permettre un instant de triomphe. Et rien qu'un instant.

Parce que ce n'était pas le jour.

J'étais en suspens sur le dossier d'un banc, essayant de convaincre mon diaphragme sérieusement endolori que la position debout s'imposait. Kieran se pencha au-dessus de Solange et versa le contenu de la fiole en argent entre ses lèvres. Ces précieuses gouttes tombèrent dans sa gorge. Elle ne semblait pas particulièrement guérie pour autant.

— Nicholas, grommelai-je. Ça marche pas.

Il esquiva une dague au manche rouillé.

— Ç'a arrêté le mal, mais maintenant il faut qu'elle se nourrisse.

Il balança un tabouret à un garde araksaka qui s'approchait.

— Il lui faut du sang humain ; c'est mieux, la première fois.

Je tentai de me traîner jusqu'au catafalque, mais Kieran était déjà occupé à se faire une légère entaille sur l'avant-bras. Il le porta à la bouche de Solange.

— Bois, l'implora-t-il en murmurant. Je ne peux pas te perdre maintenant, pas après tout ça. Bois, putain !

Curieusement, la façon dont il parlait – cette douceur mêlée de désespoir – fit couler des larmes brûlantes sur mes joues.

Lady Natasha hurla, ses longs cheveux clairs volant derrière elle comme une bannière. Sa robe était tachée de sang. Plusieurs des corneilles sculptées sur son trône étaient cassées.

— Montmartre ! C'est moi que tu aimes ! cria-t-elle tout en essayant de répondre aux attaques d'Helena.

La Milice de Montmartre ne perdait pas tout à fait le combat contre les Chiens, mais elle ne l'emportait pas non plus. Chasseurs, vampires rebelles, la moitié de la cour royale dont Conan avait pris la direction et la famille Drake : tous lui faisaient front. Montmartre jura.

— Repliez-vous, ordonna-t-il.

La Milice battit aussitôt en retraite et forma un cercle autour de son chef.

— Elle sera ma reine, promit Montmartre avant d'esquisser un rapide mouvement de la main.

La Milice se resserra autour de lui et ils se retirèrent dans l'un des tunnels.

Lady Natasha, abandonnée de toutes parts, passa sa colère sur Helena, qui fit tourner un pieu dans sa main jusqu'à ce qu'elle trouve une bonne prise. La lutte se prolongea, opposant deux femmes qui avaient un penchant pour l'armement ancien.

En un sens, c'était une danse magnifique, avec ses lames scintillantes et ses sauts périlleux dans les airs. Mais à la fin, le pieu d'Helena vola avec précision. Lady Natasha cligna des yeux sans comprendre et puis sa robe vide ne fut plus qu'un tas de soie fine et couverte de poussière.

Le bruit et la fureur du hall cessèrent de façon si soudaine qu'on en entendit presque l'écho. Même les Araksaka s'interrompirent.

Un par un, les vampires mirent un genou à terre devant Helena.

À défaut de succession légitime, tuer le monarque en place assurait la couronne.

Nicholas se releva près de moi en boitant et serra ma main vigoureusement. Je serrai ses doigts à mon tour en me reculant pour que nous soyons collés côte à côte et que je me sente mieux au contact de sa peau froide. Nous ne parlâmes ni l'un ni l'autre. Ce n'était pas utile.

Sur le catafalque en verre, Solange finit par prendre une première bouffée d'air, puis elle avala avec voracité. Lorsqu'elle ouvrit les yeux et vit des dizaines de vampires à genoux et vêtus de leurs plus beaux habits de cour, elle gémit faiblement, les lèvres tachées de sang.

— Oh là là ! Je ne suis pas une reine vampire, si ?

ÉPILOGUE

Solange

Je rejoignis Lucy en ville. Elle était bien décidée à ce que je mène un semblant de vie normale. À cet égard, elle avait prévu qu'on se retrouverait tous les jeudis soir autour d'un café. Elle m'attendait au parc. Ma transformation ne datait même pas d'une semaine ; alors, je n'étais pas prête à faire face à la tentation d'un *coffee shop* rempli d'humains au cœur qui bat. Je parvenais par contre à faire fi des écureuils et des renards embusqués dans des buissons éloignés.

Munie de deux gobelets en carton et d'une boîte en plastique qui contenait les restes d'une tarte à la cerise nappée au chocolat, Lucy était assise sur un banc. Elle essuya ses mains pleines de miettes.

— Je continue à fêter ça, marmonna-t-elle, la bouche pleine. Je vais plus pouvoir rentrer dans mes fringues si je garde ce rythme.

Elle m'observa d'un œil critique.

— T'as mis ça ?

Les sourcils froncés, je regardai mon pantalon taché d'argile.

— Et ? Je savais pas qu'il fallait que je m'habille bien pour te voir.

Elle m'observa de nouveau.

— Comment tu te sens ?

— Je vais bien. T'es aussi terrible que mes frères.

En réalité, je me sentais mieux que bien. Je me sentais forte et alerte ; mes yeux amplifiaient la moindre étincelle de lumière émise par la lune, les étoiles ou les lampadaires. J'admets que c'était un peu perturbant d'entendre battre le cœur de Lucy et de sentir son sang chaud sous sa peau. Et déconcertant aussi de savoir que mes frères avaient raison : le sang, désormais, avait meilleur goût que le chocolat.

À vrai dire, je ne me rappelais pas grand-chose de la nuit dans les grottes, si ce n'est le goût de Kieran dans ma bouche. Il était parti avec son oncle avant que je puisse le remercier convenablement.

— Pas de nouvelles de Kieran ? demanda Lucy à voix basse comme si elle savait à quoi je pensais.

Je secouai la tête en essayant de faire celle qui s'en moquait. Après tout, j'avais suffisamment de quoi m'occuper. Ma mère était la nouvelle reine, ce qui signifiait que, d'un point de vue technique, la prophétie ne s'était pas complètement réalisée. Nous ne savions trop quoi en penser. Par ailleurs, à la ferme, nous avions encore un mur entier à remplacer, car l'unité de Hope l'avait fait brûler.

Les jardins étaient remplis d'eau et de suie. Bruno avait besoin de points de suture et Hyacinth refusait de quitter sa chambre ou de soulever le voile noir en dentelle qu'elle portait sur le visage. London avait à nouveau disparu dans les tunnels ; personne ne savait vers quelle destination. Et j'avais même surpris Nicholas en train d'envoyer des roses chez Lucy ; ils étaient sans arrêt au téléphone, tous les deux.

Quant à Montmartre, il était toujours dans les parages. Il avait envoyé un cadeau de fiançailles : une bague en diamants.

Je l'avais jetée dans les toilettes et j'avais tiré la chasse d'eau.

J'étais donc trop occupée pour rester les bras croisés en songeant à Kieran Black.

— Oh ! tiens.

Lucy me passa un paquet attaché par un ruban.

— C'est un cadeau d'anniversaire de la part de mon retardataire de père.

Elle roula les yeux lorsque je retirai un morceau de bois de cerf sculpté attaché à une lanière en cuir.

— Quand il a appris pour le cœur de cerf, il m'a dit de te dire que le cerf était visiblement ton animal totem et qu'il fallait l'honorer.

Je glissai la lanière par-dessus ma tête pendant que Lucy avalait d'un trait le reste de sa boisson.

Ses yeux se mouillèrent.

— Aïe ! c'est encore brûlant.

Elle se leva en vitesse.

Je la fixai.

— Tu vas où ? Je viens à peine d'arriver.

Elle m'adressa un large sourire en lançant un coup d'œil en direction du trottoir.

— T'as un rendez-vous.

Je me figeai.

— Lucy Hamilton, qu'est-ce que t'as fait ?

— Faut que je file !

Elle sortit du parc avant que j'aie le temps d'ajouter quoi que ce soit. Je n'eus pas à regarder pour savoir qui se trouvait là. Je le reconnus à son odeur et à son goût.

Kieran.

— Solange, dit-il doucement.

Il avait bonne mine malgré son bras en écharpe et les bleus qui jaunissaient sur sa mâchoire. Il ne sourit pas, mais, à la façon dont il me regardait, je sentis la chaleur m'envahir. Je me levai.

— Kieran.

Je ne savais pas quoi dire d'autre.

Alors, je me penchai et l'embrassai.

Remerciements à :

Emily Easton, ma directrice de publication, et à tous les gens de Walker Books/Bloomsbury, connus et inconnus, qui m'ont aidée à faire de ce livre une réalité. Vous êtes la cause de nombreuses danses enjouées dans ma cuisine.

Marlene Stringer, mon merveilleux agent, qui m'aide à réaliser mes rêves.

Mes parents, qui m'apportent un soutien indéfectible et qui m'aiment exactement comme je suis, avec les tatouages, les cheveux roses et tout le reste.

Jess, ma meilleure amie de longue date, Extraordinaire Reine Google, pour ses encouragements, sa compassion et ses demandes de livres supplémentaires.

Khayman, mon mari, qui veille sur mon temps d'écriture avec presque autant de zèle que moi et qui ne souhaite qu'une chose, que je reste moi-même.

Tous mes amis et à toute ma famille, et surtout à Crystal, qui n'hésite pas à faire régulièrement le trajet en voiture pour venir nous voir à la ferme.

La saga *Outre-Tombe* de Alyxandra Harvey

Les Morsures de la Nuit (Livre I)

Solange Drake a toujours su qu'elle était destinée à devenir une reine vampire. Bon, à moins qu'on ne la tue avant son seizième anniversaire qu'elle fêtera dans quelques jours… Ce ne sera pas facile d'échapper aux intrigues mortelles de la cour royale.

La Vengeance du Sang (Livre II)

Solange Drake qui est devenue une fascinante reine vampire, est aux prises avec ceux qui voudraient bien s'emparer de sa couronne. Heureusement, Logan est là. Un vampire séduisant dont la morsure pourrait bien être aussi douce que le goût subtil de la vengeance…

La Soif de Sang (Livre III)

Lorsque les étudiants de l'Académie sont victimes d'une mystérieuse maladie, Hunter Wild comprend que l'école est attaquée. Ella a besoin de quelqu'un de confiance pour sauver l'Académie : ce sera Quinn Drake, un vampire qui possède, outre ses pouvoirs, un charme… ravageur !…

La série best-seller *Outre-tombe* : démons, vampires, action, suspense et romance…

ISBN : 978-2-8246-0193-9 / 978-2-35288-520-7 / 978-2-35288-747-8

www.city-editions.com